最愛是詞

精選

張麗珠 著

五南圖書出版公司 印行

作者序

　　「古調雖自愛，今人多不彈。」或是值得深思的問題。何以致此？也許可以從兩方面來說：一是過時，一是隔閡。年輕人驚新，當時尚不再了，自然會移情別戀，另尋寄託；而另一個隔閡的原因，則是意欲傳承文化者的努力目標──盡量扮演古今橋樑。

　　一頭鑽入浩瀚書堆，置身萬重書浪中，舉首書山書海，今日孰人為此？疲精勞神、殫精竭慮，哪比得上手指輕輕一滑、關鍵字一打，搜尋引擎立即代勞且鉅細靡遺。今人譏笑古人癡又傻！但是「學」如千里之行，道路綿長又阻遠，也如積薪。為什麼要深度閱讀？「艾賓浩斯遺忘曲線」（Forgetting Curve）告訴我們，人們所能記憶的資訊，隨著時間的增加而不斷流逝，從二十分鐘後遺忘百分之四十二、一小時百分之五十六，到一天百分之七十四，再到一星期、一個月，最後大約就只剩下百分之二十一能被記憶，所以人們的記憶會在一天內就遺忘掉絕大部份內容；更何況藉由工具搜尋來的片段資訊，不是我們的記憶。

　　書，為我們收藏了百代精華、打開一扇扇的門。美國童話作家荷姆司（Roger Holmes）說：「閱讀，就好像是乘著作者的翅膀一道飛翔，看到從來沒有看到過的風景，體驗從未有過的自由。」余秋雨也說閱讀的最大理由，是想擺脫平庸，「早一天就多一份人生的精彩，遲一天就多一天平庸的困擾。」同道切磋的快樂、堅持學習的重要，好比造一座山，只差那最後的一籠土，再多一點努力就完成了，這時候如果我們放棄了、不再前進，那麼終究是前功盡棄的；反過來說，永不停下腳步的持續學習，就是「譬如平地，雖覆一簣；進，吾往也。」就像想要填平窪地，哪怕才剛倒進一筐土，只要能夠持之以恆，也一定有開花結果的一天。想要禾苗滋盛繁茂，種下嘉穀後就還得要鋤草，稻穀成熟後也要去收穫割取。

　　讀書的目的遠遠地超乎現實性與功利價值，不能以功利衡量，有

很多崇高的意義在。既可以推昇我們的視野，而廣闊的視野可以讓我們擁有更多人生的選擇權，包括選擇怎樣的思維方式、生活方式，不只是就業與工作的選擇而已。文化與人生素養的提昇，可以讓我們看到更大更寬廣的世界，讓我們到達許多在現實處境中無法到達的地方、提昇我們的精神層次、豐美我們的心靈。藉由讀書提昇，我們才能真正懂得「生活」與「如何生活」。

今日漫天飛舞著未經查證的轉貼文，唾手可得的「罐頭文」，處在開罐即食的「得來速」時代，片段而零碎的真假資訊造成不能潛心向學、無法深度而系統性的學習。以「速度」作為價值，追求「迅速秒懂」的文化，揚棄了需要歲月洗鍊才能展現的、充實飽滿而深刻的內蘊和美善價值。「速食化」容易滿溢、不能積多容深，「淺碟化」可以立待其涸；但是當文化深度被簡化成為吸引眾人目光噱頭的文化創意，文化創意又走向極度淺化的「秒懂」時，未經內化的「資訊」不等於「知識」，如何由此生出「智慧」？如果只願意付出淺淺的耕耘卻想要獲得滿滿的垂穗，無異於緣木求魚。

讀書和學習，是在別人的思想和知識的幫助下，逐步建立起自己的知識系統和思考模式，是一種「先知覺後知」的內化與養成過程；而從「積厚」到「轉化」的過程，需要時間的沉澱、陶鑄和精煉。古典文學雖然在今天已經失去了應用價值，但它記錄並承載了我們的民族文明與資產、古人的智慧與經驗；面對今日世界，學習具有民族特色、傳統價值的古典文化，才能厚植我們的根柢，並與全球化的世界進行文化主體性的對話；而白話語體文則是當今面向世界窗口的文字憑藉，所以要如何使傳統文化和時代潮流不隔閡？《最愛是詞‧精選》跨出了一步，全書力求使用當今的語體文寫作，以讀者都能讀懂為目標。雖然走在一條「不確定前方是否有光？」的路上，仍要努力地把自己變成光源；該著作在向古人借光照耀前路的同時，也期望更貼近現代人的心靈。

如何使生命煥發光彩？借用魯迅引述叔本華的話：「要估定人的偉大，則精神上的大和體格上的大，那法則完全相反。後者距離

愈遠即愈小，前者卻見得愈大。」走在追求真理的路上，或許相對於理想，每一個時代都是亂世，人對現實多是失望的；但不論什麼時代、什麼身分，即使路上滿是泥濘，即使我們必須以「跛驢之行」──章太炎說黑暗中很難讓人放手一搏，那就「隨順有邊為初階」，摸索著前進吧！只要我們心存理想，藉著真理的熒熒亮光，就可以得到前進的動力。宋儒張載「為往聖繼絕學，為萬世開太平」的召喚，是對我們跨時空的指引。也或者可以套用現代詩人的話：「一個旅者怎能拒絕路的邀請？」理想主義者所設想的烏托邦，是不會崩壞、荒蕪的，因為那是緣自生命底層，最有力最動人的呼喚：明天我將再出發！

張麗珠

附帶說明：

每首詞中標示句號的地方，就是用韻處；南宋詞和遺民詞置於金元詞前，是為了完整呈現宋詞的發展脈絡。

目次

李白 二首

　　李白（701-762），字太白，號青蓮居士，盛唐詩人，人稱「詩仙」。祖籍隴西成紀（今甘肅天水附近），隋末，其先以罪徙西域，唐神龍初，遁還，客居四川（或謂巴西）。十歲能通詩書；既長，倜儻、喜縱橫術，擊劍任俠，輕財好施。天寶遊於長安，賀知章歎爲「謫仙人」。薦於玄宗，受召金鑾殿，詔供奉翰林，後賜金放還，遨遊河、洛、梁園間。與杜甫、高適、岑參等詩酒唱和，人稱「詩仙」，是繼屈原之後我國最偉大的浪漫主義詩人；以「筆落驚風雨，詩成泣鬼神」的氣勢，創造了無數壯麗奇譎的不朽詩篇。安祿山反，永王璘辟爲幕僚，璘起兵時脅以偕行；璘兵敗，白被流放夜郎。後遇赦東歸，卒於當塗，年六十二。有《李太白集》。

菩薩蠻

平林漠漠¹煙如織。寒山一帶傷心碧。暝色²入高樓。有人樓上愁。
玉階空佇立³。宿鳥歸飛急。何處是歸程。長亭連短亭⁴。

【注釋】
1　漠漠：一片煙氣，平遠之貌。
2　暝色：暮色。
3　佇立：久立。佇音ㄓㄨˋ。
4　長亭、短亭：行程中休憩之所。古時五里一短亭，十里一長亭，詩詞中多用爲送別之處。

【解析】

　　平林含煙、寒山凝碧，全詞一開始就藉著蕭索蒼鬱的晚景，表現出蒼茫的悲壯感。而詞中人在暮色中登上了高樓，望著那連綿不斷的長亭、短亭，在無盡的遠路中，不論是思婦思念行人或遠客思歸，情懷都已經相當高漲，更何況還有著飛鳥歸急的暗示，將愁緒推到了最高點。

憶秦娥

簫聲咽[1]。秦娥[2]夢斷秦樓月。秦樓月。年年柳色，灞陵[3]傷別。樂遊原[4]上清秋節。咸陽古道音塵絕。音塵絕。西風殘照，漢家陵闕[5]。

【注釋】

[1] 咽：嗚咽，形容簫聲悲涼。
[2] 秦娥：據《列仙傳》載，簫史善吹簫，秦穆公女弄玉好之，公妻焉。所吹簫聲似鳳聲，有鳳凰止其屋，公為做鳳凰臺。一旦，夫婦隨鳳飛去。「秦樓」指吹簫引鳳之樓。
[3] 灞陵：即指灞橋。灞橋在長安，漢人送客每至此橋，折柳贈別，俗名「銷魂橋」。後世以灞陵折柳喻送別。
[4] 樂遊原：在長安城南，漢宣帝立廟宇於曲江池南，人稱樂遊原。因位在京城最高處，每逢佳節，士女皆登臨遊賞。
[5] 陵闕：古代帝王墳墓。闕原為宮殿外城樓。

【解析】

　　黃昇《花庵詞選》稱李白〈菩薩蠻〉、〈憶秦娥〉二詞，為百代詞曲之祖。

　　李白〈憶秦娥〉詞，既有傷別之意、也有黍離之悲，高古淒怨，

聲情悲壯。劉熙載《藝概》謂其「長吟遠慕」，足抵少陵〈秋興〉八首。王國維也說太白純以氣象勝；「西風殘照，漢家陵闕」寥寥八字，「遂關千古登臨之口」。不過由於二詞藝術技巧及成就皆已臻成熟，是否真出自於填詞初期的李白之手？後人對此頗有疑者，或謂應係晚唐五代所作，而託名於李白，莫衷一是。

張志和 一首

　　張志和（730-810？），字子同，唐婺州金華人。曾任左金吾衛錄事參軍，因事被貶，赦還後，遂不復仕，長隱江湖。自號「煙波釣徒」，每垂釣，不設餌，志不在魚也。

漁歌子

西塞山[1]前白鷺飛。桃花流水鱖魚[2]肥。青箬笠[3]，綠蓑衣。斜風細雨不須歸。

【注釋】

[1] 西塞山：今浙江吳興縣西。
[2] 鱖魚：魚名。形扁腹闊，鱗細皮厚，肉味如豚。鱖，音ㄍㄨㄟˋ。
[3] 青箬笠：用竹葉做的笠帽。

【解析】

　　宛如一個特寫鏡頭。詞中漁父悠悠然天地之間，白鷺自飛、鱖魚自游，漁父不但忘機、也志不在魚，更與那撲面桃花、斜風細雨的整個天地融合一體。一幅漁家自樂、處風波之外的自我寫照，瞬間被定格記錄，更有許多言外之味。

韋應物 二首

　　韋應物（737？-792），唐京兆長安（今陝西省西安市）人。歷任滁州、江州、蘇州刺史，世稱「韋蘇州」。罷郡後，寓於永定佛寺。性好高潔，所在地方皆焚香掃除後始坐，唯顧況、皎然一輩與相唱酬。

調笑令

胡馬。胡馬。遠放燕支山[1]下。跑沙跑雪獨嘶。東望西望路迷。迷路。迷路。邊草無窮日暮。

【注釋】
1　燕支山：燕支山在匈奴界，甘肅省山丹縣東。

【解析】
　　〈調笑令〉是唐代宮中或宴會之際，用作拋打遊戲時演唱的曲子，又名〈宮中調笑〉。其內容多玩笑諧趣，韋應物始以該曲書寫邊塞征戍生活。
　　詞寫在一片無盡的邊草日暮下，征人既寂寞又徬徨的迷離心境。他的心境，亦如詞中曾經「跑沙跑雪」、有過輝煌歷史的胡馬；然而此刻牠迷路了，牠「東望西望」地「獨嘶」著，詞人亦流露著和胡馬同感的：人生十字路口的徬徨與反思。詞中以胡馬與燕支山作為襯底背景，悲壯而蒼涼。

調笑令

河漢[1]。河漢。曉挂秋城漫漫[2]。愁人起望相思。江南塞北別離。
離別。離別。河漢雖同路絕。

【注釋】

[1]　河漢：即銀河。
[2]　漫漫：無邊無際。

【解析】

　　銀河，中國民間故事美麗的傳說；擘分了愛侶牛郎與織女的浩瀚
天河，它惹得中夜起望的愁人相思。而詞中，是什麼人起望相思？是
誰在江南？誰在塞北？在江南的是：秋風中，倚門盼望的妻和子、挂
杖荊扉的白髮母親；在塞北的，則是戍鼓下，滿身星華、征戰戍途的
行人。天際銀河則一，人間道路殊絕，如此離人兩處同悲的悵然，欲
說還休，「愁」字已是多餘。

劉禹錫 四首

　　劉禹錫（772-842），字夢得，河南洛陽人，中唐著名詩人。事淮南節度使杜佑幕，並從佑入朝，爲監察御史。貞元末，爲掌權王叔文知重；叔文敗，坐貶朗州（今湖南省常德縣）司馬。在朗州十年，以文章吟詠自娛。州俗好巫，而祭祀之辭多俚俗，因思昔屈原居沅湘間，以民迎神詞多鄙陋，爲作〈九歌〉，荊楚長歌舞之；遂依騷人所爲，爲作新詞以教巫祝。故武陵谿洞間夷歌，多禹錫辭也。後來輾轉從事，官至檢校禮部尚書兼太子賓客。晚年與白居易善，往來唱和，並稱劉、白。亦皆留意民歌，在倚聲塡詞上，開晚唐、五代文人塡詞之盛。

憶江南 和樂天春詞，依憶江南曲拍爲句

春去也，多謝洛城人。弱柳從風疑舉袂[1]，叢蘭裛露似霑巾[2]。獨坐亦含嚬[3]。

【注釋】

1　「弱柳從風」句：柔弱的柳枝隨風搖曳，像是在舉手道別。袂，衣袖，音ㄇㄟˋ。
2　「叢蘭裛露」句：叢蘭霑著露水，就像人淚濕巾帕般。裛，沾濕，音ㄧˋ。
3　含嚬：猶言含愁。嚬，皺眉，音ㄆㄧㄣˊ。

【解析】

　　洛陽城的春光是盛名的美，所以劉禹錫揣想當春去之時，它是依

依不捨的。全詞採用擬人手法，寫那款擺的柳條隨風搖曳，就像在舉手道別；那叢蘭輕輕涓露，就像是淚溼巾帕；而即使是靜坐時，它也還是輕皺眉頭的。全詞以極輕柔細緻的手法寫春去夏來，婉轉而美。

竹枝

山桃紅花滿上頭。蜀江春水拍山流。花紅易衰似郎意，水流無限似儂愁。

【解析】

　　詞中人觸景生情地在乍見滿山紅豔的桃花時，想到了花紅雖美卻易凋零，反不若拍山而流的蜀江春水，綿綿不絕。然而自己心中的痛，不也正是如此嗎？──郎情薄而儂愁深。民歌生動活潑的特色，躍然紙上。

竹枝

瞿塘嘈嘈十二灘。此中道路古來難。長恨人心不如水，等閒平地起波瀾。

【解析】

　　瞿塘險灘，歷來為渡人所難，然而作者感嘆，任是暗礁急湍，亦皆其來有自，絕不似人心之險惡難測，人心是縱使平地也可無端起波瀾的啊！該詞頗富機鋒、理趣，在內容上，較諸晚唐、五代詞多侷限閨情而貧弱，顯然要開拓得多。

竹枝

巫峽蒼蒼煙雨時。清猿啼在最高枝。箇裏[1]愁人腸自斷，由來不是此聲悲。

【注釋】

1　箇裏：箇，指稱詞，如這、那。

【解析】

　　在李白的名篇「朝辭白帝彩雲間，千里江陵一日還。兩岸猿聲啼不住，輕舟已過萬重山」以外，漁者也唱道：「巴東三峽巫峽長，猿鳴三聲淚沾裳。」可知煙雨蒼蒼的巫峽確是動人歸思、催離人淚的，那杜鵑鳥的聲聲催促歸去以及猿啼哀鳴的摧肝裂肺，離人實在是不忍聽聞。然而劉禹錫又一次以充滿了理性思考的語言告訴我們：境由心生。猿聲本不悲，真能令斷腸悲泣者，乃愁人自愁耳！其詞頗見宋人理趣之妙，唯在晚唐、五代少有繼承者。

白居易 二首

　　白居易（772-846），字樂天，其先太原人，徙下邽（今陝西省渭南縣），中唐著名詩人。生六、七月，能識「之」、「無」二字。貞元間進士，任翰林學士、左拾遺，因執事惡其言事，貶江州司馬。其後歷任杭州、蘇州刺史、太子少傅等職，以刑部尚書致仕。晚居洛陽，與香山寺僧結香火社，號香山居士；頗放意詩酒，又號醉吟先生。存詩三千多首，為唐詩人第一。主張「文章合為時而著，歌詩合為事而作」，大量寫作「唯歌生民病，願得天子知」的諷諭時事詩，故屢遭當權者忌，為杜甫以後又一重要的社會詩人。與元稹相唱和，世稱元、白；又與劉禹錫齊名，號為劉、白。詩風平易自然，意到筆隨，沒有雕琢痕跡，有「老嫗能解」之說，為中唐代表性詩人。著有《白氏長慶集》。

花非花

花非花，霧非霧。夜半來，天明去。來如春夢幾多時，去似朝雲無覓處。

【解析】

　　就像霧裏看花花不明，是花？是霧？難有定論；只知它總在夜闌人靜時出現，且去來無蹤，既如春夢了無痕，亦似朝雲無覓處。全詞以譬喻法寫之，花、霧、春夢、朝雲都是一種象徵，或寫一種心緒、情思之難以捕捉，又出沒無常，並無確指。

長相思

汴水[1]流。泗水[2]流。流到瓜洲[3]古渡頭。吳山[4]點點愁。

思悠悠。恨悠悠。恨到歸時方始休。月明人倚樓。

【注釋】

1　汴水：由河南流經江蘇徐州，合泗水入淮。
2　泗水：源出山東，經江蘇徐州，至清和縣入淮。
3　瓜洲：長江之沙磧，位於江蘇，在長江北岸、當運河之口，以其狀似瓜形故得名。
4　吳山：在浙江杭縣，此處泛指江南一帶諸山。

【解析】

　　該詞刻劃的是相思離愁。詞中藉水流之綿長，擬寫「月明倚樓」的詞中人心中的無限離愁。而透過愁人之眼觀物，整個吳山也是含愁帶嗔的，這樣的情愁，只有在盼到行人歸來時，才可以獲得消解。當然，我們也可以想像被悠悠水流觸動歸思而情苦不已的，是在一片流離光照下的行人。

呂巖 一首

　　呂巖（798？-880？），巖亦作岩、喦，字洞賓，一名巖客，道號純陽子，唐京兆人，禮部侍郎呂渭之孫。咸通中（一說會昌）舉進士不第，遊長安酒肆遇鍾離權，得道，不知所終。所作詞，多以表述仙道思想為主。傳言初居終南山，後又隨權之鶴嶺，既得道且明劍法，乃歷江、淮、湘、潭、岳、鄂、兩浙間，人莫能識，自稱回道人，世稱「八仙」之一。

梧桐影

落日斜，秋風冷。今夜故人來不來，教人立盡梧桐影。

【解析】
　　唐、五代詞以婉約為主，多男女怨情之作；這首〈梧桐影〉以友誼作為主題，在一片相思離愁聲中，顯得相當突出。詞中人在冷風中立盡中宵、等待友人的深濃情誼，早已透紙而出地感動著讀者。

溫庭筠 六首

　　溫庭筠（812-870？），字飛卿，并州岐（今山西太原）人，晚唐著名詞人。他是久居江南，詞中有著濃厚南國情味的北方人，詩與李商隱齊名，世稱溫、李；詞與韋莊並稱，號為溫、韋。但是他文思敏捷卻屢試不中，善為豔詞卻「詞豔人醜」，甚至還被戲稱「溫鍾馗」。傳說每入試，對於試賦所命的八韻，他只要八叉手而八韻成。然而因為恃才傲物，喜譏諷權貴，所以不第；又因「逐弦吹之音，為側豔之詞」，為縉紳所薄，所以《舊唐書》說他「士行塵雜」。然而懷才不遇的境遇，豐潤了他的藝術生命，激發了他的藝術才華，他工於造語、富豔穠麗的詞風，為後世公認的《花間》之冠。

　　《花間集》是中國最早收錄文人詞的一本詞集，詞集風格「鏤玉雕瓊」、「剪花裁葉」，以豔為美，溫庭筠是《花間集》美感類型的奠基者。

菩薩蠻

小山重疊金明滅[1]。鬢雲欲度香腮雪[2]。懶起畫蛾眉。弄妝梳洗遲。
照花前後鏡。花面交相映。新貼繡羅襦。雙雙金鷓鴣[3]。

【注釋】
1　「小山」句：句謂因睡覺致使小山眉交疊、撲額的金粉也脫落。「小山」有二解：一說小山屏，即床前屏風。句謂屏風上彩繪的金碧山水，因日光之照

耀而金光明滅閃爍；一說小山眉，女子的一種眉式。溫庭筠另有一首描寫歡情的〈偶游〉詩，句云：「額黃無限夕陽山」，即言女子之眉形零亂、額黃脫粉，可以參看。

2　「鬢雲」句：因睡覺使得鬢髮凌亂，髮絲橫被在雪白的臉頰上。

3　「新貼」二句：貼繡在短襖上的是，雙雙對對金色的鷓鴣鳥，極言其華麗。繡羅襦，繡花的絲織短襖。

【解析】

　　該詞通篇不出閨房。作者從美人懶洋洋地起床寫起，寫她那蓬鬆似烏雲的鬢髮，寫她慢吞吞地梳洗、畫眉、化妝、簪花、著裝，最後是照鏡，她看著鏡中自己的容顏，雖然堪與花朵爭豔，卻也只能顧影自盼。作者並特意通過羅衣上成對的鷓鴣鳥，以對比詞中人的形單影隻，藉此點出閨怨的主題。纏綿怨悱，又豔麗至極，標準的溫詞典型。

　　溫庭筠站在唐詩、宋詞的分界嶺上。在他之前，是唐詩的極盛時代，從他以後，則開啓了五代、宋詞的無限發展。溫詞富豔穠麗、精妙絕人，但類多香軟、不出綺怨。喜歡透過對景物的描繪，以及經由對詞中人儀態、動作、衣飾、器用的描摹，達到對女子情感、以及心理活動的暗示，即他擅長藉造境來烘染情境，客觀寫情而不喜歡主觀敘述。另外他喜歡以精美語言和物象來渲染氛圍，因此詞風金碧華麗、色澤穠豔。諸如金鷓鴣、金翡翠、金鳳凰、繡羅襦、水精簾、鴛鴦錦、暖香、紅燭、玉釵、眉翠、鬢雲一類的華麗詞藻與穠豔物象，都是溫詞所喜用。

南歌子

倭墮低梳髻[1]。連娟[2]掃細眉。終日兩相思。爲君憔悴盡，百花時。

【注釋】

1　倭墮髻：髮式下垂的髻。
2　連娟：眉細長的樣子。

【解析】

　　該詞也是寫的別後相思。雖然詞中女子也梳了倭墮低髻、也畫了連娟細眉，但是因為終日思君的緣故，即使在百花最盛開、春光正燦爛的時節，卻也已經飽受離情折磨，而憔悴不堪了。

更漏子

柳絲長，春雨細。花外漏聲迢遞[1]。驚塞鴈，起城烏[2]。畫屏金鷓鴣。

香霧薄。透簾幕。惆悵謝家池閣[3]。紅燭背[4]，繡簾垂。夢長君不知。

【注釋】

1　「花外」句：花叢外，悠遠地傳來了計時的滴漏聲。漏聲是計時的銅壺滴漏聲。漏是古代的計時器，以銅壺盛水，底穿一孔，壺中置一刻有度數的箭，當壺中水漸減的時候，刻度便顯露出來，藉此可以知時。迢遞，悠遠的樣子。
2　「驚塞鴈」二句：雁鳥與城上棲鴉都被驚飛。鴈即雁，雁鳥春天由江南飛往塞北，故稱塞雁；城烏是棲在城垛上的烏鴉。
3　謝家：唐李德裕嘗用隋煬帝所作〈望江南〉詞，撰為〈謝秋娘〉曲以悼亡妓謝秋娘；後世遂用謝娘、謝家、謝池、謝橋等諸稱作為妓女、妓館的別稱。
4　背：背對人，謂燭光昏暗。

【解析】

　　詞中有「畫屏金鷓鴣」一語，王國維《人間詞話》即以該語來比擬溫庭筠精美華麗的詞風。溫詞中經常呈現的，就是這樣一種珠光氣、有如濃妝貴婦般的華麗富貴感。

　　詞中先以夜盡更殘、春雨細細，烘托得一片迷惘的悵然之情，然後是花叢外傳來了銅壺的滴漏聲，這聲音原應極其靜悄，但在輾轉不能成眠的思婦聽來，卻像足以驚飛塞鴈與城鴉般驚心。這也暗示了詞中女子苦於離情，正豎起耳朵傾聽一切可能是良人歸來的聲音。但是始終未被掀開的低垂繡簾，吐露了她希望的落空，在鑪香裊裊、薄霧漫漫的長夜裏，她一逕寂寞地獨守著空閨。全詞以一種朦朧幽約的惆悵，傳達出思婦的怨情；結尾的「夢長君不知」，挑明了君心不似我心，更將女子的閨怨推到最高點。

更漏子

玉鑪香，紅蠟淚。偏照畫堂秋思。眉翠薄[1]，鬢雲殘。夜長衾枕寒。

梧桐樹。三更雨。不道[2]離情正苦。一葉葉，一聲聲。空階滴到明。

【注釋】

1　眉翠薄：眉黛褪色，形容妝殘。
2　不道：不管、不顧。

【解析】

　　紅燭微暈、鑪香裊繞，這種適合兩情繾綣的氣氛，益發增添了詞中被離情所苦、無心梳理殘妝亂髮的思婦內心之不能平靜。孤獨不能成眠的她，在無盡的漫漫長夜中，遂怪罪那夜半擾人的梧桐雨。爲什

麼「眉翠薄，鬢雲殘」？因為一夜的輾轉反側。她就這樣翻來覆去地傾聽著空階上的雨聲直到天明。詞中深情刻劃了一位「思婦」的悲苦形象，正是男性文人對理想愛情的樣貌摹寫。

夢江南

千萬恨，恨極在天涯。山月不知心裏事，水風空落眼前花。搖曳碧雲斜。

【解析】

　　這是一首異於溫詞向來蘸金結繡、穠豔色澤的小詞，尤其結句融情入景，以山光水色搖曳、碧雲橫斜收尾，頗具詩韻之美。全詞寫的還是一種離情。因為離別，所以恨在天涯；回到現實，則詞中人只能埋怨山月不解愁，憐花亦復自憐地看著眼前紛飛的落花，綺靡而哀怨。

夢江南

梳洗罷，獨倚望江樓。過盡千帆皆不是，斜暉脈脈水悠悠。腸斷白蘋洲[1]。

【注釋】

1　白蘋洲：生滿白蘋的水中沙洲，此處並無確指。

【解析】

　　溫詞的題材，類多離愁、閨怨，總不脫綺靡；但他在穠麗詞風以外，也偶有疏淡雅致之作，例如該詞。雖然詞中仍是述說離情別

緒，但是突破了閨房限制，以一片悠悠水流與日漸暗沉的斜暉餘光作
為背景，尤其「過盡千帆皆不是」，不僅傳神地表達了那種惴惴不
安、引頸鵠立的熱切盼望之情；更暗示了詞中人從晨起梳洗、到夕陽
西沉的長久等待以及希望落空，而全詞空等離人，從滿懷希望到無限
失望的悽惻心緒，也就不言可喻了。

皇甫松 一首

　　皇甫松（生卒年不詳），字子奇，睦州新安（今安徽歙縣）人，花間派詞人。唐朝工部侍郎皇甫湜之子、牛僧孺（779-848）外甥，生平事蹟無考。其詞不多見，然後人評爲秀雅在骨，存古詩遺意。

采蓮子

船動湖光灩灩[1]秋。貪看年少信船流[2]。無端隔水拋蓮子，遙被人知半日羞。

【注釋】

1　灩灩：波光蕩漾的樣子。
2　「貪看」句：為了窺看意中人，任由船隻隨意飄流。年少，指意中的年輕人。信，放任、隨意。

【解析】

　　這是一首活潑而具有強烈民歌風格的小詞。詞中捕捉了一個情竇初開少女既熱情奔放、又嬌羞無比的稚憨情態，俏皮生動。她先是無所顧忌地大膽窺視意中人；但是當她被所窺視男子看穿心意，並隔著船拋了蓮子過來時，頓時嬌羞得不知所措，半天抬不起頭來。此作堪稱詞中少見的、青春洋溢又張力十足的妙筆。

韋莊 九首

　　韋莊（836-910），字端己，京兆杜陵（今陝西長安縣）人。中唐名詩人韋應物爲其高祖父；少小孤貧，過著「數米而炊，稱薪而爨」的日子；唐僖宗時應舉入長安，卻值黃巢兵變，重圍中與弟妹失散，復爲病所困，直到第三年黃巢兵敗，始得逃出，流寓洛陽。壯歲後南遊，及進士登第，結束顛沛流離，已是五十九之齡了。後來他奉使入蜀，獲西川節度使王建賞識，二度入蜀時遂留掌書記，自後終身仕蜀。於時朱全忠篡唐，稱後梁；王建亦據蜀稱帝，爲前蜀高祖，拜莊爲相，開國典制皆出其手，極貴顯。韋莊早歲流寓洛陽時，曾寫作一六六六字的長詩〈秦婦吟〉，媲美〈孔雀東南飛〉的一七八五字，而有「〈秦婦吟〉秀才」之名。詩中藉逃出賊營的秦婦，道盡戰亂中的賊寇暴行，流傳極廣。但此詩被湮沒千年，直至清光緒廿五年敦煌石室發現〈秦婦吟〉的唐及五代寫本，才重新面世。

　　《花間集》主要收錄五代西蜀詞作，韋莊爲首出，而與溫庭筠抗庭，並稱溫韋。其詞在《花間》共有的閨情題材外，表現了清麗雅淡的一面，擅長淡筆抒濃情。詞作散見《花間集》與《尊前集》。

浣溪沙

夜夜相思更漏殘[1]。傷心明月憑闌干。想君思我錦衾[2]寒。
咫尺畫堂深似海，憶來惟把舊書看。幾時攜手入長安。

【注釋】

1　更漏殘：夜將盡，言其不成眠。

2　錦衾：織錦的被褥。衾，音ㄑㄧㄣ。

【解析】

　　韋莊詞中的情感非常真摯，總給人一種「詞中人」呼之欲出的感覺，彷彿真有「詞中人」與故事情節。詞中隱隱暗示了當初兩人是一齊離開長安的；如今則雖然近在咫尺，卻不得相見。那噬骨的相思，只能任憑它無時無刻地啃噬著內心；當實在相思難耐了，就把舊日書信拿出把看一番，聊以解慰。如此深情，怎不令人動容？尤其「想君思我錦衾寒」句，憐惜地體貼著對方的思己之情，語淡情濃，令人唏噓不已。

女冠子

四月十七。正是去年今日。別君時。忍淚佯[1]低面，含羞半斂眉[2]。不知魂已斷，空有夢相隨。除卻天邊月，沒人知。

【注釋】

1　佯：假裝。
2　半斂眉：輕皺眉頭。

【解析】

　　該詞有月、有日、有年，似有實指；然若求某人某事以實之，則無此必要。該詞主要寫的是離別時的苦，是女子對男子的愛情。其中「忍淚佯低面」句，不知打動了天下凡幾女子？那忍不住即將要滴落的淚，不想讓情郎看見，只好藉著假裝低頭的動作，輕輕拭去。然而這樣的深情，對方知否？詞中楚楚可人又情感真率的女子，緊緊牽繫著讀者的心。

女冠子

昨夜夜半。枕上分明夢見。語多時。依舊桃花面[1]，頻低柳葉眉[2]。半羞還半喜，欲去又依依。覺來知是夢，不勝悲。

【注釋】

1　桃花面：面如桃花，言其美貌。
2　柳葉眉：眉如柳葉，言其細長。

【解析】

　　這首〈女冠子〉和前一首是「聯章體」，前者是女憶男，此則是男憶女。該詞主要寫重逢的快樂與臨去的依依；然而這樣的重逢，卻只是過度思念的「夜有所夢」。整首詞，我的懷念、我的悲傷，都是直抒胸臆、脫口而出，沒有一絲作態、沒有絲毫矯飾；然而卻有一股莫名的失落苦痛，洶湧而來。韋詞是「情勝辭」，以一種主觀而直接的「我手寫我心」、無所假借於穠豔字眼與華美物象的表達方式，形成了一般《花間》詞人難以望其項背的特色。所以王國維說他的詞是「骨秀」，陳廷焯也說他「淒豔入骨髓」。

菩薩蠻　五首

紅樓別夜堪惆悵。香燈半捲流蘇帳[1]。殘月出門時。美人和淚辭。
琵琶金翠羽[2]。絃上黃鶯語。勸我早歸家。綠窗人似花。

【注釋】

1　流蘇帳：飾以流蘇的羅帳。流蘇是一種裝飾用的垂墜絲穗。
2　金翠羽：琵琶上的裝飾物。

【解析】

　　這五首〈菩薩蠻〉是一氣呵成的。其所敘述的事件與感情具有連貫性，不宜單獨視之。

　　第一首從回憶離別時寫起。詞中，韋莊已經沉澱了激情，他平靜地述說當時在紅樓初別、殘月出門、美人相送的情景。當時含淚相送並彈奏琵琶贈別的女子，那如鶯語般的琵琶聲，聲聲都像催促早歸家的殷殷叮囑；又像在訴說綠窗下有個「人似花」的女子在等著、盼著你回來——有這麼美麗的女子在等你，你還不早回嗎？而再不回來，逝水年華恐怕就要如花般凋零了。整首詞有一種美人從圖中走下來，拉近了距離的親切與美感，呈現著生命的熱力；這和溫庭筠詞中嚴妝的貴婦，是異趣的。所以王國維就以該詞中的「絃上黃鶯語」，來概括韋莊詞風，以與溫詞富豔的詞風區隔。

人人盡說江南好。遊人只合江南老。春水碧於天。畫船聽雨眠。
壚邊人似月¹。皓腕凝霜雪²。未老莫還鄉。還鄉須斷腸。

【注釋】

1　「壚邊」句：在酒壚邊賣酒的，是光彩照人的如月美人。壚，安置酒罈的土臺。
2　「皓腕」句：形容手臂雪白如霜雪一般。皓，潔白。

【解析】

　　第二首寫離開紅樓後，到了江南。江南是個美好的地方，凡到過江南的人，無不稱許它的好。除了有碧水藍天、畫舫聽雨以外，更有那「皓腕凝霜雪」的如月美人，一點也不比「綠窗人似花」差啊！但是韋莊的心裏，卻滿滿的紅樓、滿滿等著他回去的「綠窗」美人。所以儘管人人都說遊人只應終老江南，韋莊卻想：一定要還鄉的。只不

過長安也好，洛陽也罷，故鄉到處一片戰亂，那殘破不堪的「內庫燒為錦繡灰」，那骨肉離散的「天街踏盡公卿骨」，實在有歸不得的苦衷啊！還鄉「須斷腸」啊！所以「未老」就暫時「莫還鄉」吧！

如今卻憶江南樂。當時年少春衫薄。騎馬倚斜橋。滿樓紅袖招[1]。翠屏金屈曲[2]。醉入花叢宿。此度見花枝。白頭誓不歸。

【注釋】

[1] 斜橋、紅袖：江南水鄉，歌樓舞榭多傍水而居，故斜橋紅袖用以代稱秦樓楚館的煙花女子。

[2] 「翠屏」句：有著翡翠屏風、金色門紐的女子華麗香閨。屈曲，窗戶或屏風上的環紐，供開關與折疊之用。

【解析】

　　第三首敘述「如今卻憶江南樂」——韋莊不但未還鄉，也離開江南了。在江南的時候，韋莊思念著紅樓；可是現在又到了另一個他鄉，而江南，竟也有了些許故鄉的味道。就像唐朝詩人賈島說的：「客舍并州已十霜，歸心日夜憶咸陽。無端更渡桑乾水，卻望并州是故鄉。」所以當韋莊後來流寓西蜀時，那真正的故鄉：長安、洛陽、紅樓，都太遙遠了，於是只好想念江南吧！何況人生只此一回的青春歲月，那春衫翩翩、馬蹄達達與醉臥花叢的恣意浪漫，都留在江南了。雖然當時心中另有所屬，秋月春風都等閒度過，並不快樂；現在回想起來，那畢竟還是美好的。所以當時錯過的人與事，如果現在還有再一次的機會，他將不再錯過了。而就在這樣的「誓不歸」聲中，我們看見了韋莊對還鄉無期的絕望。

勸君今夜須沉醉。樽[1]前莫話明朝事。珍重主人心。酒深情亦深。

須愁春漏短[2]。莫訴金盃滿。遇酒且呵呵[3]。人生能幾何！

【注釋】

1　樽：盛酒器，酒杯。
2　春漏短：意謂春光非常短暫。漏是計時器，春漏即言春光。
3　呵呵：空洞、並非發自內心的應酬笑聲。

【解析】

　　前塵往事，翻騰胸中，人生幾何？去日苦多。是離開了所愛的女子，悲悼愛情也好；是寄意故國、惓惓故君、悠悠鄉愁也罷，總之，往事已難覓了。唐朝已經滅亡，昭宗已經被殺，而王建卻正倚重著他呢！所以接下來的第四首，且把這無由紓解的一腔愁緒交付「金盃滿」、沉醉去吧！然而就在韋莊空洞的強顏乾笑、不由衷的「呵呵」應酬笑聲裏，我們看到了「須愁春漏短」──已經遲暮衰老了的他心中的痛。他沒有忘記紅樓、沒有忘記「早歸家」的承諾，只是往事不再了；而這裏至少有著「主人心」濃濃的情誼，正以醇酒慇勤相款待呢！

洛陽城裏春光好。洛陽才子他鄉老。柳暗魏王堤[1]。此時心轉迷。
桃花春水淥[2]。水上鴛鴦浴。凝恨對殘暉。憶君君不知。

【注釋】

1　「柳暗」句：柳暗，形容柳蔭濃密茂盛；魏王池在洛陽縣南，魏王堤即在其上，為唐都城之勝。
2　淥：清澈。淥，音ㄌㄨˋ。

【解析】

　　第五首，洛陽才子已經老於他鄉了。一切似皆塵埃落定了，那位當年寫著「洛陽城外花如雪」（〈秦婦吟〉）名句的洛陽才子，如今只能把所有洛陽城裏的好春光、魏王堤的柳蔭濃綠，統統都收箱裝篋、鎖進記憶深處了。面對今日綻滿蜀地妊紫嫣紅的桃花、鴛鴦戲水的春水碧江，韋莊何嘗真的有心？在夕陽殘暉下，他正抱著一腔濃濃的鄉愁、深深的追憶，無限悵惘而淒迷。也由於此，喜用「比興寄託」來解詞的清代常州詞派，認為韋莊五首〈菩薩蠻〉是「留蜀後寄意之作」，有故國之思。

思帝鄉

春日遊。杏花吹滿頭。陌上誰家年少、足風流。妾擬將身嫁與、一生休。縱被無情棄，不能羞。

【解析】

　　這真可以算是一篇癡情女子為愛情無怨無悔的真心告白了。韋莊將詞中那位憧憬愛情、追求愛情，大有屈原「雖九死其猶未悔」架勢、一往情深，且即使明知將被無情拋棄，也願如飛蛾撲火不惜獻身的女子心聲，和盤道出，深情執著得令人感動。

　　這是一首具有民歌活潑精神與風貌的小詞。全詞以明白如話、不假雕琢的口吻，表現出詞中少女看似柔弱屈服愛情，實則爽雋、充滿自主性的愛情觀。

薛昭蘊 一首

　　薛昭蘊，花間詞人，生卒年、字號皆不詳，唐末官侍郎。恃才傲物。每入朝省，弄笏而行，旁若無人，好唱〈浣溪沙〉詞。知舉後，有一門生辭歸故里，臨歧，獻規曰：「侍郎重德，某乃受恩。爾後請不弄笏與唱〈浣溪沙〉，即某幸也。」時人以爲至言。《花間集》錄其詞十九首，《全唐詩》同。

浣溪沙

傾國傾城[1]恨有餘。幾多紅淚泣姑蘇[2]。倚風凝睇[3]雪肌膚。
吳主山河空落日，越王宮殿半平蕪。藕花菱蔓滿重湖。

【注釋】

1 傾國傾城：本謂女色足以傾覆家邦，後世則多作為讚美之詞，用做美人代稱。漢李延年歌：「北方有佳人，絕世而獨立。一顧傾人城，再顧傾人國。寧不知傾城與傾國，佳人難再得。」

2 姑蘇：山名，在江蘇吳縣西南。吳王夫差破越得西施，寵甚，為築姑蘇臺於山，高三百丈，游宴其上。隋因山名州，遂稱吳縣為姑蘇。

3 凝睇：凝眸、凝望。睇，斜視，音ㄉㄧˋ。

【解析】

　　撫今追昔！當詞人面對長滿了藕花與菱蔓的湖面時，不由得懷想：這兒曾是吳王攜著雪膚花貌的西施共遊，在風中凝眸遠望的湖山勝地；如今只見山河依舊，歷史卻已經幾度興亡？越王宮殿更是早已傾頹！詞中充滿了濃厚的興亡感慨，在類多綺怨的《花間集》中並不多見。

毛文錫 一首

　　毛文錫，唐末五代花間派詞人，生卒年不詳，字平珪，高陽人，約西元913年前後在世。年十四登唐進士第。已而至成都，從十國的前蜀高祖（王建），官翰林學士承旨，進文思殿大學士，拜司徒；前蜀亡，隨後主（王衍）降後唐；未幾，孟知祥據蜀稱帝為後蜀，復事於孟氏。《花間集》錄其詞三十一首，《全唐詩》同。

醉花間

休相問。怕相問。相問還添恨。春水滿塘生，鸂鶒還相趁[1]。
昨夜雨霏霏，臨明寒一陣。偏憶戍樓[2]人，久絕邊庭[3]信。

【注釋】

1　「鸂鶒」句：鸂鶒，水鳥，毛有五色。鸂，音ㄒㄧ；鶒，音ㄔˋ。趁，追隨。

2　戍樓：即戍邊。樓，可以憑高望遠的高臺。

3　邊庭：邊地。

【解析】

　　詞中人先是看著池塘春水、水鳥相隨，有感於閨幃寂寞；繼而又被夜雨所擾，在陣陣寒涼清冷中，忍不住地除了思念之外，更掛慮著已經久絕音書的戍邊人安危。

顧敻 二首

　　顧敻，五代時花間詞人，生卒、籍貫、字號均不詳。前蜀時以小臣給事內廷，久之，擢茂州刺史。後又事後蜀孟知祥，累遷至太尉。《花間集》錄其詞五十五首，《全唐詩》同。

訴衷情

永夜[1]拋人何處去，絕來音。香閣掩。眉斂。月將沉。爭忍不相尋。怨孤衾。換我心。為你心。始知相憶深。

【注釋】

[1] 永夜：長夜。

【解析】

　　浪子冶遊，深掩的香閣中，只見一位愁眉深鎖、百轉千迴、萬丈柔情的少婦在靜靜等待，她那哀怨的神情似悠悠然訴說著「換我心，為你心，始知相憶深」的心聲。如此深情婉約、怨而不怒的女子形象，正是傳統士大夫文學中最典型的思婦形象。

虞美人

深閨春色勞思想。恨共春蕪[1]長。黃鸝嬌囀泥芳妍[2]。杏枝如畫倚輕煙。鎖窗前。
憑欄愁立雙蛾[3]細。柳影斜搖砌[4]。玉郎[5]還是不還家。教人魂夢逐楊花。繞天涯。

【注釋】

1 春蕪：春草。蕪，雜草。
2 「黃鸝」句：黃鶯圍繞著花朵婉轉鳴叫。囀，鳥鳴。泥，俗謂柔言索物，即諺云軟纏也。妍，美好。
3 雙蛾：雙眉。
4 砌：臺階。
5 玉郎：婦謂夫之稱，亦可用以稱所歡。

【解析】

　　本應春夢無邊的深閨，實際上卻平添了無限春恨。儘管春色撩人，黃鶯嬌囀、百花盛開、柳暗煙輕，然而這一切都因獨守空閨而變調。不過詞中人還是相思情深地癡想著，但願逐那隨風飄蕩的楊花，天涯海角去尋他、伴他。

鹿虔扆 一首

　　鹿虔扆（一ˇ），五代時花間詞人，生卒年不詳，孟蜀時登進士第，累官為學士。廣政間（約938-950）出為永泰軍節度使，進檢校太尉，加太保。與歐陽炯、韓琮、閻選、毛文錫等俱以工小詞供奉後主（孟昶），時人忌之者稱為五鬼。國亡，不仕。詞中多感慨之音。《花間集》、《全唐詩》存詞僅六首。

臨江仙

金鎖[1]重門荒苑靜，綺窗愁對秋空。翠華[2]一去寂無蹤。玉樓歌吹，聲斷已隨風。

煙月不知人事改，夜闌還照深宮。藕花相向野塘中。暗傷亡國，清露泣香紅。

【注釋】

[1] 金鎖：本為門飾，此指宮門緊閉。

[2] 翠華：以翠羽為飾的旌旗，此指天子之旗。

【解析】

　　金鎖重門、荒苑綺窗，翠華無蹤、歌吹聲斷，月照深宮、藕花滿塘，藉著上述諸多意象，一幅黍離麥秀的亡國景象，已經躍滿讀者眼前。尤其煙月不管人事非，夜深猶照空宮，滿塘藕花皆霑露如泣，詞意婉然、含思淒涼，頗見孟蜀遺臣深情苦調之雅操。

歐陽炯 一首

　　歐陽炯（896-971），益州華陽人，花間派詞人。少事十國之一
的前蜀後主王衍，爲中書舍人。五代的後唐滅十國的前蜀，歐陽炯隨
後主王衍至洛陽。後來孟知祥鎮成都、據蜀僭號稱帝，史稱後蜀，炯
復入蜀，累遷門下侍郎，兼戶部尚書平章事；及後蜀又爲宋所滅，
他亦從孟昶歸宋，爲散騎常侍。《宋史》謂炯性坦率，無檢操，善
長笛。其詞婉約，不欲強作愁思。詞作散見《花間集》、《尊前
集》、《全唐詩》。

江城子

晚日金陵[1]岸草平。落霞明。水無情。六代[2]繁華，暗逐逝波聲。
空有姑蘇臺上月，如西子[3]鏡照江城。

【注釋】

1　金陵：古地名，即今南京市及江寧縣地。
2　六代：六朝。吳、東晉、宋、齊、梁、陳，皆都建康，故城即在今南京市
　　南。
3　西子：即西施。

【解析】

　　龍蟠虎踞、王者之邑的金陵，見證過多少興衰往事的歷史名都！
然而在黃昏日落中，只見岸草搖曳、落霞繽紛，那過眼繁華、六朝金
粉，都隨著秦淮波聲逝；只有曾照古人的今月仍然月光如練，依舊一
片皎潔地光照全城。

孫光憲 三首

　　孫光憲（901？-968），字孟文，陵州貴平（今四川仁壽縣）人，五代花間派詞人。生於唐昭宗末年，避地江陵時，武信王高季興據荊南，號南平（十國之一），招致四方之士，遂入掌書記，官至檢校祕書，兼御史大夫。事南平三世，至高繼沖時，因勸悉獻三州之地歸宋，宋太祖嘉其功，授黃州刺史。性嗜經籍，博通經史，聚書凡數千卷，或手自抄寫，孜孜校讎，老而不廢。自號葆光子，著有《北夢瑣言》。《花間集》、《全唐詩》中存詞頗多。

思帝鄉

如何。遣情情更多。永日¹水精簾下斂羞蛾。六幅羅裙窣地²，微行曳碧波。看盡滿池疏雨打圓荷³。

【注釋】

1　永日：長日、終日。
2　「六幅」句：絲質寬擺的長裙拂過地面。窣，拂過，音ㄙㄨˋ。
3　團荷：圓形的荷葉。

【解析】

　　這是一首描寫相思寂寞的閨情詞。詞人精緻地刻劃了詞中女子，那位水精簾下輕皺著雙眉的女子，當她拖著長擺的絲裙走過時，背後就像泛起了綠波一般。然而她走過去，卻只是獃看著一池子疏雨打圓荷；始終排遣不了的，是她那愈想忘、愈是不斷想起的思念之情。

浣溪沙

蓼[1]岸風多橘柚香。江邊一望楚天長。片帆煙際閃孤光。
目送征鴻飛杳杳[2]，思隨流水去茫茫。蘭紅波碧憶瀟湘。

【注釋】

1 蓼：草本，多長在水邊，夏秋時開紅白色穗狀小花。音ㄌㄧㄠˇ。
2 杳杳：深遠幽暗的樣子。

【解析】

　　這是一首送別後的相思之詞。當片帆遠去如同征鴻飛遠、蹤跡杳
然時，望著遼闊的楚天，任憑蓼岸橘香、蘭紅波碧，詞中人早就思緒
茫然，不知究該如何了。

謁金門

留不得。留得也應無益。白紵[1]春衫如雪色。揚州初去日。
輕別離，甘拋擲。江上滿帆風疾。卻羨綵鴛三十六[2]。孤鸞還一
隻。

【注釋】

1 紵：麻的一種。所織的布，白而且細。
2 綵鴛三十六：古樂府有「鴛鴦七十二，兩兩自成行」，所以說有三十六對綵
　鴛。

【解析】

　　詞一開篇，詞中人便已心死地明白，不但留他不住，強留也是無
益的。只是對方如此輕別離地拋擲而去，到底是令人黯然的。看著江
上簇擁疾行的風帆，不由得羨慕起鴛鴦的雙雙對對；反觀自己，卻如
孤鸞一般，只能孤零零地獨棲。

張泌 一首

　　張泌，生卒不詳，南陽郡人，五代後蜀詞人，花間派代表詞人之一。或謂嘗仕南唐李後主，爲考功員外郎，改內史舍人，隨後主入宋後，仍入史館，遷郎中。《花間集》錄其詞二十七首，《全唐詩》同。然論者懷疑《花間集》的張泌與南唐張泌並非一人。因爲《花間集》940年結集時南唐開國未及四年，若集中「張舍人泌」是事後主的南唐張泌，則事尙距二十餘年（李後主嗣位於961）；且集中所錄皆蜀地或仕蜀之詞人，爲西蜀詞之代表，並未及於南唐詞，不應獨於張泌例外。

浣溪沙

晚逐香車入鳳城[1]。東風斜揭繡簾輕。慢回嬌眼笑盈盈。
消息未通何計是，便須佯醉且隨行。依稀聞道太狂生[2]。

【注釋】

1　鳳城：帝都也。秦穆公女吹簫，鳳降其城，故後世稱京都之城爲鳳城。
2　太狂生：責其人太過輕狂。

【解析】

　　全詞活潑動態地勾畫了一位熱情放浪的少年，毫不矯飾地向女子表達愛意的熱切，而女子亦有互動。當那風輕輕掀開了繡簾時，詞中少年便被車中女子的一雙笑眼迷住了。在無由接近的情形下，他只好一路裝醉地隨車而行。這樣的行徑，其實車中女子是了然於胸的，他於是聽到了她在車中依稀嬌聲輕罵：這樣太輕狂了啊！全詞生動傳神，尤其結句煞住全篇，屬神來之筆。

馮延巳 十首

　　馮延巳（903？-960），字正中，一名延嗣，廣陵（今江蘇江都縣）人。有辭學，多伎藝。五代十國時期，十國的南唐烈祖李昇以爲祕書郎，使與元宗（中主李璟）遊處。遷元帥府掌書記，復自中書侍郎拜平章事，出鎮撫州。秩滿還朝再入相，元宗悉以庶政委之。罷爲宮傅，卒年五十七。著樂章百餘闋，見稱於世；其爲五代詞一大家，與溫、韋鼎足，影響北宋諸家尤鉅，世稱晏殊得其俊、歐陽脩得其深，故王國維說他「雖不失五代風格，而堂廡特大，開北宋一代風氣。」南唐歌詞種子向江西發展，馮氏實其中心人物。其詞頗與《花間集》異趣，他往往寫一種感情境界，一種清麗中寓著哀傷韻致的人生無常憂患意識。故王國維摭取其句「和淚試嚴妝」，以比擬其詞風。詞集曰《陽春集》。

鵲踏枝

梅落繁枝千萬片。猶自多情，學雪隨風轉。昨夜笙歌容易散。酒醒添得愁無限。
樓上春山寒四面。過盡征鴻[1]，暮景煙深淺。一晌[2]憑闌人不見。鮫綃掩淚[3]思量遍。

【注釋】

1　「過盡」句：音信全無的失望之情。征，遠行；鴻，大雁，傳說雁能傳信。
2　一晌：晌，可做片刻，亦可做天、日解，於此有漫長、久長的後者之意。
3　鮫綃掩淚：用細絲絹拭去淚水。傳說海底鮫人泣淚成珠，且能織綃。綃，絲

製的薄紗絹。

【解析】

　　閒愁是愁，也是一種多情，一種即使在笙歌狂歡、以酒澆胸中塊壘後，都無法釋懷的愁；但它同時也是一種熾烈的感情，一種如落梅多情眷戀，猶隨風飄轉、不忍委地的掙扎與執著。馮詞喜歡藉著四周清冷的氛圍，將詞中人從熱鬧的現實環境中抽離，以呈現其內心的孤寂。所以詞中人在笙歌散去、酒醒之後所感受到的，是四面寒山的無限孤獨感。而這種孤獨感的產生，緣自對現實人生「笙歌容易散」的失望，也緣自多情執著。所以他在慨嘆賞心樂事、良辰美景不能久長，「過盡征鴻」、「憑闌不見」反是常態後，還是堅持「鮫綃掩淚思量遍」的等待與思念。如此盤旋鬱結卻堅定執著的感情，既是馮延巳的感情，也是馮詞所想要表達的感情意境。

鵲踏枝

誰道閒情拋擲久。每到春來，惆悵還依舊。日日花前常病酒。
不辭鏡裏朱顏瘦。
河畔青蕪堤上柳。為問新愁，何事年年有。獨立小橋風滿袖。
平林新月人歸後。

【解析】

　　「誰道」，正道出詞人的盡力與無奈；為此，他不辭日日病酒，縱使明知鏡裏朱顏已消瘦，還是寧願一醉解愁。至於為什麼在花前飲酒？這就給了讀者思想的空間——如果你想到了「花無百日紅」，那麼就會聯想到「人無千日好」的韶華易逝、盛年不再；如果是想到了「有花堪折直須折」，那麼便也會聯想到「人生得意須盡歡」、「莫待無花空折枝」的即時行樂；又，如果想到了「花面交相映」的

「人比花嬌」，那麼一幅觥籌交錯、聲色俱全的豪門宴會，就展開在眼前了。而這些也都說明了詞人為什麼「不辭病酒」的原因。然而在這樣的笙歌狂歡之後，他依然清醒地還是有著一腔愁緒在，因此他最後選擇在一座冷風由四面灌入、無所遮蔽的橋上靜立的獨處。四周的極端清冷，正貼切著他既孤獨又寒涼的心境。儘管表面上他被許多熱鬧的人群包圍著，但實際上他是一個人踽踽獨行的。

鵲踏枝

幾日行雲何處去。忘卻歸來，不道春將暮。百草千花寒食[1]路。香車繫在誰家樹。

淚眼倚樓頻獨語。雙燕飛來，陌上相逢否。撩亂春愁如柳絮。悠悠夢裏無尋處。

【注釋】

1 寒食：節日名，在清明節前一至二日。是日民俗禁火，只吃冷食。相傳晉文公為逼使隱居的介之推出山，而縱火燒山，之推抱樹而死。文公為悼念他，遂於此日禁火，後來相沿成俗。

【解析】

　　這是一首閨怨詞，作者為詞中女子代言，仿其口吻而發嗔語。她怪道離人一去便沒了消息，也不管春天將要結束了。她甚至猜忌地想，在那百草千花的路上，他到底被誰羈絆住了？然而她只能含淚登樓，甚至癡問歸來的雙燕（唉！連燕子都是成雙的），道上與良人相遇了嗎？最後，她帶著滿懷紛亂如柳絮的愁緒，悠悠入夢，實在是春愁無限啊！

鵲踏枝

六曲闌干偎碧樹。楊柳風輕，展盡黃金縷[1]。誰把鈿箏移玉柱[2]。
穿簾海燕雙飛去。
滿眼游絲兼落絮。紅杏開時，一霎清明雨。濃睡覺來鶯亂語。
驚殘好夢無尋處。

【注釋】

1　黃金縷：輕風拂柳，淡黃淺綠的柳條搖曳，如絲絲金縷一般。
2　鈿箏、玉柱：鈿，用金銀貝玉等裝飾器物；柱，琴瑟用以繫弦之木。

【解析】

　　〈鵲踏枝〉是馮延巳填得特別好的一個詞牌，十四首〈鵲踏枝〉
都極烜赫。

　　詞中，微雨中委地的紅杏、春風中輕擺的柳條，那滿眼的游絲和
滿地的落絮，還有一瞥即逝、悠然遠去的燕影，以及驚殘好夢的鶯
語、無處尋覓的殘夢，在在都構成了一幅美不勝收、琳瑯滿目，卻充
滿著憂鬱情調暗示的金碧山水。馮詞的美，美得有些迷惘、悵然，但
真要問爲什麼？又在詞中找不出答案。這也就是正中詞的基調，一種
在優美生活中蘊蓄著的、無法具體捕捉卻又真實存在，彷彿眾人都有
過的、屬於午後怔忡發懶的生活中的閒愁。

謁金門

風乍起。吹縐一池春水。閒引鴛鴦香徑裏。手挼[1]紅杏蕊。
鬥鴨闌干[2]獨倚。碧玉搔頭[3]斜墜，終日望君君不至。舉頭聞鵲
喜。

【注釋】

1　挼：同捼，兩手揉搓，音ㄋㄨㄛˊ。

2　鬥鴨闌干：有著鬥鴨形製的欄干。鬥鴨：鬥鴨之戲，自古有之，與鬥雞相似，以供豪家娛樂者。

3　搔頭：髮簪別名。漢武帝過李夫人，嘗就其頭上之玉簪取以搔頭，故名。

【解析】

　　南唐是五代時期與西蜀並駕的另一詞學重鎮。南唐君主皆好詞，中主即曾以該詞戲問馮延巳「吹縐一池春水，干卿底事？」馮對曰：「未若陛下『細雨夢回雞塞遠，小樓吹徹玉笙寒。』」中主悅。

　　詞中，那位「終日望君君不至」的女子，她的心情亦一如被吹縐了的春水般，再也無法平靜。然而她實在也無可奈何，她只能百無聊賴地獨倚欄杆、閑引鴛鴦、手挼紅杏，盡做些無聊事。最後她並且將盼望良人歸來的一線希望，寄託在她抬頭見鵲的喜兆裏。馮詞充分勾勒了在士大夫文學中被賦予婉約、順從、宿命的傳統柔弱女子形象；但這樣的女子形象，投射了傳統男性文人期望中的愛情樣貌：希望有位婉約的女子永遠為他等待，甚至用結句的「舉頭聞鵲喜」牢籠她，不讓她死心，是傳統男尊女卑社會的典型寫照。

歸自謠

何處笛。深夜夢回情脈脈。竹風檐[1]雨寒滴窗。
離人數歲無消息。今頭白。不眠特地重相憶。

【注釋】

1　檐：簷的本字。

【解析】

　　離人已經離去很久，也都沒有消息了；激情和相思，早已隨著年紀沉澱了。只不過在這樣一個夜雨滴窗、遠處又傳來了悠揚笛聲的寒夜裏，是很適合回憶的，那就再想他一回吧！在一般多少帶點怨情的相思情詞裏，這是一首有意予以「冷處理」，使帶點距離感，卻反而顯現出優雅，相當特殊的相思之詞。

浣溪沙

轉燭飄蓬[1]一夢歸。欲尋陳跡悵人非。天教心願與身違。
待月池臺空逝水。陰花樓閣謾[2]斜暉。登臨不惜更沾衣。

【注釋】

1　轉燭飄蓬：轉燭：比喻世事轉變得太快，好像風中之燭；佛經中有「富貴貧賤有如轉燭」的譬語。飄蓬：比喻人生漂浮無定，有如飛蓬。因為蓬草遇風，根拔飄轉。
2　謾：廣泛、迂闊，通漫。

【解析】

　　經過人世的轉燭飄蓬後，詞中人總算明白了一個道理：現實人生中，心願總是與事實相違背的。雖不言悲，悲已溢滿詞中。他雖然一心夢回昔日舊地，但卻發現人事已非。當面對依舊逝水、兀立斜暉中的池臺樓閣時，他心想此際如果再登臨，定要不惜霑衣的。詞中雖無確指，旨隱詞微，然悵然憶往、追悔之情深深湧現。

三臺令

南浦[1]。南浦。翠鬟[2]離人何處。當時攜手高樓。依舊樓前水流。流水。流水。中有傷心雙淚。

【注釋】

1　南浦：送別地的代稱。浦是水邊之地。屈原《楚辭‧九歌》曰：「送美人兮南浦」。
2　翠鬟：翠綠色的鬢髮，指女子而言。凡翠鬟、翠鬢、翠顰等，皆作為女子之指稱。

【解析】

　　南浦，那送別美人離去的舊地；當詞中人多情地再度重回時，只見樓前流水依舊東流，美人卻早已不再。在難忍的思念中，他悲傷地流下了淚水。這是一首詞中不多見的男子思念女子之作。

憶江南

今日相逢花未發。正是去年，別離時節。東風次第有花開。恁時須約卻重來[1]。
重來不怕花堪折。祇怕明年，花發人離別。別離若向百花時。東風[2]彈淚有誰知。

【注釋】

1　「東風次第」二句：花兒在春風中依序開放；人要再見，卻必須事先約定。恁時，那時。
2　東風：春風。

【解析】

　　對於花開花落與人事間的聚散，詞人有著深深的感慨。然而那花，乃是依時開放，自有次第的；人卻聚散無憑，離別未必能相逢，而歡聚之後又須面對別離。今日相逢花未開，那麼當花開時節是否就是離別時刻了？尤其如果在一片繁華熱鬧中告別，有誰會去注意到離人悽愴的心緒呢？就像百花盛開時節，春風便是臨去依依，又有誰知呢？詞中深深寓有詞人不被察知、纖敏而幽微的傷別意緒在其中。

采桑子

花前失卻遊春侶，獨自尋芳。滿目悲涼。縱有笙歌亦斷腸。
林間戲蝶簾間燕，各自雙雙。忍[1]更思量。綠樹青苔半夕陽。

【注釋】

1　忍：豈忍？即不忍。

【解析】

　　該詞是正中詞的代表作之一，詞人幽微的心緒和藝術風貌，盡皆呈現。馮詞最為人稱道的，是他所特有的文雅氣息，一種雖也不脫傷春悲秋，卻含蘊著優美、雅致情調的小詞；而其藝術形貌，則是一種「樂景襯哀」，往往以偏「冷」的色調表現哀美的氛圍。

　　馮延巳和《花間集》異趣的地方，在於其詞每於清麗中寓著哀傷韻致，似有一種莫名的哀愁隱約其中，如「縱有笙歌亦斷腸」──狂歡中獨自啜飲憂傷的苦酒，就是馮詞的典型。他喜歡藉由劃清詞中人與外界的聯繫通道，以對比、或隔絕詞中人和喧鬧外界的距離，呈現出他的內心孤寂。所以他在富豔的「花前」，感受到的是：「失卻遊春侶」的悲愴和「獨自尋芳」的淒涼；「綠樹青苔半夕陽」給予

讀者的視覺效果,也不是春暖花開、草木籠蔥的欣欣向榮,而是夕陽西下、一片靜寂的慘淡清冷。這就是馮詞所擅長的,捕捉在剎那間忽然湧現的、喧鬧中的失落感,或是笙歌散盡以後的孤寂感。王國維說,若從馮延巳的詞中求句以形容其詞品,則「和淚試嚴妝」殆近之歟!透過繁華熱鬧中的踽踽獨行,以傳達出他個人強烈的哀愁美偏嗜,就是我們讀馮詞最深刻的感受。

李璟 二首

　　五代時期，南唐中主李璟（916-961），字伯玉，爲烈祖之子，廟號元宗。美容止，器宇高邁，性寬容，擅文學。十歲，詠新竹詩云：「棲鳳枝梢猶稍弱，化龍形狀已依稀。」人奇之。在位十九年，賓禮大臣，敦睦九族。每聞臣民不獲其所者，輒咨嗟傷憫，形於顏色。少有至性，懷高世之量。初，於盧山瀑布前構築書齋，以爲他日終焉之計；紹襲帝位之後，遂舍爲開先精舍。頗好詞，唯存世之詞僅四首。

攤破浣溪沙

手卷眞珠[1]上玉鉤。依舊春恨鎖重樓。風裏落花誰是主？思悠悠。

青鳥[2]不傳雲外信，丁香[3]空結雨中愁。回首綠波三楚[4]暮，接天流。

【注釋】

1　真珠：真珠簾之簡言。

2　青鳥：以喻使者。傳說漢武帝時，西王母欲來，先有青鳥飛集殿前；至，則又有青鳥夾侍其傍，故後世用以爲喻。

3　丁香：一名雞舌香；常綠喬木，花簇生莖頂，淡紅色，可製油。

4　三楚：指楚地而言，含西楚、東楚、南楚。

【解析】

　　〈攤破浣溪沙〉即〈浣溪沙〉調攤破上下闋末句，各添三字，使成七、七、七、三句式。

　　該詞不脫春閨怨情之作。思婦捲起珠簾，因見黃昏靉然的天際，綠波連天；又見風中落花，飄飄然下，兼以離人音信無憑，遂不免淡淡愁起、悠悠怨生。

攤破浣溪沙

菡萏¹香銷翠葉殘。西風²愁起綠波間。還與韶光共憔悴，不堪看。

細雨夢回雞塞³遠，小樓吹徹玉笙⁴寒。多少淚珠無限恨，倚闌干。

【注釋】

1 菡萏：荷花。音ㄏㄢˋ ㄉㄢˋ。
2 西風：秋風。
3 雞塞：即雞鹿塞，當內外蒙古之界。其在蒙古鄂爾斯右翼的痲渾縣北，當黃河北岸，出則抵外蒙古。此處泛指邊塞之地。
4 玉笙：笙之以玉飾者。笙，古管樂器。

【解析】

　　思婦思念征夫之詞。當荷花枯萎，荷葉漸漸殘敗之時，蕭颯的秋風就吹起了。儘管花顏曾經嬌豔，卻也終隨著時序變遷，而至不忍卒睹了。不過詩人們傷春悲秋，雖然借言大自然消長，其實真正的深層意識，乃是自嗟韶華易逝、青春易老，是對生命衰殘的悲哀。所以對於該詞，王國維《人間詞話》就特別欣賞「菡萏香銷翠葉殘，西風愁起綠波間」二句，說：「大有眾芳蕪穢，美人遲暮之感」；且認為古今讀者之愛「細雨夢回雞塞遠，小樓吹徹玉笙寒」句，正可以知解人不易得，知音難尋。

李煜 十首

　　南唐後主李煜（937-978），元宗（中主李璟）第六子；字重
光，號鍾隱，別號蓮峰居士，以示無意政事，卻因諸兄早死而嗣
位。喜讀書，善書畫，審音律。孝友仁愛，嗣位之初，專以愛民爲
急，蠲賦息役，以裕民力。然酷好浮屠，崇塔廟；罷朝，輒造佛
屋，易服膜拜，頗廢政事。故雖仁愛足以感民，而卒不能保社稷。在
位十五年。宋太祖開寶八年（975），宋將曹彬攻破金陵時，後主出
降，被執至京師，封爲「違命侯」。宋太宗太平興國三年被賜死，
年四十二。煜后周氏，善歌舞，尤工琵琶；煜以后好音律，亦頗耽
嗜，善詞。王國維評其詞，曰：「神秀」，在溫庭筠的「句秀」與韋
莊的「骨秀」之外，允爲唐五代詞人之冠；又說：「詞至李後主而眼
界始大，感慨遂深，遂變伶工之詞而爲士大夫之詞。」後主生於深
宮、長於婦人，其爲人君所短處，卻是其爲詞人所長處；所作詞殆皆
以血淚書之，性情眞摯，極受後人喜愛。

玉樓春

晚妝初了明肌雪[1]。春殿嬪娥魚貫列[2]。鳳簫吹斷水雲間[3]，重按
霓裳歌遍徹[4]。
臨風誰更飄香屑[5]。醉拍闌干情味切。歸時休放燭花紅[6]，待踏馬
蹄清夜月。

【注釋】
[1]　明肌雪：肌膚明亮雪白。

2　魚貫列：隊伍整齊有序，如魚貫而排列。
3　「鳳簫」句：句謂簫聲響徹雲霄。鳳簫，一種排簫，竹管參差如鳳凰張翅。吹斷即吹盡，盡興吹至極致。水雲間，間或做閑，形容遠離塵俗。
4　「重按」句：重按，一遍又一遍地彈奏。霓裳，即霓裳羽衣曲。歌遍徹，是說盡情地、不斷地歌唱；遍與徹皆大曲中之名目，字面並有周遍、盡致之意。
5　飄香屑：迎風灑下沉檀香的屑末。
6　燭花紅：即紅燭。

【解析】
　　該詞呈現了後主宮廷生活的生香活色樣貌。那一列列魚貫而立、膚白貌美的嬪娥；那通宵達旦、響遍行雲的簫聲樂曲，一幅充滿歌聲舞影、聲色享受的宮廷素描，浮現我們的眼前；再加上徜徉其間意滿至極而醉拍闌干、月上簾櫳才願歸寢，而且還要騎著馬踏在灑滿月光的路上，又不讓侍衛在回寢宮的路上點上紅燭照明，以免破壞了清夜雅賞——後主性格中的耽溺特質：不論歡樂也好、痛苦也好，都要恣意地達到極致而後已，亦於此顯露。

搗練子令

深院靜，小庭空。斷續寒砧[1]斷續風。無奈夜長人不寐，數聲和月到簾櫳[2]。

【注釋】
1　寒砧：指秋夜的砧聲。砧，擣衣石。
2　簾櫳：窗上的格子。也用以指整個窗戶。

【解析】

　　月光照著窗牖，寂靜的深院，長夜不寐的詞中人，傾聽著伴隨風聲傳來的、斷斷續續的陣陣搗衣聲。一樣都是不寐，一樣都是有所懷想，溢滿全詞的，是濃濃的思念之情與淒咽景況。

破陣子

四十年來家國，三千里地山河。鳳閣龍樓連霄漢[1]，瓊枝玉樹作煙蘿[2]。幾曾識干戈。

一旦歸爲臣虜，沉腰潘鬢[3]消磨。最是倉皇辭廟日，教坊猶奏別離歌。揮淚對宮娥。

【注釋】

1　「鳳閣」句：雕飾龍鳳的宮殿樓閣，高聳入雲霄。
2　「瓊枝」句：瓊枝玉樹，形容花樹珍貴。煙蘿，聚煙纏蘿，形容草木繁盛茂密。
3　沉腰潘鬢：腰瘦了，鬢也斑白了。

【解析】

　　「四十年來家國，三千里地山河」，何等磅礴的帝王氣勢啊！放眼中國詞史，有幾人能說這種話的？詞人中眞正擁有過國家，擁有過山河，最後並陷溺在痛苦回憶不可自拔的，也只有李後主了。王國維說：「尼采謂『一切文學，余愛以血書者。』後主之詞，眞所謂以血書者也。」後主亡國北上後的詞，殆可以用字字血淚來形容。他回憶著當時高聳入雲霄的宮殿樓閣、聚煙纏蘿的珍貴花木，對比著今日的腰瘦鬢斑；他從一個養在深宮、不識干戈的帝王，到一個倉皇辭廟、宮女相送的亡國囚虜，實在是情不能堪啊！

　　後主去國之際，亡國之君猶自對宮娥揮淚，亦不免招來衛道者罵

聲；然後主情眞，不爲「掩耳盜鈴」、「此地無銀」之辯，純寫一片胸臆。唯其情眞、字眞，故能打動人心；這就是他爲人君所短處，即其爲詞人所長處。法國作家繆塞曾說：「最美麗的詩歌是最絕望的詩歌，有些不朽篇章是純粹的眼淚。」後主可爲註腳。

清平樂

別來春半。觸目愁腸斷。砌下落梅如雪亂。拂了一身還滿。

雁來音信無憑。路遙歸夢難成。離恨恰如春草，更行更遠還生。

【解析】

　　那拂不去、拂了還滿，如雪花般紛飛的落梅，多像後主的無盡愁思啊！那行遠更生的春草，更像極了後主歸不得的離恨啊！但是再怎麼極目望斷，也只見孤雁與不盡的迢迢遠路，觸目滿眼愁啊！著此數語，實已催得離人滿腔辛酸。

相見歡

林花謝了春紅。太匆匆。無奈朝來寒雨晚來風。

胭脂淚。相留醉。幾時重。自是人生長恨水長東。

【解析】

　　歷經清晨寒雨、夜晚寒風無情洗禮的嬌嫩春花，怎能不凋零呢？但世間如此匆匆的，並不止風雨中早謝的春花而已，在人生有限的年光裏，一樣要承受那麼多不可避免的人生長恨。詞中深寓後主對生命良辰不再、美景難續的深沉嘆息。就在後主的嘆息中，我們看到了不

僅屬於後主一人一時一地的哀傷，而是屬於人類全體的共悲，他將悲傷推向了宇宙與人生的高度，無怪王國維說他儼然「有釋迦、基督擔荷人類罪惡之意」。這個時期的後主詞，體現了一種大開大闔、從大處落墨的藝術特徵，千錘百鍊卻不見斧鑿痕跡，從絢爛中褪盡芳華、明白如話、自然易曉的藝術風格，深具無遠弗屆的感染力，不僅敲動無數國人心靈，在思想內容或藝術技巧上，也都已臻小詞的最高境界。

　　詞體從原來在歌筵酒席中演唱的曲詞，到李後主從肺腑流出、抒發胸懷，以深摯的情思扭轉了詞「應歌而作」的時代風氣 —— 完成了詞從「娛賓遣興」到「以詞言志」，從粉黛釵裙到文學大道的轉變。

相見歡

無言獨上西樓。月如鉤。寂寞梧桐深院鎖清秋[1]。
剪不斷。理還亂。是離愁。別是一般[2]滋味在心頭。

【注釋】

1　清秋：淒涼。
2　一般：一種。

【解析】

　　後主總是一個人默默地登上了高樓。在一彎新月的照耀下，鄉愁顯得格外難忍。明月照高樓，庭院深又深，那揮不去、又碰不得的苦楚，點點滴滴都刻在心頭啊！幽禁他鄉的日子，多少的思鄉情愁都只能化作望鄉的淚水。一次又一次，後主登上高樓、憑欄望遠，希望在飛越萬水千山的假想中，鄉愁能夠稍稍獲得紓解；然而他一再失望了，思鄉就像一江向東流去的春水，永遠流不盡！因此他愛上

高樓、愛遠眺；但是他也怕上高樓、怕遠眺。他甚至絕望地告訴自己：「獨自莫憑欄！」因爲「無限江山，別時容易見時難。」後主詞千迴百轉，哀沉入骨！王國維稱以「神秀」！

子夜歌

人生愁恨何能免。銷魂獨我情何限。故國夢重歸。覺來淚雙垂。

高樓誰與上。長記秋晴望。往事已成空。還如一夢中。

【解析】

　　後主有時也重回故國回憶，回想著從前在秋日晴空下的登樓談讌。他也能體悟，人生本來就有免不了的愁恨，只是爲什麼我的愁苦如此之甚呢？故國只能在夢中重回了，想要再見，就只有「天上人間」能實現吧！「此中日夕以淚洗面」，是他的生活寫照，現實太苦，也難以承受；他只能活在回憶中，儘管往事如夢，他的心裏，滿滿的還是只有回憶。

浪淘沙

簾外雨潺潺[1]。春意闌珊[2]。羅衾[3]不耐五更寒。夢裏不知身是客，一晌[4]貪歡。

獨自莫憑欄。無限江山。別時容易見時難。流水落花春去也，天上人間。

【注釋】

1　潺潺：水流聲；此處指雨聲。

2　闌珊：衰殘的樣子。
3　羅衾：薄絲被。衾，音ㄑㄧㄣ。
4　一晌：片刻，言其短暫。晌，音ㄕㄤˇ。

【解析】

　　醒著，後主仍然免不了一次又一次地登上高樓。他想：在憑欄遠眺的飛越千山萬水假想中，思鄉情緒應能獲得稍解吧！然而這就和「借酒澆愁愁更愁」的道理是相同的。故國之思就像一江東流水，是永遠也流不盡的啊！睡著，後主也總是在綿綿春雨的寒氣裏，在不耐五更寒的薄衾中，悠悠醒轉而淚濕衾枕，宋帝故意給了他一條不能抵擋北地苦寒的薄衾；然而他只有在夢中才能短暫地忘卻異鄉的悲痛啊！現實人生，他早已如春去的落花逐流水了。

　　清代著名詞評家周濟，曾以盛名的歷史美人比喻詞人的風格。他說：「毛嬙（王昭君）、西施，天下美婦人也。嚴妝佳，淡妝亦佳，粗服亂頭，不掩國色。飛卿（溫庭筠），嚴妝也；端己（韋莊），淡妝也；後主則粗服亂頭矣。」周濟以佳人的濃妝和淡妝來譬喻溫庭筠和韋莊，以未著妝又穿著粗布衣裳、頭髮凌亂的「粗服亂頭」說後主，或許人們以爲「粗服亂頭」的人會相形見絀；實則在如此未加妝扮下還能「不掩國色」的，那種美才眞叫人驚豔不已！正所謂「天生麗質難自棄。」周濟說的自然美與人工美，何者更勝？盡在不言。

<h2 style="text-align:center">虞美人</h2>

春花秋月何時了。往事知多少。小樓昨夜又東風[1]。故國不堪回首月明中。
雕闌玉砌[2]應猶在。只是朱顏[3]改。問君能有幾多愁。恰似一江春水向東流。

【注釋】

1　東風：春風。

2　雕闌玉砌：雕飾的闌干與玉砌的臺階，形容舊宮之富麗。

3　朱顏：紅潤的容顏，此處指君主。

【解析】

　　春花、秋月，本皆人間至美，然而對後主來說，何時才是盡頭呢？在不盡的往事中，後主不勝黯然了。月明之夜，尤其是春風輕拂的夜裏，那故國之思寸寸啃噬著他的內心。良辰依舊，美景還在，只是人事都已全非，他的愁、他的淚，就像那一江無止無盡的春水，永遠也不能停止奔流啊！——在後主的詞篇中，我們看到了什麼叫做「亡國之音哀以思」。

虞美人

風回小院庭蕪綠。柳眼春相續[1]。憑闌半日獨無言。依舊竹聲新月似當年。

笙歌未散尊罍[2]在。池面冰初解。燭明香暗畫樓深。滿鬢清霜殘雪[3]思難禁。

【注釋】

1　春相續：連綿不斷的春光。

2　尊罍：酒器。

3　清霜殘雪：比喻頭上白髮。

【解析】

　　全詞充滿了故國不堪回首之恨。雖然眼前的風回小院、庭院蕪綠，甚至連竹聲新月的情景，都和昔日並無二致；但是那位當年笙歌處處、尊罍滿前的意氣風發君主，對比著今日清霜殘雪滿鬢、憑闌半日無言的燭明香暗畫樓中人，真是肝腸斷絕啊！

范仲淹 三首

　　范仲淹（989-1052），字希文，先世邠（今陝西省縣名）人，遷居吳縣（今江蘇省蘇州市）。進士出身，北宋仁宗時官至樞密副使，參知政事。他在陝西守邊數年，西夏不敢來犯，說他：「胸中自有數萬甲兵」，並呼為「龍圖老子」（龍圖閣為宋官府，內奉太宗御書文集、典籍圖畫、寶瑞之物，設學士）。其為將號令明白，愛撫士卒。後以疾，請鄧州，尋徙荊南、杭州、青州，卒，年六十四。謚文正。他是北宋著名的政治家，也是著名的文學家，詞作則傳世甚少。

漁家傲

塞下¹秋來風景異。衡陽雁去無留意²。四面邊聲連角起。千嶂裏³。長煙落日孤城閉。

濁酒一杯家萬里。燕然未勒⁴歸無計。羌管⁵悠悠霜滿地。人不寐。將軍白髮征夫淚。

【注釋】

1　塞下：指西北邊地。時范仲淹鎮守延安。
2　「衡陽」句：雁兒向衡陽飛去，毫不留戀荒涼的西北邊區。雁，候鳥，秋，南飛；春，北返。今湖南省衡陽縣南有衡山七十二峰，其首曰迴雁峰，相傳雁飛至此不過，遇春而回。
3　千嶂裏：層層山峰的環抱。嶂，連綿如屏障般的山峰。
4　燕然未勒：還沒有在燕然山刻石勒功，比喻還沒有擊潰敵軍。《後漢書》載

竇憲大破匈奴，登燕然山刻石勒功，令班固作銘，紀漢威德。燕然山，去塞
三千餘里，即今外蒙古之杭愛山。勒，刻也。
5　羌管：即羌笛。其聲嗚嗚，哀厲高亢。

【解析】

　　范仲淹守邊，作〈漁家傲〉數首，皆以「塞下秋來風景異」作爲
起句，歐陽脩呼爲「窮塞主」之詞。

　　邊塞本就荒涼，加上入秋以來的草木枯黃、南飛的雁兒、四面響
起的悲涼角聲，以及在群山萬壑中、漫天煙塵下城門緊閉的孤城，在
在都是淒涼意啊！此情此景卻歸期遙遙，眼看著將軍頭白了，萬里征
夫也只能在遍地寒霜、潸然淚下的長夜不寐夜裏，聽著那羌笛悠悠響
起，藉著手中一杯杯的酒，暫時拋開他的鄉愁、他的苦。全詞蒼涼悲
壯，慷慨生哀。

蘇幕遮　懷舊

碧雲天，黃葉地。秋色連波，波上寒煙翠。山映斜陽天接水。
芳草無情，更在斜陽外。
黯鄉魂[1]，追旅思[2]。夜夜除非，好夢留人睡[3]。明月高樓休獨
倚。酒入愁腸，化作相思淚。

【注釋】

1　黯鄉魂：思歸不得，黯然銷魂。
2　追旅思：羈旅的愁思纏擾不休。思，音ㄙˋ。
3　「夜夜」兩句：夜晚除開偶然的好夢外，否則多是輾轉難眠。

【解析】

　　畫面上呈現的，是寒煙籠罩下淡淡的斜陽，以及一片從岸邊衰

草、遍地落葉直連綿到天際的無邊秋色。這樣衰颯的秋意，已經烘托得人一腔愁思了，何況詞中人正爲鄉愁與離情所苦。那把人攪擾得夜夜不能安眠的鄉愁、把酒都催成了相思淚的相思苦，實在是難以排遣啊！范仲淹傳世的詞雖然不多，但無論在景語或情語的營構上，他都是箇中能手。

御街行　秋日懷舊

紛紛墜葉飄香砌[1]。夜寂靜，寒聲碎[2]。眞珠簾捲玉樓空[3]，天淡銀河垂地[4]。年年今夜，月華如練[5]，長是人千里。

愁腸已斷無由醉。酒未到，先成淚。殘鐙明滅枕頭攲[6]，諳盡[7]孤眠滋味。都來[8]此事，眉間心上，無計相迴避。

【注釋】

1 香砌：有落花香味的臺階。
2 寒聲碎：寒風掃落葉的細碎聲。
3 「真珠」句：真珠簾高捲，人去樓空。
4 「天淡」句：天色清朗，銀河斜掛就像是垂到了地上般。
5 如練：月光像白練般潔白。練，柔軟潔白的熟絹。
6 「殘鐙」句：殘燈忽明忽暗，人因睡不著而斜靠在枕上。鐙，同燈。
7 諳盡：嘗盡。
8 都來：算來。

【解析】

　　俗語說：「酒入愁腸愁更愁」，范仲淹也說過「酒入愁腸，化作相思淚」；然而在靜極了的夜裏，詞中人聽著那風掃落葉的細碎聲，望著高捲的眞珠簾外，清朗秋夜下垂地的銀河、皎潔如練的一片月華，他正苦苦忍受著人各千里的孤枕滋味，他早已愁得肝腸寸斷、淚流滿面了，哪裏還需要酒來催淚、增愁呢？何況這樣的苦還是無時或忘，在眉間心上始終都卸不下來的啊！

張先 四首

　　張先（990-1078），字子野，烏程（今浙江吳興）人，北宋婉約派詞人。天聖八年進士，嘗知吳江縣，累官都官郎中，以祕書丞歷知虢州、渝州。晚居西湖，常泛扁舟，垂釣為樂。常與蘇軾、陳襄諸人唱和，蘇軾稱其詩筆老妙，歌詞乃餘波。詞與柳永齊名，擅小令，至老不衰，年八十餘視聽猶不減，仍蓄聲伎。

天仙子 時為嘉禾小倅[1]，以病眠，不赴府會

水調[2]數聲持酒聽。午醉醒來愁未醒。送春春去幾時回，晚臨鏡。傷流景[3]。往事後期空記省。
沙上並禽池上暝[4]。雲破月來花弄影。重重簾幕密遮燈，風不定。人初靜。明日落紅應滿徑。

【注釋】
1　小倅：副官、小官。音ちㄨㄟˋ。
2　水調：曲調名，唐宋時此曲極流行。
3　流景：流光，此謂似水年華。
4　「沙上」句：並禽，成對的鳥兒。暝，晦暗，幽暗。

【解析】
　　張先時任嘉禾（今浙江嘉興市）判官，故自言為小官。詞中名句為「雲破月來花弄影」。據說人稱張先「張三中」──嘗賦心中事、眼中淚、意中人；張先卻自言，何不說是「張三影」？──

「『雲破月來花弄影』、『嬌柔懶起，簾壓捲花影』、『柳徑無人，墮風絮無影』。」可見得他自己對於該語的滿意。另外宋祁因欣賞他，先往見之，謂門者曰：「尚書欲見『雲破月來花弄影』郎中。」張先亦於屏後呼曰：「得非『紅杏枝頭春意鬧』尚書耶？」遂出，置酒，甚歡。

　　詞中所捕捉的是一種傷春的幽微心緒。他因病、因眠，無力赴府會，因此對鏡自嗟、自傷流年，傷感之情溢滿胸懷。

菩薩蠻

哀箏一弄湘江曲。聲聲寫盡湘波綠。纖指十三絃[1]。細將幽恨傳。
當筵秋水[2]慢。玉柱斜飛雁[3]。彈到斷腸時。春山眉黛低[4]。

【注釋】
1　十三絃：箏有十三絃。
2　秋水：比喻眼波流動。白居易詩曰：「雙眸剪秋水」，後世以秋水形容美目之清澈，或喻美目。
3　「玉柱」句：箏柱斜列，就如一行斜飛的雁群。
4　「春山」句：比喻彈箏者雙眉幽怨地低垂著。以春山說眉黛，一則古代女子畫眉有小山眉，再則山色青綠，其與一般多用青黑黛色來喻眉相合。

【解析】
　　該詞寫盡彈箏女子的姿態與情意。那湘水綠波，透過精湛琴藝的「聲聲寫盡」、「纖指傳恨」，當聽者耳際傳來流瀉的〈湘江曲〉時，眼前也彷彿真實看見了湘波流蕩；而當彈到深情幽怨時，她的眉黛低垂亦如斷腸淒切般，哀婉的情意既寄託在箏音，也寄託在眼波流轉、黛眉低垂中，可謂色藝皆美、聲色俱全。

菩薩蠻

牡丹含露眞珠顆[1]。美人折向簾前過。含笑問檀郎[2]。花強妾貌強。

檀郎故相惱。剛道花枝好。花若勝如奴。花還解語[3]無。

【注釋】

1　「牡丹」句：牡丹花上的露水，顆顆滾圓如真珠般。
2　檀郎：夫婿或情郎的代稱。晉美男子潘安，小字檀奴，故以為稱。
3　解語：善解人意。

【解析】

　　這是一首描寫男女調情，俏皮活潑的小詞。牡丹帶露，美極了；偏偏美人嬌嗔，想要人花比美，且硬要情郎說是人比花嬌。所以她問，即便花更美，花能如美人般善解人意否？詞中寫出了女子嬌美、俏皮的聰慧。

一叢花

傷高懷遠幾時窮。無物似情濃。離愁正引千絲亂[1]，更東陌，飛絮濛濛。嘶騎[2]漸遙，征塵[3]不斷，何處認郎蹤。

鴛鴦池沼水溶溶。南北小橈[4]通。梯橫畫閣黃昏後，又還是，斜月簾櫳。沉恨細思，不如桃杏，猶解[5]嫁東風。

【注釋】

1　「離愁」句：句謂柳絲為風所亂，一如滿腔愁緒。
2　嘶騎：嘶叫著的馬匹。騎，此處為名詞，指馬，音ㄐㄧˋ。
3　征塵：馬匹揚起的塵土，亦指旅途中的風塵。征，遠行。

4　橈：本為船槳，此處作為船的代稱。
5　解：懂得。

【解析】
　　這是一首描寫戀人會面之後又別離，依依不捨的情詞。傳說歐陽脩愛極了結句，當張先往見時，歐陽脩一聽到通報，連鞋子都沒穿好就急忙出迎，並說：「此乃『桃杏嫁東風』郎中。」另外也有論者認為「沈恨細思，不如桃杏，猶解嫁東風」，和唐詩人李益之「嫁得瞿唐賈，朝朝誤妾期。早知潮有信，嫁與弄潮兒」，同樣都是「無理而妙」。

晏殊 九首

　　晏殊（991-1055），字同叔，撫州臨川（今江西臨川縣）人。七歲能屬文，十四歲即以神童入試。在北宋眞宗時，與千餘名進士並試於廷中，神氣不懾，援筆立成，獲得皇帝嘉賞，賜同進士出身；仁宗時仕至同中書門下平章事（即宰相）、兼樞密使；晚年遭謗降爲工部、戶部尙書，知永興軍，徙河南，以疾歸京師，留侍經筵，旋卒。晏殊性格剛峻，學問淹雅，獎掖後進不遺餘力。當世之俊彥，如范仲淹、韓琦、富弼、歐陽脩、王安石等，皆出門下或受其提攜。其詞集爲《珠玉集》，存詞百三十餘首，但其中有一些作品和馮延巳、歐陽脩因風格相似，無法分辨而互見。

清平樂

金風¹細細。葉葉梧桐墜。綠酒²初嘗人易醉。一枕小窗濃睡。紫薇朱槿花殘。斜陽卻照闌干。雙燕欲歸時節，銀屏昨夜微寒。

【注釋】
1　金風：秋風。
2　綠酒：剛釀好的酒。因新酒尚未過濾，上面浮著一層綠色酒糟。

【解析】
　　「珠圓玉潤」是讀者對《珠玉集》的總體感受。晏殊的詞與宋初的太平國勢、時代色彩走向相一致，是悠游徜徉於富貴生活，並從中

提煉出雍容器度與閑雅的審美情趣。劉熙載說：「馮延巳詞，晏同叔得其俊。」晏詞多在富貴中表現出生活雅賞的俊美風格。

　　詞中的金風、梧葉、小窗、銀屏、綠酒、斜陽、紫薇、朱槿、雙燕，在在都給人雅致、秀美的感覺。雖說寫的風吹葉落，但那風是一種細細的風、葉也是慢慢的墜，不是風狂雨橫式的；銀屏雖然偶寒，但只是微寒，而綠酒也是初嚐，不是酒入愁腸似的；詞中人更在斜陽餘照下濃濃沉睡，安詳而靜謐。全詞都給人一種細、小、輕、緩的優游不迫感，可以觀太平生活之理性圓融。

<h2 style="text-align:center">清平樂</h2>

紅牋小字[1]。說盡平生意。鴻雁在雲魚在水[2]。惆悵此情誰寄。斜陽獨倚西樓。遙山恰對簾鉤[3]。人面不知何處，綠波依舊東流。

【注釋】

[1] 紅牋小字：紅色信紙上寫滿了密密麻麻的情語。牋，紙，信札。
[2] 「鴻雁」句：句謂欲寄書信卻無由送達。鴻雁和魚都有信使意，因相傳雁足傳書與鯉魚傳書故。
[3] 「遙山」句：句謂捲起珠簾掛上簾鉤，便可看見遠山。

【解析】

　　那綿綿的情話寫滿了信札，可是卻無由送達。房內，則捲起了珠簾正對一片遠山，平添相思之意。而她只能在碧水東流的悠悠情愁中，想念著杳然的伊人，意極悵惘。

浣溪沙

一曲新詞酒一杯。去年天氣舊亭臺。夕陽西下幾時回。
無可奈何花落去，似曾相識燕歸來。小園香徑[1]獨徘徊。

【注釋】

[1]　香徑：滿是落花香味的小徑。

【解析】

　　該詞是對感時傷逝心緒的捕捉。面對大自然的四時變遷、日落、
花落，甚至燕子的去而復來，詞人雖然有著喟嘆，但也都還有著日
昇、花開與再來的期待；唯獨人的青春，是一去不返的，對於這樣
的無奈，他只好藉著一曲新詞、一杯酒，獨自在小園香徑徘徊來解
慰。晏詞總是表現出雅美生活的姿態與意趣，但他不依賴堆砌金玉錦
繡的字面，而是一種自然流露的高雅趣味，如「樓臺側畔楊花過，簾
幕中間燕子飛」、「梨花院落溶溶月，柳絮池塘淡淡風」的疏朗景
致。殆如《文心雕龍》言：「鉛黛所以飾容，而盼倩生於淑姿。」粉
黛胭脂固然可以增麗容顏，但是真正的顧盼之美，必定是出自內在淑
姿的。

浣溪沙

一晌年光有限身[1]。等閒[2]離別易銷魂。酒筵歌席莫辭頻[3]。
滿目山河空念遠，落花風雨更傷春。不如憐取眼前人。

【注釋】

[1]　「一晌」句：句謂在有限的生命中，時光是非常短暫的。

[2]　等閒：平常、不經意。

[3]　莫辭頻：即莫頻辭，且莫頻頻推辭。

【解析】

　　詞中沒有雕琢痕跡、濃豔字眼，詞氣平和而溫厚，淡雅中卻予人無窮詩意，其中並不乏傳誦千古的名句。晏殊的詞和馮延巳相仿，基本上都是屬於「酒席文學」，因此也經常是對於一些細微的感傷情緒捕捉。不過他雖然寫感傷、離別，卻異於五代詞人濃烈、執著的哀美深情，而是一股淡淡的憂傷襲上心頭。表現了一個達官貴人因對生活進行反思而產生的淡淡惆悵、人生感喟，一種富貴之餘的閑雅情思。所以比較能夠掙脫「情」的束縛、牢籠，而較少「傷痕」烙印，有著更多「思」的意境。詞謂：「空念遠」，以念遠為「空」，傷春哀悼都是沒有用的、於事無補的，還不如：「憐取眼前人」，珍惜現在所擁有的。其詞風顯得圓融平靜，能夠表現不同凡俗的理性深思與思想內蘊。

采桑子

時光只解催人老，不信多情。長恨離亭。淚滴春衫酒易醒。
梧桐昨夜西風急，淡月朧明。好夢頻驚。何處高樓雁一聲。

【解析】

　　從表面上看，「好夢頻驚」當然是和「高樓雁一聲」密切相關聯的；但是認真想來，真正令人心驚的，是時光催人老的「感時」悵恨與面對離別的「恨別」意緒。對於這些生命中不可避免的春去秋來與聚散無常，怎能不心驚膽顫呢？但是著詞尾一句「何處高樓雁一聲？」便將上述種種傷春悲秋、感時傷逝的情緒化解了，正所謂能「入乎其中」，又能「出乎其外」。入乎其中，所以能感；出乎其外，所以能悟。而既能將深情消解於平淡，情緒也就能夠依舊保持平和，不致執著痛苦無解了。此即晏殊詞之珠圓玉潤般的雅潔溫潤感。

蝶戀花

檻菊愁煙蘭泣露[1]。羅幕[2]輕寒，燕子雙飛去。明月不諳[3]離恨苦。斜光到曉穿朱戶。

昨夜西風凋碧樹。獨上高樓，望盡天涯路。欲寄彩箋兼尺素[4]。山長水闊知何處。

【注釋】

[1] 「檻菊」句：欄杆內的菊花為晨霧籠罩，蘭花也沾著露水。

[2] 羅幕：絲織的帷幕。

[3] 諳：了解。

[4] 彩箋尺素：皆指書信。

【解析】

　　該詞很受後人喜愛。本是寫的離情之苦，卻反而怪一夜月光平添無限相思，兼以秋風蕭瑟、山長水闊、書信無由，意頗悵惘。王國維對該詞情有獨鍾，別出心意地以其後闋之「昨夜西風凋碧樹。獨上高樓，望盡天涯路」，來推闡古今成大事業、大學問者所必經之境界。其《人間詞話》說古今之成大事業者，必經過三種境界：「昨夜西風凋碧樹。獨上高樓，望盡天涯路。」此第一境；「衣帶漸寬終不悔，爲伊消得人憔悴。」此第二境；「眾裏尋他千百度，驀然回首，那人正在，燈火闌珊處」此第三境。不過王國維也說：「遽以此意解諸詞，恐爲晏、歐諸公所不許也。」

木蘭花

池塘水綠風微暖。記得玉眞[1]初見面。重頭歌韻響錚琮，入破舞腰紅亂旋[2]。

玉鉤闌下香階畔。醉後不知斜日晚。當時共我賞花人，點檢[3]如今無一半。

【注釋】

1 玉真：仙女名，後世作為美女的代稱。
2 「重頭」二句：二句謂她的歌聲清脆婉轉如流水般，她的腰身隨著樂聲舞動，紅裙滿場飛轉。重頭，指大曲中慢曲的「疊頭」，即詞調中前後闋音韻皆同式者。破，在大曲中的「排遍」之後。大曲的前部樂調紆緩，不舞；入「破」以後則打擊樂與絲竹合奏，聲繁拍急，舞者亦入場，窮盡變化能事。
3 點檢：檢查。

【解析】

　　全詞從回憶與詞中女子初見面的印象寫起。那時候微風輕拂，塘中綠波盪漾，她的歌聲是那麼地清脆婉轉，舞姿也曼妙動人，然而這一切，如今都成為記憶箱篋中的片段了。想當初那些一起賞花的人，現時還在眼前的，一半都不及。就在這些恨昔憶往的回憶中，詞人不勝抑鬱而悲。

木蘭花

綠楊芳草長亭路。年少[1]拋人容易去。樓頭殘夢五更鐘，花底離愁三月雨。
無情不似多情苦。一寸還成千萬縷。天涯地角有窮時，只有相思無盡處。

【注釋】

1 年少：意中人。

【解析】

　　在垂楊遍植、青草綿延的長亭路上，他就這樣離開了。在驚醒五更殘夢的樓頭鐘聲中，在暮春三月的霏霏細雨中，她難忍相思情愁，她嘆做不到無情，可是多情實在很苦。然而任憑天荒地老，她相信此情是綿綿永無盡期的啊！

<h2 style="text-align:center">踏莎行</h2>

小徑紅稀[1]，芳郊綠遍。高臺樹色陰陰[2]見。春風不解禁楊花，濛濛[3]亂撲行人面。

翠葉藏鶯，朱簾隔燕。鑪香[4]靜逐游絲轉。一場愁夢酒醒時，斜陽卻照深深院。

【注釋】

[1]　紅稀：花兒稀少，謂春色將盡。

[2]　陰陰：因綠葉濃密而幽暗。

[3]　濛濛：如微雨般飄落。

[4]　鑪香：金鑪中燃燒的檀香。

【解析】

　　春色將盡，花少葉盛了，楊花也如微雨般紛紛飄落。當斜陽酒醒時，在一片鶯啼聲中，只見簾幕中穿梭的燕影、裊裊游絲的鑪香，一種屬於午後的怔忡、迷離的閒愁，溢滿詞中。但他依然能夠保持平和，而不致如李後主「自是人生長恨水長東」、「流水落花春去也」般入而不返、執著痛苦無解。所以晏殊的詞總在感性中顯出理性，有珠圓玉潤的雅潔溫潤之感。

歐陽脩 七首

　　歐陽脩（1007-1072），字永叔，號醉翁，盧陵（今江西吉安縣）人。他以一老翁，沉浸於「藏書一萬卷、三代以來金石遺文一千卷、琴一張、棋一局、酒一壺」五物之間，悠然自得，所以又號六一居士。脩四歲而孤，但自幼敏悟過人，母親鄭氏嘗用荻草在地上畫字教之，即著名的「歐母畫荻」故事；他並曾在舊書箱中發現韓愈遺稿，讀而慕焉，至忘寢食，立志與之並轡；歷任館閣校勘、龍圖閣直學士、參知政事、刑部、兵部尚書等職，為當時之文壇泰斗，有宋代文學之父、一代儒宗美譽，三蘇、曾、王等多出其門。其詩、文、詞皆負盛名，有《新唐書》、《新五代史》、《六一居士集》以及《六一詞》、《醉翁琴趣外編》等著，並領導北宋詩家反對當時摹仿晚唐雕飾浮華詩風的「西崑體」，為宋詩奠下了良好基礎。

　　詞對歐陽脩來說，是一種在文以明道、詩以美刺之外的感情宣洩口，他認為詩、詞具有明顯的分工角色，詩主於諫，詞就嫵媚多了，是一種用以遣興、助歡的文學體式，所以有很多出於游戲之作。整體言之，歐詞雖表現出婉約雋永、輕柔嫵媚的特色，不脫《花間》、南唐餘緒；但是極具理性色彩，儘管他因天資剛健、見義勇為，雖機阱在前，亦觸之而不顧，導致流離放逐至於再三，他卻都能志氣自若，以「醉翁之意不在酒，在乎山水之間」的心境泰然處之，所以能夠窮盡山林佳勝與四時美景的無窮之樂，是以詞風不見傷痕痕跡，婉約深摯與疏朗明快兼而有之。

踏莎行

候館[1]梅殘，溪橋柳細。草薰風暖搖征轡[2]。離愁漸遠漸無窮，迢
迢不斷如春水。

寸寸柔腸，盈盈粉淚。樓高莫近危欄倚。平蕪盡處[3]是春山，行
人更在春山外。

【注釋】

[1] 候館：可以登臨眺望的高樓，或謂迎候旅人的館舍。《周禮・地官》載
「五十里有市，市有候館。」
[2] 「草薰」句：在充滿花草香氣的微風中，行人騎馬離開。薰，花草香氣。征
轡，行人騎馬而去。征，遠行在外。轡，馬韁繩，音ㄆㄟ丶。
[3] 平蕪盡處：一片連綿青草地的盡頭。

【解析】

　　詞中寫的雖是離愁，但是細、漸、迢迢、寸寸、盈盈等字眼，都
給人柔婉的感覺，不但用情極為平和，賦別時的「草薰風暖」，也讓
人覺得溫煦，並不像馮延巳「獨立小橋風滿袖」、「綠樹青苔半夕
陽」的「冷」色調與哀美感。因此王國維說：「詞之雅、鄭，在神不
在貌。永叔、少游雖作艷語，終有品格。」就是因為歐詞雖描寫閨
情，卻能展現文人雅趣、不落俗套，氣和心平地表現出和婉有致的婉
約深情。而詞中，直到「平蕪盡處」，已經看不見行人了，閨中人猶
自倚欄極目遠眺，想著「更在春山外」的行人，不捨的情意溢滿紙
上。

蝶戀花

庭院深深深幾許。楊柳堆煙[1]，簾幕無重數。玉勒雕鞍[2]遊冶處。
樓高不見章臺路[3]。

雨橫風狂三月暮。門掩黃昏，無計留春住。淚眼問花花不語。
亂紅飛過鞦韆去。

【注釋】

1　楊柳堆煙：深深的庭院裏，柳樹堆疊得如煙似霧。因柳枝柳葉皆極細巧，遠
　　看好像一片煙霧籠罩，藉此以描繪富豪人家的庭院深深不知幾許。
2　玉勒雕鞍：極盡華麗的馬配件，說明其貴家公子的身分。勒，馬籠頭。
3　章臺路：原指長安的章臺街，後人因唐人許堯佐〈章臺柳傳〉記妓女柳氏的
　　故事，逐用作妓女聚居處的代稱。

【解析】

　　該詞為歐詞的名作。詞中刻畫的是，嫁入豪門而深感侯門深似海
的少婦閨怨。那堆疊得如煙似霧的庭柳、有著一重又一重簾幕的深宅
大院，實際上卻是良人騎著玉勒雕鞍的駿馬、到處去尋花冶遊的寂寞
空閨。而她就只能獨自承擔著門外一切的雨橫風狂，也暗示了豪門中
所有的不堪都要一個人面對。即便如此，她還是留不住「春」，春色
遠離、花兒摧落，她只能孤獨地對著雨中同樣零落的殘花傾訴；然而
花兒非但不解語，更阻止不了自身也在雨中飄零凋落的命運。詞意悲
極！

玉樓春

別後不知君遠近。觸目淒涼多少悶。漸行漸遠漸無書，水闊魚
沉[1]何處問。
夜深風竹敲秋韻[2]。萬葉千聲皆是恨。故攲[3]單枕夢中尋，夢又不
成燈又燼[4]。

【注釋】

1 水闊魚沉：一語雙關，既嘆人海茫茫無處尋覓，也嘆書信無由送達。魚，此處雙關魚書、信札之意。

2 秋韻：秋聲。

3 攲：傾斜。

4 燈又燼：燈蕊已燒成灰燼。

【解析】

　　詞是一種結合音樂旋律和歌辭藝術的文體，流行於晚唐五代、大盛於宋。填詞者固然是男性文人，但因係由歌女在酒筵歌席中加以演唱，因此出現我國文學史上極為特殊的「男子而作閨音」現象。如此一來，在男性文人和傳統社會「男尊女卑」的固有觀念影響下，很容易塑造出「乞憐」的「思婦」形象。歐陽脩更由於個人的「文學分工」觀念，深受「詩莊詞媚」、「詩言志，詞抒情」影響，認為詞是一種佐酒、助歡的形製——他另首〈玉樓春〉嘗言：「青春才子有新詞，紅粉佳人重勸酒」，所以其詞作中頗多「作婦人言」的閨閣之詞，不脫「代言歌體」的「代擬」體制，每每代替女子訴說離別的相思之苦，或是別後的憔悴、消瘦減容光、斷腸空垂淚……。對照該詞中的埋怨、牽掛以及閨中人無力跳脫的寂寞；良人負心，不但漸行漸遠漸無書，而且水闊魚沉，連要向何人、何處探詢都不知道。此情此景，在夜深時分聽著風竹秋韻，真是萬葉千聲都是恨啊！更何況在攲枕輾轉、深夜無眠的夜裏，望著早已燒成灰燼的殘燈，不僅連夢也做不成，閨中人並深陷在一片闃黑的整個黑暗中，這亦正是她死灰般心境的寫照。該詞為歐陽脩典型的「閨怨」之作。

玉樓春

尊前[1]擬把歸期說。未語春容先慘咽[2]。人生自是有情癡，此恨不

關風與月。

離歌且莫翻新闋[3]。一曲能教腸寸結。直須看盡洛城花[4]，始共春風容易別。

【注釋】

1　尊前：臨別餞行時。尊，酒杯。

2　慘咽：悲傷哽咽。

3　翻新闋：一再重唱。翻，轉，重新。闋，量詞；歌曲一首叫一闋。

4　「直須」句：勸人把握住所有人生的美好情境。洛城花，即牡丹花，在這裏借代為人生所有美好事物的象徵。牡丹花是繁榮富庶的象徵，從唐代長安的「花開時節動京城」，到宋代洛陽的「牡丹尤為天下奇」、「洛陽牡丹甲天下」，尤其在宋朝物阜民豐的十里笙歌、萬戶羅綺中，爭奇鬥妍的各式牡丹如「豆綠」、「脂紅」、「藍田玉」、「黑灑金」……成為北宋顯宦和文人雅士修府第、築花圃的最愛。

【解析】

　　在這首書寫離情別緒的〈玉樓春〉中，比較特殊的是，詞中呈現了歐陽脩的用情態度：他無疑是多情的；但是對於生命中的離合聚散，他雖不忍卻不耽溺。反之，他勸人「離歌且莫翻新闋」，因為「一曲能教腸寸結。」這裏反映了他「莫為傷春歌黛蹙」的人生觀。他教人不要把心緒停留在傷逝的憂傷中，且把憂傷的情緒拋除，轉為對有限人生的欣賞吧！因為「直須看盡洛城花，始共春風容易別。」要好好珍惜眼前的一切美好，趁著洛陽花還美的時候，要盡情把握；如此，就算離開了，就算春盡了，也已經「無憾」了。

　　在多情的「情癡」之餘，歐陽脩著有一份通達、飛揚的人生意興，能夠將失意轉為豁然，將悲慨轉為欣賞，張與弛之間，情感收放自如，所以蘇洵說他：「揖讓進退，最有姿態。」這也就是歐陽脩雖然一再被貶謫，但他的詞中，卻始終能夠保持如〈豐樂亭遊春詩〉中說的「鳥歌花舞太守醉」、「籃輿酩酊插花歸」的心境，多情深摯又

不失疏朗遺玩。

浪淘沙

把酒祝東風[1]。且共從容[2]。垂楊紫陌洛城東[3]。總是當時攜手處，遊遍芳叢。

聚散苦匆匆。此恨無窮。今年花勝去年紅。可惜明年花更好，知與誰同。

【注釋】

[1] 東風：春風。

[2] 從容：不匆忙，即流連之意。

[3] 陌：田間小路。

【解析】

　　該詞是歐陽脩和好友梅堯臣、尹洙共遊時所賦。三人乃是詩酒唱和、酬酢往返，共反「西崑體」的好友。詞人嘆：在春城飛花的處處芳菲中，我們攜手共遊。可是人生聚散匆匆，花愈紅而人愈老；縱使明知明年更有好花看，可是到時候，誰將與我共賞呢？濃濃情誼與惜別之情溢滿詞中。

生查子

去年元夜時，花市燈如晝[1]。月到柳梢頭，人約黃昏後。

今年元夜時，月與燈依舊。不見去年人，淚滿春衫袖。

【注釋】

1　燈如晝：正月十五上元夜，即元宵節，舊俗是夜張燈結綵，通夜如晝，又謂
　　之燈節。

【解析】

　　歐陽脩雖然多次受到貶謫，但他都能以泰然的心情接受，欣然
融入當地居民的生活、與之同樂，因此他的詞風有時也呈現民歌風
味。

　　該詞寫燈綵如晝、月上柳梢、人約黃昏的熱鬧上元夜。但甜蜜的
回憶，卻在「不見去年人」的悵惘中破滅了，只剩下「淚溼春衫」的
愴然。這首民歌風味的小詞，同時也反映了宋代習俗上元燈節的盛
況，以及宋代婦女僅有這一夜可以自由外出，所以一個前盟必須等到
隔年才能赴約。詞中有著民歌明白如話、不假雕飾、感情活潑真實的
特色。

采桑子

十年前是樽前客，月白風清[1]。憂患凋零。老去光陰速可驚。
鬢華雖改心無改，試把金觥[2]。舊曲重聽。猶似當年醉裏聲。

【注釋】

1　月白風清：月明風和，此用以形容人生順遂。
2　觥：盛酒器，音ㄍㄨㄥ。

【解析】

　　該詞是歐陽脩六十餘歲，歷經宦海浮沉、政治波瀾，也受盡了政
敵攻擊與誣衊，決定辭官歸隱以後，選擇回到中年一度出官而深深喜
愛的潁州（在安徽）西湖，他於是歡然會意、快然自足地一連寫了

十三首〈采桑子〉中的壓軸。

　　金觥、舊曲,都與十年前樽前客的情景依稀相似;所不同者,在於詞人已歷經憂患凋零、光陰倏忽,而鬢華改了。不過歐陽脩是通達的。當他歷盡「富貴浮雲。俯仰流年二十春」以後,他所歌詠的「西湖好」——好,是可以好在色相之外的,他鬢華雖改心則未改啊!所以哪怕是面對落花狼藉,他也能在「狼藉殘紅、飛絮濛濛」中,看見「一點滄洲白鷺飛」、玩味「人在舟中便是仙」的「天容水色西湖好。」

　　從繁華盛景到富貴浮雲、從爭妍鬥麗到群芳消褪,正是歐陽脩「看盡洛城花」以後的澄然。他以「垂柳闌干盡日風」的閒淡自適、「雙燕歸來細雨中」的裊裊餘情,自我實踐了「始共春風容易別」,完成了他所處的宋代盛世之音,完成了他的「無憾」人生。

柳永 九首

　　柳永（987？-1053？），約生於北宋眞宗初年、卒於仁宗末年，字耆卿，初名三變，排行第七，人稱「柳七」，崇安（今福建崇安縣）人。一生只任過卑微小官，最高官位是屯田員外郎，故世稱「柳屯田」。他是一個官場失意卻情場得意的落拓不羈風流才子，一生風月，風流俊邁，生性浪漫又精曉音律，樂工但得新腔，必求其辭。柳永在宋初晏、歐所代表的令詞之外全力寫作慢詞長調，其後宋詞遂步入了慢詞長調的全盛發展期。

　　柳永生在儒學仕宦家庭，其父曾入仕南唐爲監察御史，入宋後又官至工部侍郎；叔父、兄長等也都名登仕版，這使得柳永一生在浪漫性情、音樂才華與用世志意上造成了矛盾與悲劇。他曾在落榜後塡詞道「何須論得喪？才子詞人，自是白衣卿相。……忍把浮名，換了淺斟低唱？」（〈鶴沖天〉）這首流行的柳詞招致「留意儒雅」的仁宗極度不滿，於是當柳永再試時，將他削落進士榜，並說：「此人任從風前月下，淺斟低唱，何要浮名？且去塡詞！」所以柳永自嘲「奉旨塡詞柳三變」。柳詞傳唱極廣，人稱「凡有井水處，即能歌柳詞。」金主完顏亮在讀了〈望海潮〉之後，更欣然慕於「三秋桂子，十里荷花」的江南美景，而興起投鞭渡江之志；不過當時的文士卻普遍都以「薄於操行」卑視柳永，甚至對同時領導慢詞長調的蘇、柳兩大家，也有「豪蘇膩柳」之評。但其實柳永也有很多「不減唐人高處」的作品；而其眞實反映了世俗化生活樣貌的特色，更使詞達到了「千夫競聲」的無遠弗屆局面，使宋詞能夠眞正擺脫《花間》、南唐餘緒，開創出新天地來。

鳳棲梧

佇倚危樓[1]風細細。望極春愁，黯黯生天際。草色煙光殘照裏。無言誰會憑闌意。

擬把疏狂圖一醉[2]。對酒當歌，強樂[3]還無味。衣帶漸寬[4]終不悔。為伊消得[5]人憔悴。

【注釋】

1　佇倚危樓：在高樓上站了很久。佇，久立。危，高。
2　「擬把」句：想要放縱一下，讓自己酒醉一場。
3　強樂：勉強尋歡作樂。
4　衣帶漸寬：形容人日漸消瘦。
5　消得：值得。

【解析】

　　殘照中被煙霧籠罩的春草，增添了詞人憑闌無言的悲傷。那紓解不了的愁緒，即使勉強尋歡作樂，也覺得索然無味；不過雖然如此地為伊人消瘦憔悴，他也還是無怨無悔的。柳永可說是傳統文人中極少數能夠平等看待兩性關係，並以男子身分向女子表達相思愛戀的突破者；該詞所傳達的雙向愛情意識以及獻身精神，也很得到後世讀者的認同與感動，並有加以廣義延伸者。譬如王國維《人間詞話》說古今成大事業者所必經的三種境界，其中的第二境就是以柳永結句的：「衣帶漸寬終不悔，為伊消得人憔悴」為說。

　　柳詞之突破傳統窠臼，還有更重要的意義：當柳永能以男子身分來寫相思情愁，便能走出戶外地從較高的視角、較廣的視野來寫閨情與離愁。如此一來，就使得情詞跨越了閨閣門檻，詞境並獲得進一步的開拓。

少年遊

長安古道馬遲遲。高柳亂蟬嘶[1]。夕陽島外，秋風原上，目斷四天垂[2]。

歸雲一去無蹤跡，何處是前期[3]。狹興[4]生疏，酒徒蕭索[5]，不似去年時。

【注釋】

1 「高柳」句：高高的柳樹上蟬聲雜亂地鳴叫。
2 「目斷」句：極目四望，天地遼闊。斷，盡也、極也。
3 「歸雲」二句：歸雲，比喻伊人已經離去，哪裏還能期盼前約被實踐呢？前期，即前盟，先前的約定。
4 狹興：冶遊之興。
5 酒徒蕭索：一齊喝酒的朋伴都散去了。

【解析】

　　秋風蕭瑟、四望遼闊的原野上，在伊人、朋伴都離去的慘離懷中，連馬兒都能感受這低落的意緒而遲遲地行、鳴蟬也在高枝上雜亂地嘶鳴著。此時，作為一個浪跡長安古道的失意文人，詞人不但沒有遊興、也沒有了酒興。這是一個失意的下層文人的生活樣貌，也是歷來寒士的共悲；但是為了功名前途、為了衣食生活，他們必須吞下苦楚的傷心淚水，整理行囊後繼續趕路。

曲玉管

隴首[1]雲飛，江邊日晚，煙波滿目憑闌久。立望關河[2]蕭索，千里清秋。忍[3]凝眸。杳杳神京[4]，盈盈仙子[5]，別來錦字終難偶。斷鴻無憑[6]，冉冉飛下汀州。思悠悠。

暗想當初，有多少幽歡佳會，豈知聚散難期，翻成雨恨雲愁[7]。阻追遊[8]。每登山臨水，惹起平生心事，一場消黯[9]，永日[10]無言，卻下層樓。

【注釋】

1 隴首：山頭、高丘。

2 關河：山河。

3 忍：即不忍，不堪也。

4 神京：京城。

5 仙子：美麗女子的代稱。

6 「別來」二句：皆謂沒有書信傳來。錦字，即錦書。偶，遇也。

7 雨恨雲愁：比喻男女離別之情。

8 追遊：相隨遊樂。

9 消黯：黯然消魂。

10 永日：長日。

【解析】

　　詞中，他已經站在那兒不知多久了：在一片淒清、蕭索的秋色中，他就倚著欄杆，一直站到江天日暮的晚霞滿空、江上籠煙。故鄉遙遙、音訊杳杳，多少幽歡佳會的往事，都在聚散無憑中，徒留回憶、徒增憾事了。總是這樣的登山臨水，換來了長日的黯淡與悲傷沈默。全詞將相思離愁推向淹留旅人的山邊水涯，一舉衝破了傳統情詞思婦怨情的閨閣門檻，以及過去婉約令詞的狹隘空間限制，是為柳永情詞的一大突破、成就與特色。

憶帝京

薄衾小枕涼天氣。乍覺別離滋味。輾轉數寒更[1]，起了還重睡。

畢竟不成眠，一夜長如歲。

也擬待卻回征轡[2]。又爭奈已成行計。萬種思量，多方開解，只恁寂寞厭厭地。繫我一生心，負你千行淚。

【注釋】

1　寒更：寒夜的更聲。

2　「也擬」句：我也很想要迴轉馬車。卻，退，回轉。征，遠行。轡，馬韁繩。

【解析】

　　在剛離別的寒夜孤衾中，詞人孤獨地聽著寒更，一整夜起起睡睡，輾轉不寐地無法成眠，覺得夜長如年。他實在受不了這樣的相思苦，甚至想要放棄原來決定而回轉；然而情勢並不許可，他只好百般自我開解，但也只落得寂寞懨懨地。

　　如此情詞，實為中國傳統士大夫文學中罕見。在傳統社會普遍認為男兒當自強、不應該牽絆兒女私情的觀念裏，柳永卻正面承認了飽受相思折磨的痛苦，而且他的相思苦可一點兒也不亞於女性。或許看在傳統士大夫眼裏會覺得難堪、或者認為他缺乏恢宏志氣，因此柳永的確受到很多「薄於操行」的責備。然而在承受了這麼多相思難忍的苦情後，柳永心裏想的，除卻我將永遠繫掛妳以外，竟是自責：害妳為我流下千行淚──這麼溫柔解意的體貼，怎不贏得千古女性同聲一嘆！也難怪一生總在煙花巷陌中淺斟低唱的柳永，當他流落不偶、卒於襄陽時，死之日、家無餘財，還是由眾歌妓為之合資葬於南門外的。她們並且相約：年年春月都要到柳墳「弔柳七」。

定風波

自春來，慘綠愁紅[1]，芳心是事可可[2]。日上花梢，鶯穿柳帶，猶

壓香衾臥[3]。暖酥消[4]，膩雲嚲[5]。終日厭厭倦梳裹。無那[6]。恨薄情[7]一去，音書無個。

早知恁麼[8]，悔當初，不把雕鞍鎖[9]。向雞窗[10]，只與蠻箋象管[11]，拘束教吟課[12]。鎮[13]相隨，莫拋躲。針線閒拈[14]伴伊坐。和我。免使年少光陰虛過。

【注釋】

1　慘綠愁紅：花木為風雨摧殘的景象。

2　是事可可：什麼事都無心，漫不經心。

3　「日上」三句：謂晚起。

4　暖酥消：肌膚消瘦。

5　膩雲嚲：頭髮散亂。嚲，下垂貌，音ㄉㄨㄛˇ。

6　無那：即無奈，無可奈何。

7　薄情：指薄情郎，此處做名詞。

8　恁麼：這麼、這樣。

9　雕鞍鎖：堅決阻止遠行之意。雕鞍，雕花的馬鞍。

10　雞窗：書窗，書房。

11　蠻箋象管：言紙筆。古蜀地所產彩箋為蠻箋，象管乃象牙製成之筆管。

12　「拘束」句：謂管束著他吟詠做功課。

13　鎮：鎮日，整天。

14　針線閒拈：閒散地做做針線、女紅。

【解析】

　　從題材說，該詞也是描寫思婦的相思情；但從內容和藝術手法看，則詞中新穎地塑造了一位具有鮮明個性，迥非傳統文人筆下溫柔婉約典型的女子新型態，她是柳永筆下被賦予鮮活生命的女子突破性書寫——柳永寫出了愛情多元面向下的一個新面向。

　　面對一片春景，她無視於奼紫嫣紅、日上花梢、鶯穿柳帶；她所感受到的，就只是慘綠愁紅、無所事事，是肌膚消瘦、鬢髮散亂、懶

懨倦懶，只因情人一去無消息。接著她嗔悔道：早知如此，就該鎖住雕鞍不教他離去。情願每日無所事事、閒拈針線地伴著他讀書，終日兩相隨。如此淺露、直接的相思詞，從字面上看較無餘韻，所以不喜柳詞者，譏其直露、韻不勝；反之，愛好柳詞者，謂以暢快淋漓、直率奔放。

　　詞中，柳永完全顛覆了傳統的女性溫柔敦厚形象。他的女性愛情觀，既不再是順從，也不再是侷限於「思君」、「憶君」的層面；而是可以大膽爭取愛情自主權，是擁有一己主張的個性化描寫。對於被辜負了的愛情，她們更有權可以盤問、責備，使得女性從被壓抑的感情中解放出來。因此柳詞在當時獲得極廣大女性讀者群的喜愛。

望海潮

東南形勝[1]，江吳[2]都會，錢塘自古繁華。煙柳畫橋，風簾翠幕，參差[3]十萬人家。雲樹[4]繞隄沙。怒濤卷霜雪[5]，天塹無涯[6]。市列珠璣，戶盈羅綺[7]，競豪奢。

重湖疊巘清嘉[8]。有三秋桂子，十里荷花。羌管弄晴，菱歌夜泛[9]，嬉嬉釣叟蓮娃[10]。千騎擁高牙[11]。乘醉聽簫鼓，吟賞煙霞[12]。異日圖[13]將好景，歸去鳳池[14]誇。

【注釋】

1　形勝：形勢要衝之地。
2　江吳：指錢塘，即今浙江杭州。因舊屬吳國，故稱江吳。
3　參差：謂樓閣高低不齊。
4　雲樹：聳入雲霄的高樹、大樹。
5　卷霜雪：捲起白色的浪花。
6　天塹無涯：形容錢塘江江面寬闊，如天險般可以阻敵。塹，險阻。
7　珠璣、羅綺：珍奇寶物、綾羅綢緞。

8　「重湖」句：形容湖光山色美極了。重湖，西湖有裏湖、外湖，故稱重湖。
　　疊巘，重疊的山巒。巘，音一ㄢˇ。清嘉，清秀美麗。
9　「羌管」二句：笛聲在晴天蕩漾，菱歌在湖中飄揚。
10　「嬉嬉」句：垂釣者、採蓮女戲耍嬉笑的笑鬧聲。
11　「千騎」句：高級官吏被騎兵和高高的軍旗簇擁著。高牙，本指軍前大旗，
　　此處代稱高級官吏。
12　煙霞：山水、風景。
13　圖：描繪。
14　鳳池：即鳳凰池之簡稱，為中書省所在，此指朝廷。

【解析】

　　〈望海潮〉在當時極富盛名，全詞囊括了杭州的富麗繁榮和西湖的佳勝美景。據《鶴林玉露》言，該詞使得金主完顏亮聞之，亦不免欣慕於江南勝景，而有投鞭渡江之志。

　　柳永善鋪敘、亦擅寫繁華。詞中寫杭州城景的明媚如：畫橋煙柳、繞隄雲樹、重湖疊巘、三秋桂子、十里荷花；生活的富庶愜意如：市列珠璣、戶盈羅綺、家競豪奢、羌管弄晴、菱歌夜泛、醉聽簫鼓、吟賞煙霞等，一幅太平盛世的康樂美景，被充分勾勒在讀者眼前。無怪乎《宋詩紀事》載范鎮曰：「仁宗四十二年太平，鎮在翰苑十餘載，不能出一語歌詠，乃於耆卿詞見之。」可見人稱柳詞描繪承平氣象曲盡形容的特色。

八聲甘州

對瀟瀟[1]暮雨灑江天，一番洗清秋[2]。漸霜風淒緊，關河[3]冷落，殘照當樓。是處紅衰翠減[4]，苒苒物華休[5]。唯有長江水，無語東流。
不忍登高臨遠，望故鄉渺邈，歸思難收。嘆年來蹤跡，何事苦

淹留。想佳人妝樓顒望[6]，誤幾回天際識歸舟[7]。爭知我、倚闌干處，正恁凝愁[8]。

【注釋】

1　瀟瀟：雨勢急驟。
2　「一番」句：一番驟雨後，到處是淒清的秋色。
3　關河：山河。
4　「是處」句：到處都是殘花落葉，花木凋零。
5　「苒苒」句：景物都逐漸凋零。苒苒，即冉冉，漸漸。
6　顒望：抬頭呆望。顒，仰首，音ㄩㄥˊ。
7　「誤幾回」句：多少次誤認別人的船隻以為是歸舟。
8　凝愁：愁結不解之意。

【解析】

　　該詞在登高望遠中訴盡了淹留的無奈。同時，他不僅寫自己的鄉關之思，還不忍佳人在妝樓上引領鵠望，飽嚐「過盡千帆皆不是」的磨難，解意地分擔佳人苦楚，而成為流傳名句。

　　詞中，氣象博大地從暮雨灑江天、霜風淒緊、關河冷落，寫到無語東流的長江水，一片蕭索清冷的秋肅氣象，當頭籠罩。這位太平盛世的失意文士、窮愁潦倒鬱鬱不得志的詞人，「苒苒物華休」正是他的心情寫照，何況還有那關山阻隔的相思之情！他把用世志意的落空和相思情愁揉合了來寫，直壓得人透不過氣來。而如此開闊盛大的境界，即連向來輕視柳永的蘇軾，也不得不發出「不減唐人高處」的讚歎，美譽以媲美唐詩高境。此外柳永的詞音樂性極強，曲韻宛轉動聽，尤其善用領字，展開層層鋪敘。像這首〈八聲甘州〉中的「對」、「漸」、「望」、「嘆」、「誤」等字之運用，不僅提振了層遞的鋪敘、而且節奏出色，即使在失傳了樂調的今日，全詞讀來仍然聲情搖曳，非常優美。

雨霖鈴

寒蟬淒切。對長亭[1]晚，驟雨初歇。都門帳飲[2]無緒，留戀處、蘭舟[3]催發。執手相看淚眼，竟無語凝噎[4]。念去去[5]、千里煙波，暮靄沈沈楚天闊[6]。

多情自古傷離別。更那堪、冷落清秋節。今宵酒醒何處？楊柳岸、曉風殘月。此去經年[7]，應是良辰好景虛設。便縱有、千種風情[8]，更與何人說。

【注釋】

1　長亭：行旅憩息之所，亦為送別之處。
2　都門帳飲：京城外，設帳宴飲送別的地方。
3　蘭舟：即木蘭舟，船的美稱。
4　凝噎：悲傷哽咽得說不出話來。
5　去去：形容行程又急又遠。
6　「暮靄」句：黃昏的厚重雲層籠罩著遼闊的楚地。
7　經年：一年復一年。
8　風情：情意。

【解析】

　　在即將離去的時刻，寒蟬、驟雨、日暮，更催化了離人的滿腔愁緒；但〈雨霖鈴〉不止是以寒秋、暮色、急雨來烘托「都門帳飲無緒」的悲苦淒涼，更重要的是，帶出了將別未別之際，離人痛苦的複雜心緒變化，那種從白天直拖到昏黃暮色，「對長亭晚」、「蘭舟催發」的離情依依、難分難捨。

　　面對無法掌握的未來，多想繼續原地「留戀」；然而蘭舟待發，聲聲擂鼓急急催促，想再多說什麼，卻凝噎得說不出話來，千言萬語只化成了無言的「淚眼」凝視。尤其「念去去」以後的未來想像和內心獨白，「去去」之遠，相見渺茫無期，今後就只能獨自一人面

對沉沉暮靄下的遼闊楚天了。這樣的惶恐、孤單無助與淒涼，怎一「悲」字、「愁」字、「苦」字了得！

　　在虛、實交映的現實與想像後，大處落筆的「多情自古傷離別」，又將離情之苦推向世人的普遍性，激發讀者的共鳴。談未來？唯一可以確定的是：今夜在舟中酒醒夢迴時，這一葉漂流的扁舟，雖然不知道將停泊於何處？但是故鄉和心愛的人都已遠離；而舟中會有一位孤獨的行人，行人有著一顆寂寥的心，心會隨著蕭蕭疏柳、習習曉風和一彎殘月，悵然痛澈！在〈雨霖鈴〉全詞以入聲字用韻的吞咽頓挫中，柳永那嚴肅的，不同於秦樓楚館中嬉笑調戲、恣意浪漫的、挫傷累累的心，完全裸呈。那麼，往後縱有再多的良辰好景，怕也只是「從此無心愛良夜，任他明月下西樓」了。就算有再多的千種風情，「更與何人說？」著此一嘆，奔馬收韁、止而不止，眾流歸海、盡而不盡，留下餘恨無窮。

夜半樂

凍雲黯淡[1]天氣，扁舟一葉，乘興離江渚[2]。渡萬壑千巖，越溪[3]深處。怒濤漸息，樵風[4]乍起，更聞商旅相呼，片帆高舉。泛畫鷁[5]，翩翩[6]過南浦。

望中酒斾[7]閃閃，一簇[8]煙村，數行霜樹。殘日下、漁人鳴榔[9]歸去。敗荷零落，衰楊掩映，岸邊兩兩三三，浣紗遊女。避行客、含羞笑相語。

到此因念，繡閣輕拋，浪萍[10]難駐。嘆後約、丁寧[11]竟何據。慘離懷、空恨歲晚歸期阻。凝淚眼、杳杳神京[12]路。斷鴻聲遠[13]長天暮。

【注釋】

1　凍雲黯淡：雲層凝結不開，天空一片陰暗。

2　江渚：水中小洲。

3　越溪：即西施浣紗的若耶溪，在浙江紹興南。此處作為泛稱。

4　樵風：山風。

5　畫鷁：代稱船。鷁，水鳥，善飛翔，古時畫在船頭以圖吉利，音一ˋ。

6　翩翩：船行輕快。

7　酒斾：酒旗。酒店用以招徠顧客的旗子。斾，音ㄆㄟˋ。

8　一簇：一叢。

9　鳴榔：謂扣舷而歌。榔，長木，捕魚時用以敲擊作聲，驚魚以使入網。

10　浪萍：人之蹤跡無定，亦如萍隨浪轉，漂浮不定。

11　後約丁寧：一再叮囑約定的後會之期。丁寧，即叮嚀。

12　神京：京師。

13　斷鴻聲遠：指音信斷絕。斷鴻，孤雁，失群之雁。

【解析】

　　長調必須講究謀篇佈局、鋪敘展衍，此即柳詞擅長「賦筆」的一大特色。

　　當柳永浪跡浙江時，他作了該詞中罕見的敘事詞。前二片著重鋪敘，藉「渡」一領字，展開層層鋪敘，宛如鏡頭之流動，川流不已。他先從凍雲黯淡的天氣，乘著一葉扁舟，帶著興致出遊開始寫起。接著渡過了狂濤、越過了千巖萬壑以及越溪深處，慢慢地怒濤平息了、山風吹起了，他就這樣帶著幾分瀟灑地高舉片帆，翩翩過南浦。而既然是浪跡江湖身不由己，那就盡情欣賞此地的煙村之美，化解客中鄉情吧！哪知難以拋除的思鄉情愁，還是被笑相語的浣紗女和鳴榔歸去的漁人所勾起，於是就在殘日、敗荷與衰楊中，我們看見了柳永其實低迷的內心。所以緊接著的第三片，從眼前的景觀神觀飛越，急轉直下：置身在這麼充滿「歸家」暗示的意象中，他不禁嘆：佳人輕拋，我的家在哪裏呢？想到佳人臨行前的殷殷叮囑，竟成了沒有歸期、不知何時才能實現的盟誓，悲愴的他，不能自抑地只能在長天日暮的斷鴻聲裏，淚水凝眸、望斷故鄉路。

晏幾道 六首

　　晏幾道（1030？-1106？），字叔原，晏殊（大晏）第七子，人稱小晏。他和父親是北宋詞壇、繼南唐李璟和李煜父子以外的另一對父子詞人。少年時即獲仁宗賞識，有《小山詞》傳世。不過晏殊死後，其家道式微，而他也只任過小官，終日歌酒疏狂，終成沒落王孫公子，不同於晏殊的顯達。但是他的性格孤傲，退居京城賜第，一生不附權貴，不踐諸貴之門，也不作趨時之文。黃庭堅爲其詞集作序說他有「四癡」：「仕宦連蹇，而不能一傍貴人之門，是一癡也；論文自有體，不肯作一新進士語，又一癡也；費資千百萬，家人寒饑，而面有孺子之色，此又一癡也；人百負之而不恨，己信人，終不疑其欺己，此又一癡也。」而其耿介天眞、磊落尙氣，致一生潦倒，飽嚐世態炎涼，亦於此可見。曾經，連大文豪蘇軾憑黃庭堅之介紹，想要見他一面，他也謝絕，還說：「今日政事堂中半吾家舊客，亦未暇見也。」他的歲月多半消磨在歌樓舞榭之中，詞也多半是爲歌妓而作，題材類不出此。於此，頗失門下老吏之望，咸謂其才有餘而德不足。故黃庭堅說：「諸公雖愛之，而又以小謹望之，遂陸沉於下位。」小晏詞頗不乏傳唱後世之佳句，大體說來，詞風哀感纏綿、深情淒婉。

臨江仙

夢後樓臺高鎖[1]，酒醒簾幕低垂。去年春恨卻來[2]時。落花人獨立，微雨燕雙飛。

記得小蘋[3]初見，兩重心字羅衣[4]。琵琶絃上說相思。當時明月

在，曾照彩雲[5]歸。

【注釋】
1　樓臺高鎖：謂人去樓空。
2　卻來：又來，再來。
3　小蘋：歌女名，善笑，小晏詞中屢提及。
4　心字羅衣：衣領屈曲如心字。另說羅衣上繡有心字圖案、或羅衣以心字香薰
　　過。
5　彩雲：指美麗的女子，此代稱小蘋。

【解析】
　　詞寫相思惆悵。從「夢後」、「酒醒」可知詞中極度思念佳人，既借酒澆愁，又一再夢見；但是「夢後」的眞實情境，卻是人去樓空的「樓臺高鎖」，「酒醒」後的眞實情境，也是「簾幕低垂」，都是期望與現實不符的希望落空。因此詞人只能在花落、春去時空自思念，只能在細雨中看著成雙的飛燕歸來，這兩句是傳唱後世的名句。接著詞人又回憶舊情：他的心裏還深深烙印著伊人當時穿著心字領羅衣、彈奏琵琶的初見面情景；而今，這位讓詞人魂牽夢縈、常在詞中出現的女子：小蘋，卻只能成為一個空留春恨的回憶罷了。

鷓鴣天

彩袖殷勤捧玉鍾[1]。當年拚卻[2]醉顏紅。舞低楊柳樓心月，歌盡桃花扇底風[3]。
從別後，憶相逢。幾回魂夢與君同[4]。今宵賸把銀釭照[5]，猶恐相逢是夢中。

【注釋】

1 「彩袖」句：穿著彩衣的女子不斷殷勤地勸酒。鍾，酒器。

2 拚卻：甘願、不惜，猶俗語「豁著」。

3 「舞低」二句：形容歌舞酣暢，不但從月當空舞至月西沉，歌唱的次數太多遍，也把扇底風都用盡了。桃花扇，歌舞時用的扇子。

4 同：謂在一起。指夢中相逢。

5 「今宵」句：謂相逢疑是夢，一再把燈看分明。賸，儘量、盡情。銀釭，泛指華美的燈。釭，燈，音ㄍㄤ。

【解析】

　　該詞以追敘的倒敘手法，在寫眼前重逢的驚喜之外，更以今昔對比、虛實交錯的時空變化，繁複地呈現出不同時空背景下的百般心情。雖為小詞，卻將極度相思的驚疑不定心情，充分表露。

　　詞中先回溯往事，詞人還記得她當年穿著彩衣不斷地殷勤勸酒，又盡情地跳舞獻歌，從明月當空直舞到斜月西沉；緊接著鏡頭一轉，兩人離別了，無盡的相思化成了多少次的夢中相逢；接著鏡頭再轉，才是此刻兩人的重逢。不過在經過了這麼多次夢中相逢疑是真之後，現在真的見面了，反而由於太驚喜、倒翻疑是夢，忍不住要把燈一再細看分明，擔心她又會從眼前消失。這首小詞透過情境的數重轉折，把兩人重逢的激動情緒表現得極其真切、鮮活，非常突出。

鷓鴣天

醉拍春衫惜舊香。天將離恨惱疏狂[1]。年年陌上生秋草，日日樓中到夕陽。

雲渺渺，水茫茫。征人歸路許多長。相思本是無憑語，莫向花箋費淚行[2]。

【注釋】

1　「天將」句：即使狂放不羈之人，也為離愁困惱不已。

2　「相思」二句：這是反語，表面上告訴自己相思情深本是文字無法傳達的，不要再對著信箋灑淚了；其實正流露其不堪相思苦的情深難已。淚行，一行行的淚。

【解析】

　　小晏之詞，類不出相思綺怨，該詞仍是敘述相思之苦。詞中用「景」的渲染如惹人歸思的秋草蔓蔓、雲空渺渺、江水茫茫、長路迢迢等，來加強「情」的傳導，述說著任憑狂放之人也無法拋開的相思惆悵；並用「莫向花箋費淚行」的反語，傾訴這樣的相思之情根本無法藉諸文字傳達，即使他向著花箋灑淚，也不足以表其深情之難捨啊！

蝶戀花

醉別西樓醒不記。春夢秋雲[1]，聚散眞容易。斜月半窗還少睡[2]。畫屏閒展吳山翠。

衣上酒痕詩裏字。點點行行，總是淒涼意。紅燭自憐好無計。夜寒空替人垂淚[3]。

【注釋】

1　春夢秋雲：春夢，言其短暫。秋雲，言其易散。

2　「斜月」句：謂夜已深，仍然無法入睡。

3　「紅燭」二句：翻用杜牧〈贈別〉詩「蠟燭有心還惜別，替人垂淚到天明」之語。

【解析】

　　寫相思。詞謂人生如春夢秋雲，聚散匆匆而無憑，但是所留下的相思，卻是非常難耐的。當那狂捲而來的思念襲上心頭時，就只能藉著詩酒來抒發愁緒了。因此，不但那點點酒痕、字字詩文，都是淒涼情意；即那紅燭，也似以夜夜替人垂淚到天明，一掬其同情之淚。

生查子

關山魂夢長，塞雁音書少。兩鬢可憐青，只爲相思老。
歸傍碧紗窗，說與人人[1]道。眞箇別離難，不似相逢好。

【注釋】

[1]　人人：指所愛的人，猶言人兒。

【解析】

　　詞寫相逢欲話相思苦。關山路遙，音書罕至，這就更把離人折騰得苦不堪言了。眞待得相逢時，一定要親口告訴他，離別好苦，今後但願只有相逢，再沒有離別了。結句明白如話，卻道盡相思情深。小晏詞極其優美，結句並往往有出人意表的傳世佳句，很扣人心弦！

思遠人

紅葉黃花秋意晚，千里念行客。飛雲過盡，歸鴻無信，何處寄書得。
彈淚不盡臨窗滴，就硯旋研墨[1]。漸寫到別來，此情深處，紅箋爲無色[2]。

【注釋】

1　「就硯」句：謂淚水滴入硯中，遂以淚研墨。旋，立即。
2　「紅箋」句：謂淚溼信箋，紅箋為之褪色。

【解析】

　　寫相思情深。詞中人所思念的人毫無音信，縱使她想寫信，也是一封寄不出去的信。然而這封信，卻是她淚流不盡，淚滴到硯墨中，以淚研墨書寫的。她不但以淚研墨，她的淚珠還灑滿了信箋，整張紅箋，也因她的相思情淚而為之褪色了。全詞滿是相思淚，詞中女子的癡情可見。

　　深情、多淚、情苦，是小晏詞的風格與特色。

王觀 一首

　　王觀（1035？-1100？），字通叟，如皋（今江蘇縣名）人。北宋仁宗嘉祐二年進士，歷任大理寺丞、江都知縣等。他和高郵秦觀在當時並稱「二觀」。相傳曾作〈揚州賦〉，頗得神宗喜愛，任以翰林學士。又奉詔作〈清平樂〉，描寫宮廷生活；但因高太后對王安石變法不滿，認爲王觀隸屬王安石派系，遂以〈清平樂〉褻瀆神宗爲名，將之罷職。王觀此後即號「逐客」。其詞集曰《冠柳集》，意欲高於柳永；雖然所作未必能凌駕，但詞見新意。詞集失傳，有《唐宋諸賢絕妙詞選》所選錄，和趙萬里輯《冠柳集》一卷，刊入校輯的《宋金元人詞》中。據王灼《碧雞漫志》：「王逐客才豪，其新麗處與輕狂處，皆足驚人。」見其語多可探。

卜算子　送鮑浩然之浙東

水是眼波橫，山是眉峰聚[1]。欲問行人去那邊？眉眼盈盈處[2]。
才始送春歸，又送君歸去。若到江南趕上春，千萬和春住。

【注釋】

1　「水是眼波橫」二句：世人多用水波譬喻美人眼、山峰形容美人眉，此處融情入景，反用眉眼借代山水。

2　眉眼盈盈處：謂行人去處在山水秀麗的地方。盈盈，美好貌。

【解析】

　　該詞送別，爲王觀傳世詞作的代表。作者在春歸的暮春時節送別

友人，心中充滿了依依不捨之情；但是友人將前往的地方，是此際春色應該尙在、山光水色的江南，所以又充滿了欣慕祝福之意。全詞雅致娟秀，詞人還故意顛覆世人習常的，用山水形容美人的眉眼，如「秋水橫波」、「雙瞳剪水」說美人眼眸，「春山眉黛」說美人柳眉；他反過來用美人眉眼以借代山水，反說秀麗江南的佳山勝水是美人的「眉眼盈盈處」，設喻極爲巧妙，一時間使得山水皆如美人之眉目含情，更見多情，且詞意新奇有妙趣。

蘇軾 十五首

　　蘇軾（1037-1101），字子瞻，眉州眉山（今四川縣名）人。
他是中國文學史上耀眼的星星。他以橫放傑出的姿態崛起於北宋詞
壇，睥睨地雄視千古；他以曠世奇才，一生悠游徜徉在藝術創作的
文藝殿堂中，恣意馳騁在詩、詞、文廣袤的文學之林。他曾貶黃州
（今湖北黃岡縣），築室於東坡，故號東坡居士；所著詞集曰《東坡
詞》，又名《東坡樂府》。他與父親蘇洵、弟弟蘇轍，一門三傑俱揚
名於世，稱為三蘇。

　　幼時，軾嘗從母程氏讀《後漢書》，讀至范滂「登車攬轡，慨然
有澄清天下之志」，其後果於黨錮之禍犧牲了性命，軾問其母「軾若
為滂，母許之否？」其母答以「汝能為滂，吾顧不能為滂母耶？」後
來在蘇軾歷經宦海浮沉、屢遭貶謫的一生中，他果然堅持理想，不
懼權貴。他曾經通判杭州，知密州、徐州、湖州；也曾因訕謗被逮
赴臺獄，幾死，幸賴神宗憐才，始以黃州團練副使安置，移汝州；
哲宗立，復朝奉郎，知登州，累遷翰林學士，知杭州，復召為吏部尚
書，改翰林承旨，出知潁州；紹聖初，又以詞貶寧遠軍節度副使，惠
州（今廣東惠陽縣）安置，又貶瓊州（今海南島）別駕，居昌化，過
著「五日一見花豬肉，十日一遇黃雞粥」的生活；徽宗立，移廉州
（今廣東合浦縣），遇大赦還，提舉玉局觀，不久卒於常州（今江蘇
市名），年六十六。軾工詩，與黃庭堅合稱「蘇黃」；其詞更別開豪
放之風，為後世所宗仰，元好問稱其「一洗萬古凡馬空」。他將所有
仕宦生涯、人生遭遇、交遊酬賞、流連山水，以及進與退、起與落、
悲與歡，甚至人格修養等，都在詞中加以顯影，不但擴大了詞境與內
容，也擺脫了長久以來詞的「綺羅香澤之態」；既融貫了得意時的淡
然，更摻雜了失意時的泰然，長久以來深深地扣動著讀者的心弦。

水調歌頭 丙辰中秋歡飲達旦作此篇，兼懷子由。

明月幾時有？把酒問青天。不知天上宮闕，今夕是何年。我欲乘風歸去，唯恐瓊樓玉宇[1]，高處不勝寒。起舞弄清影，何似在人間。

轉朱閣，低綺戶，照無眠[2]。不應有恨，何事長向別時圓。人有悲歡離合，月有陰晴圓缺，此事古難全。但願人長久，千里共嬋娟[3]。

【注釋】

[1] 瓊樓玉宇：月中宮闕。

[2] 「轉朱閣」三句：寫夜已深，月漸西沉而仍不能成眠。句謂明月從照著朱閣漸至斜月在窗，復照著失眠的詞中人。綺戶，鏤刻花紋的門窗。

[3] 嬋娟：形態美好的樣子。此指美麗的月光。

【解析】

　　該詞是蘇軾在密州時因懷念遠在齊州的弟弟蘇轍而作。在東坡飽經流離憂患的一生中，能有幾回兄弟團圓的中秋良夜？「把酒問青天」的心緒是悲戚的，「起舞弄清影」的身影是孤單的。隨著朱閣、綺戶逐漸西沉的月影，照著輾轉反側不能成眠的東坡，這位月光流照下的離人，他的心中實在是充滿遺憾的，但是最後他還是化解了──月豈能常圓？人又豈能長久不分離？所以退一步想，兄弟只要彼此健在、共此明月而兩心相繫，那麼也算是人生另一種形式的圓滿了吧！東坡總是以這樣帶有哲思的人生理趣看待缺陷，尋求心境的安適之道，因此在他飽滿的「情」中，往往能夠提煉出「思」的理性態度。

　　東坡的坎坷境遇以及瀟灑達放的個人特質，使其詞中總是交替迭現著窮、通，悲、歡的情緒，既有消沉的感傷、也有豪放的達觀，既融貫了得意時的「淡然」，也參雜了失意時的「泰然」，深深地扣動

了讀者的心弦。讀其詞不僅讀者動容，更令人沉思再三。

念奴嬌 <small>赤壁懷古</small>

大江東去，浪淘盡，千古風流人物[1]。故壘[2]西邊，人道是、三國
周郎赤壁。亂石崩雲，驚濤裂岸[3]，捲起千堆雪[4]。江山如畫，一
時多少豪傑。

遙想公瑾當年，小喬[5]初嫁了，雄姿英發。羽扇綸巾[6]，談笑間、
強虜灰飛煙滅。故國神遊，多情應笑我[7]，早生華髮[8]。人間如
夢，一尊還酹[9]江月。

【注釋】

1　風流人物：傑出的英雄人物。

2　故壘：舊時營壘。

3　「亂石」二句：高聳的岩石插入雲際，洶湧的波濤像要撕裂江岸。

4　雪：浪花如雪。

5　公瑾、小喬：公瑾，周瑜字。小喬，喬玄之女，姊妹二人皆美貌，人稱大、
　小喬，小喬後來嫁給周瑜。

6　羽扇綸巾：本為古代儒將的裝束，此用以形容周瑜的從容閒雅。綸巾，青絲
　帶的頭巾。綸，音ㄍㄨㄢ。

7　「多情」句：「應笑我多情」之倒裝句。

8　華髮：花白的頭髮。

9　酹：以酒灑地，以祭神、奉敬之。酹，音ㄌㄟˋ。

【解析】

　　東坡詞不但以其曠達的人生觀、多樣的內容題材、深度的思想意
蘊，高標遠致地展現了士大夫文人的審美情趣，完成了詞的「風格即
人格」士大夫化，使得詞體擺脫歷來「應歌」、「佐歡」的狹隘卑弱

地位，詞體因之而尊。他並以特有的雄渾豪邁之氣，點染了詞境、提高了詞格，讀該詞，真有萬里江濤奔赴眼底、百年興衰齊上心頭之感。

　　著一句「大江東去」，何等開闊的儡人氣象躍入眼簾！然而更令人驚心動魄的是：隨著這滾滾不盡東流水逝去的、是千古以來任憑你多麼蓋世豪傑、英雄風流也逃躲不過的 —— 終歸煙滅。東坡詞的美，是一種突破了傳統「煙雨濛濛」柔婉畫面的瑰奇壯麗與山川人物之美，是一種令人駭目驚心、充滿剛性美的「亂石崩雲，驚濤裂岸」。東坡以豪邁雄渾之氣點染詞境，為一向婉約、旖旎的傳統詞風，打開了一條「一新天下耳目」的豪放之路；他更以曠達的人生觀、通達事理的瀟灑與深度的思想意蘊，豁達自解。所以詞中感傷完即如周瑜功蓋一世的英雄豪傑，也不能免於「浪淘盡」地被流逝後，他便懸崖勒馬地調整自己的情緒了。他自嘲早生華髮就是因為多情自苦，還是珍惜有限人生吧！盡情受用這如畫美景與江風明月，瀟灑地飲酒吧！此所以劉熙載《藝概》稱東坡有「神仙出世之姿」，他在感傷情緒外，往往又能當之以無限開朗的胸襟，將之化解於無形。讀東坡詞畢，頗有一種「萬籟俱寂，唯蟲聲唧唧為余浩嘆」之感。

定風波 三月七日，沙湖道中遇雨，雨具先去，同行皆狼狽，余獨不覺。已而遂晴，故作此

莫聽穿林打葉聲。何妨吟嘯[1]且徐行。竹杖芒鞋[2]輕勝馬。誰怕。一蓑煙雨任平生[3]。
料峭[4]春寒吹酒醒。微冷。山頭斜照卻相迎。回首向來蕭瑟處。歸去。也無風雨也無晴。

【注釋】

1　吟嘯：吟詩、長嘯，表其意態閒適。
2　芒鞋：草鞋。
3　「一蓑煙雨」句：對於披著蓑衣、冒著風雨的生活，一向處之泰然。
4　料峭：風寒貌。

【解析】

　　該詞可謂是東坡一生坦蕩、胸懷灑落的寫照。在風風雨雨的人生旅途上，他就是以「吟嘯且徐行」的氣度，踽踽獨行在浮沉的宦海中；哪怕有著穿林打葉的大雨，他也泰山崩於前而色不變地一樣竹杖芒鞋，在一蓑煙雨中豪氣邁往、無懼地前行。也許難免有著料峭春寒吹得人不禁寒顫的時候，但是當越過了山頭，又見一抹斜照當頭相迎——儘管已是餘暉，溫暖還是有的。這也正是東坡從不絕望的頑強達觀，他就是以這樣的熱力強烈感染著讀者、撼動著讀者心靈。而當我們讀其詞猶自為他不勝唏噓時，他卻已經雲淡風清、風雨過後了；因此當他回首來時路，已經不帶任何情緒地也無風雨、也無晴了。

八聲甘州 寄參寥子

有情風、萬里卷潮來，無情送潮歸。問錢塘江上，西興浦口[1]，幾度斜暉[2]。不用思量今古，俯仰昔人非[3]。誰似東坡老，白首忘機[4]。

記取西湖西畔，正春山好處，空翠煙霏[5]。算詩人相得[6]，如我與君稀。約他年、東還海道，願謝公雅志[7]莫相違。西州路，不應回首，為我霑衣[8]。

【注釋】

1 浦口：渡口。

3 幾度斜暉：幾千年的歷史興衰，只化作彈指間的幾度斜陽。

3 「不用」二句：謂何必苦思古今是非、人事興衰。

4 忘機：無意於功名利祿。

5 空翠煙霏：晴空下，遠山一片碧翠而雲煙繚繞。霏，雲氣，煙雲飛揚的樣子。

6 相得：謂二人志趣投合、感情契合。

7 謝公雅志：謝安本隱居於會稽（今紹興）東山，為朝廷所請，出山官至宰相，後來因受猜忌出官到新城。臨去前他許願將來終老時，一定要經由海道回到東山。

8 「西州路」三句：謂苟能不違其志，將來自不須為我回首悼念。謝安雖許願自海道東歸，但後來病重還都時被從西州門抬回，未能如其願地徒留憾恨。當時謝安所愛重的知名士羊曇，在謝安死後對此極為哀痛，曾經輟樂彌年，並且從此行不由西州路。西州城故址在今南京市西。

【解析】

　　參寥是與東坡有著深摯情誼的一位僧人。當東坡貶黃州時，他不遠兩千里相隨、留住期年；當東坡晚年又貶海南時，他也想要過海尋訪，為東坡書信所勸阻。元祐四年東坡因與舊黨論政不合再度出官杭州，兩年後又被召為翰林學士，在離杭前他寫了該詞贈參寥子。

　　詞中有情與無情，都是語語雙關。東坡的一生，不也正像這潮去潮來嗎？在來去之間，自己何嘗做得了主？對於生命中不斷的流離漂泊，東坡有著很深的悲慨寓於其中。不過他很快地就有超曠的體悟了，他筆鋒一轉便從無窮開闊的江景轉移到千古興亡的人事上，看那錢塘江上、西興浦口，幾千年的潮來潮往不都在彈指間化成煙消雲散了嗎？人生何能自免於此？那又何必苦於鑽牛角尖呢！如是一轉念，一切仕途上的辛酸、悲慨，也都煙消霧散而無足道了，還是珍惜有限生命的美好，像江山美景、珍貴友誼一類的吧！所以東坡說雖然

此刻我們不得不離別了，但是我要和你訂下一個像謝安許願「東還海道」那樣的後約，而我一定不會像謝安賫志以歿地抱著遺憾而終，使得後人在路過西州門時回首霑衣的。該詞真所謂揉合了天風海濤之曲與幽咽怨斷之音，讀來令人掩卷太息。

臨江仙 夜歸臨皋

夜飲東坡醒復醉，歸來彷彿三更。家童鼻息已雷鳴[1]。敲門都不應，倚杖聽江聲。
長恨此身非我有，何時忘卻營營[2]。夜闌風靜縠紋平[3]。小舟從此逝，江海寄餘生[4]。

【注釋】

[1] 雷鳴：謂熟睡而鼾聲如雷。
[2] 營營：為功名利祿而奔波忙碌。
[3] 縠紋：形容風息浪平，水紋極為細微。縠，縐紗，音，ㄏㄨˊ。
[4] 「小舟」二句：駕一葉扁舟，在江海中渡過餘生，即棄官歸隱之意。

【解析】

　　東坡夜飲、晚歸，家童熟睡而無人應門，於是他信步走到了江邊聽著潮音。在潮去潮回的去來中，他頓悟了人生如寄、光陰過客的道理。既然此身非吾人所能長有，為什麼還要汲汲營營，不能放下名利的追逐呢？心下這麼一澄然，心頭便風平浪靜一如夜闌平靜的波紋般了。既是如此，那也不妨駕著一葉扁舟飄蕩江海、寄託餘生啊！詞見東坡深藏心中的遠離俗世之想。

青玉案 和賀方回韻，送伯固還吳中

三年枕上吳中路[1]。遣黃犬[2]，隨君去。若到松江[3]呼小渡。莫驚
鴛鴦。四橋[4]盡是，老子經行[5]處。

輞川圖上看春暮。常記高人右丞句[6]。作箇歸期天已許。春衫猶
是，小蠻[7]針線，曾溼西湖雨。

【注釋】

1　「三年」句：對於思念的故鄉，三年來只能在夢中重回。時伯固（蘇堅字）
　　從蘇軾宦遊杭州，已三年未歸。

2　黃犬：陸機有愛犬名黃耳，機在洛陽時曾繫書於犬頸，令其送達松江家中，
　　並帶回家中的訊息。

2　松江：即吳松江。源出蘇州太湖，經上海，與黃浦江會合，注入東海，曰吳
　　松海口。

4　四橋：姑蘇（今江蘇吳縣）有四橋，長為絕景。此指姑蘇松江一帶。

5　老子經行：此謂蘇軾所時常經行的地方。

6　「輞川圖」二句：形容風景如畫，像輞川圖一般地美。王維肅宗時為尚書右
　　丞，有別墅在輞川（陝西藍田縣），地奇勝，他嘗在藍田清涼寺壁上繪輞川
　　圖。

7　小蠻：這裏是以小蠻之名借代自己的侍妾。白居易嘗有二妾，其中樊素善
　　歌，小蠻善舞。

【解析】

　　該詞雖是送別詞，卻寄寓了東坡天涯游宦的鄉思在其中。詞中他
欲遣黃犬隨同對方回到故鄉擷取信息；同時又睹物思人，想到身上穿
著的，正是家中佳人所縫製，伴著他渡過多少他鄉歲月、並曾幾度為
西湖春雨所沾溼的衣衫，於是濃濃的鄉愁一時間全部湧上了心頭。詞
中可見東坡在豪放詞風以外，也有極其纏綿情深的一面。

江城子　乙卯正月二十日夜記夢

十年生死兩茫茫[1]。不思量。自難忘。千里孤墳[2]，無處話淒涼。
縱使相逢應不識，塵滿面，鬢如霜。
夜來幽夢忽還鄉。小軒窗[3]。正梳妝。相顧無言，唯有淚千行。
料得年年斷腸處，明月夜，短松岡[4]。

【注釋】

[1] 「十年」句：句謂十年來生死隔絕，兩相不知。東坡作該詞，距其妻王氏之
　　死，正好十年。
[2] 千里孤墳：謂墳墓在千里之外。時軾在山東密州，其妻墳在四川。
[3] 小軒窗：小窗。軒，窗的別稱。
[4] 短松岡：遍植矮松的山岡，借代墓地。

【解析】

　　東坡詞開豪放一派，但他也有非常婉約韶秀、深情的一面。該詞
為東坡悼念亡妻之作，情感真摯纏綿，令人讀來不忍。但是全詞之所
以如此悲淒的另一個原因，還在於生者何堪？——死，固然陰陽懸
隔、黃泉路邈；但是生者受盡了一切的磨難打擊、詬毀流離，塵滿
面、鬢如霜，倘使連夫妻相逢都料將不識，那麼現實環境的打擊該是
何等之大啊！真是道不盡的辛酸啊！在這種情形下會面，恐怕一切言
語都是多餘的，只有潰決的淚水，才能夠宣洩內心的悲緒吧！然而連
這樣的見面，竟然都只是夢中的情景罷了！真實生活裏，就只有東坡
一人寂寞地踽踽獨行。該詞展現了東坡在舉首高歌、開闊博大的詞風
以外，深情悲愴的一面。

水龍吟 次韻章質夫楊花詞

似花還似非花[1]，也無人惜從教墜[2]。拋家傍路[3]，思量卻是，無情有思[4]。縈損柔腸[5]，困酣嬌眼，欲開還閉[6]。夢隨風萬里，尋郎去處，又還被鶯呼起[7]。

不恨此花飛盡，恨西園、落紅難綴[8]。曉來雨過，遺蹤何在，一池萍碎[9]。春色三分，二分塵土，一分流水[10]。細看來不是楊花，點點是離人淚。

【注釋】

1　「似花」句：謂楊花有花之名，卻無花色與花香。楊花即柳絮，花形小，花落結實後，種子上帶有白色絨毛，隨風飄落，形成綿絮。

2　從教墜：任由楊花飄墜。從，任。教，使。

3　拋家傍路：謂楊花離枝委地。此用擬人化的寫法。

4　有思：即有情。

5　柔腸：柳枝細而柔，故以美人愁損柔腸來比喻柳枝折損。

6　「困酣嬌眼」二句：柳絮絨狀，中有種子，當其委地絨合，似美人困酣嬌眼欲閉狀；當風吹絨張，又似其努力定睛張眼。另說柳葉如人眉眼，因謂飄揚的柳葉像美人倦極欲閉的嬌眼。按此二說皆以摹形寫狀為務，唯該詞詠柳花而非詠柳，且章質夫詞亦云：「傍珠簾散漫」、「繡床漸滿，香毬無數，才圓卻碎」，故前說近是。

7　鶯呼起：謂好夢被鶯聲驚擾。唐人金昌緒〈春怨〉詩曰：「打起黃鶯兒，莫教枝上啼。啼時驚妾夢，不得到遼西。」此活用其意。

8　落紅難綴：謂時屆暮春，已經很少花開了。綴，連綴、連接。

9　一池萍碎：滿池子飄落的楊花，如浮萍一般。東坡自注：楊花落水為浮萍，驗之信然。

10　「春色」三句：謂暮春時節，所剩的春色本已無幾，僅存的楊花又被驟雨打得委地成泥，或者逐水飄流。

【解析】

　　東坡詞的豪放之美，人所共知；其韶秀之美，卻未必人人皆知。該詞是東坡爲次韻章質夫而作的楊花詞。章質夫是遊宦，東坡是罪臣，皆不無逐臣棄婦之感，一如那委地無人惜的楊花一般，是以全詞既是寫花亦是寫人，語語雙關。這首〈水龍吟〉的詞情幽微曲折，氣韻生動，兩宋以來詠物詞幾無能出其右者，《詞源》稱爲「壓倒古今」。

　　詞中，那不起眼、毛茸茸一小朵，沒有花色、花香，只落得拋家傍路、折損柔枝似斷腸、無情有思的，是幾乎從沒有人認眞看待它也是「花」的楊花。楊花落土，那細小茸毛包裹著小黑點的花形，像極了張不開的睏眼；儘管已是盡了力想要撐開睡眼，卻不能夠。那種力不從心萎落地面的無奈感，尤其是竟又隨風飄蕩的現實不堪感，加上清晨再一陣曉雨侵洗的雨後零落，更是打得這暮春時節僅僅剩餘的一點點春色 —— 楊花，不是委塵土、就是隨流水。咦？詞中寫的，究竟是花乎？人乎？東坡的答案是：都是。這一切，處處都像是東坡的寫照啊！所以當定睛細看時，東坡忽然覺得飄零流離的，其實並不是楊花，而是點點的離人淚啊！

永遇樂　彭城夜宿燕子樓，夢盼盼，因作該詞

明月如霜，好風如水[1]，清景無限。曲港跳魚，圓荷瀉露，寂寞無人見。紞如三鼓，鏗然一葉[2]，黯黯夢雲[3]斷。夜茫茫，重尋無處，覺來小園行遍。
天涯倦客，山中歸路，望斷故園心眼。燕子樓空，佳人何在[4]？空鎖樓中燕。古今如夢，何曾夢覺？但有舊歡新怨。異時對，黃樓[5]夜景，爲余浩歎。

【注釋】

1 好風如水：好風清涼如水。

2 「紞如」二句：形容夜深靜極，連落葉聲都如金石鏗然般，那就遑論三更的鼓聲了。紞，擊鼓聲，音ㄉㄢˇ。如，助詞。

3 夢雲：夢中情景恍如煙雲。

4 「燕子樓」二句：盼盼為徐州奇色，善歌舞；徐州尚書張建封納之於燕子樓，歌樂三日不息，獨寵嬖焉。既薨，盼盼感激深恩，十餘年誓不他適，後往往不食，遂卒。

5 黃樓：蘇軾守徐州時，河決澶淵。徐州當水衝，城幾壞；水既去，軾請增築徐城。為大樓於東門之上，堊以黃土，曰：「土實勝水」，故名黃樓。

【解析】

詞寫東坡夜宿徐州燕子樓，夢關盼盼而驚醒，於是撫今追昔地感傷他守徐州時也曾修建黃樓，然則異日人們會在黃樓憑弔東坡嗎？詞中情感宕跌不已，層層轉折，不斷轉進。

東坡先從如霜明月、如風好水、瀉露圓荷、曲港跳魚等無限清景開始寫起；接著一轉，在這靜得連落葉墜地都鏗然有聲的深夜裏，那就遑論三更的鼓聲了！於是東坡被驚醒、夢斷，並且索性就在小園中散步。這裏又一轉：不覺間心事齊湧上了心頭，想到自己是個飄零天涯、渾身倦透的失意文人，只能在此客鄉苦思歸路、望斷欲歸心眼，內心真是無限悲淒！再一轉──但是千古興廢往事何嘗不也都如此呢？此刻夜宿的燕子樓不也曾經刻畫了一段淒美的愛情故事嗎？而今樓中佳人已矣！空留穿簾飛燕，一切興廢不都印證了旋生旋滅的「古今如夢」嗎？只是身在夢中，人如何能夠自我醒覺地置身夢外、不隨夢中情景而哀淒呢？所以東坡嘆：人生唯有舊歡與新怨罷了！快樂都是存在回憶中的，真實生活則只有無窮盡的憾恨啊！至此，東坡情緒黯然地又有了另一轉：他說我今在徐州弔古，在燕子樓中夢見盼盼；將來人們對著黃樓夜景，是否也會想起興建該樓的失意文人蘇東坡呢？

少年遊 潤州作，代人寄遠

去年相送，餘杭[1]門外，飛雪似楊花。今年春盡，楊花似雪，猶不見還家。

對酒捲簾邀明月[2]，風露透窗紗。恰似姮娥[3]憐雙燕，分明照畫梁斜。

【注釋】

1　餘杭：即杭州。

2　邀明月：寫其孤單。翻用李白「舉杯邀明月，對影成三人」之意。

3　姮娥：即嫦娥，以其奔月，故借代為月光。

【解析】

　　東坡在小題敘明該詞是「代擬」的離詞。詞中，詞人著意以外貌相似而時序差遠的楊花和雪作為軸線，全詞圍繞著「雪似楊花」到「楊花似雪」的時間流轉，點出離別是從去年飄雪的冬天開始，直到今年楊花飄盡、春天都要結束了，卻還不見離人還家的。離別既久，閨中人就只能在月光下，學步詩人「舉杯邀明月」地伴著自己的影子孤單飲酒，並黯然自嗟地羨慕樑上的雙飛燕，以此諭知遠人空閨寂寞、盡早還家。詞情婉約又帶點諧趣。

醉落魄 席上呈楊元素

分攜如昨[1]。人生到處萍飄泊。偶然相聚還離索。多病多愁，須信從來錯[2]。

尊前一笑休辭卻。天涯同是傷淪落。故山猶負平生約。西望峨嵋，長羨歸飛鶴[3]。

【注釋】

1　分攜如昨：離別的情景還在眼前，就像昨天才發生的一般。

2　「多病」二句：此是反語，字面上說多愁善感導致自己多病，可見得多情一向是錯的；但其實用意只在於凸顯自己的多愁多病，並非真覺得自己錯了。

3　「故山」三句：意謂連舊日的青山盟約，都睽違辜負了；那麼想要回到遙遠的故鄉，就除非化鶴歸去，否則更是徒增思慕了。峨嵋，即峨嵋山，在四川。歸飛鶴，用丁令威學道，化鶴歸遼東的故事。

【解析】

　　萍無根，逐流而已，而流離的東坡亦一如浮萍到處飄泊，縱有相聚，也終須分離。分離的愁苦使人多病，至此東坡不能不問：多情錯了嗎？既是無可奈何，那就一醉吧！因為連昔日的青山之約都不能實現了，當然就更遑論想要回到遙遠的故鄉了。詞中有著很深的傷零落、悲飄泊之感。

陽關曲　中秋作

暮雲收盡溢清寒。銀漢無聲轉玉盤[1]。此生此夜不長好，[2]明月明年何處看。

【注釋】

1　「銀漢無聲」句：意謂銀河悄然掛在天際，月光慢慢移轉。銀漢，即銀河，凡河皆有水流聲，獨天上銀河悄然無聲。玉盤，月亮。

2　「此生」句：言其漂泊。在這中秋團圓日，自己卻仍然漂泊，故自嘆每年此夜都意緒不佳。

【解析】

　　又是一個傷漂泊的中秋夜。在一片清寒的皎潔月光下，本來應是

一家人團圓的中秋時節，東坡卻依然萍飄無定。他不禁暗自神傷地想：明年我又將飄然何處？會在何地觀看中秋月圓呢？東坡對於無力自主的仕宦漂泊，如同那悄然無聲而默默移轉的銀河月光，有著很深的無奈感。在他飽經憂患、流離的一生中，能有幾回兄弟團圓的中秋良夜？他「把酒問青天」的心緒是悲戚的，「起舞弄清影」的身影是孤單的。面對一生多舛的不斷轉徙和貶謫，他曾賦詩：「遣子窮愁天有意，吳中山水要清詩。」又說：「崎嶇世味嚐應遍。」自我解嘲苦難備嚐。所以中秋夜對他來說，「此生此夜不長好」，總是特別的感傷無已！

西江月　平山堂

三過平山堂[1]下，半生彈指聲[2]中。十年不見老仙翁。壁上龍蛇飛動[3]。

欲弔文章太守，仍歌楊柳春風[4]。休言萬事轉頭空。未轉頭時是夢。

【注釋】

1 平山堂：歐陽脩在揚州築有平山堂，壯麗為淮南第一，上據蜀岡，下臨江南數百里。

2 半生彈指：謂半生歲月在轉瞬間匆匆過往。彈指，一彈指的時間，比喻時間極為短暫。

3 龍蛇飛動：形容壁上題字的書畫筆勢靈動飛舞。

4 「欲弔」二句：是說唱著歐詞，憑弔歐陽脩。歐陽脩有詞〈朝中措‧平山堂〉，詞中自言：「文章太守，揮毫萬字。」又云：「手種堂前垂柳，別來幾度春風。」

【解析】

　　歐陽脩對蘇軾曾有薦拔之恩,該詞乃軾登樓懷歐之作。在三訪平山堂時,蘇軾緬想著仙翁已去,徒留壁上墨跡,因此在懷人之餘,詞鋒遂一轉地,嗟傷人生轉頭固然萬事皆成空;但是當「未轉頭」、還身處其中時,又何嘗真實了?浮生不過一夢啊!一空、一幻的心境,感觸甚深且語境蒼涼。

蝶戀花

花褪殘紅青杏小。燕子飛時,綠水人家繞。枝上柳綿吹又少。天涯何處無芳草[1]。

牆裏鞦韆牆外道。牆外行人,牆裏佳人笑[2]。笑漸不聞聲漸悄。多情卻被無情惱[3]。

【注釋】

1　「枝上」二句:意謂雖然已經春盡柳綿少,但卻處處皆有芳草。柳綿,即柳絮。
2　「牆外」二句:以牆外行人的悲思和牆內佳人的歡笑對比。
3　被無情惱:謂道上行人的悲思,被牆裏佳人的歡笑觸動。不過悲思是源自對生命的善感多情;反之,笑聲卻是源自對生命的不覺知或漠然,因此以悲者為多情,反以笑者為無情。

【解析】

　　花褪殘紅、柳綿吹少,如此傷春悲秋之感已經令人夠不堪了,然而人事更難量。對比著牆裏佳人的歡笑嬉鬧,道上奔波的行人,怎能不暗自神傷呢?

　　傳說蘇軾在惠州嘗與朝雲閒坐,時落木蕭蕭,有悲秋之意,他命朝雲把酒並歌該詞。朝雲歌喉將囀,淚滿衣襟,言所不能歌者,

「枝上柳綿吹又少，天涯何處無芳草。」他大笑曰：「吾正悲秋，而汝又傷春矣！」不久朝雲竟抱疾亡，於是東坡終身不復聽取該詞。

卜算子　黃州定慧院寓居作

缺月[1]挂疏桐，漏斷[2]人初靜。誰見幽人[3]獨往來，縹緲[4]孤鴻影。驚起卻回頭，有恨無人省[5]。揀盡寒枝不肯棲[6]，寂寞沙洲冷。

【注釋】

1　缺月：殘月。
2　漏斷：即漏盡，比喻夜深。謂此時漏壺的水已經滴盡了。
3　幽人：幽居之人、隱士。
4　縹緲：高遠隱約的樣子。
5　省：識、了解。
6　「揀盡」句：以孤鴻不肯隨意棲息，來自比不與世俗同流。

【解析】

　　缺月對東坡而言，別有一番深刻的感受，他總是從月的陰晴圓缺，體悟出人生悲歡無常的道理。而孤鴻在夜深漏盡的殘月下，那縹緲的身影，不也正像東坡這個「獨醒」的幽人嗎？孤鴻揀盡寒枝不肯棲，不也正像東坡一生光風霽月、磊落不群的寫照嗎？這樣的抉擇自然註定了寂寞、有恨的境遇，然而這不也正是古來君子、所有寒士的共悲嗎？因此該詞頗有東坡自明心跡之意在；而東坡造語之託意雙關、意蘊深厚，亦於此可見。

李之儀 一首

　　李之儀（1038-1117），字端叔，號姑溪居士，滄州無棣（今屬山東）人。北宋神宗朝進士，曾任蘇軾幕僚，歷任樞密院編修等職。徽宗朝因文章獲罪被貶。著有《姑溪詞》。

卜算子

我住長江頭，君住長江尾。日日思君不見君，共飲長江水。
此水幾時休，此恨何時已。只願君心似我心，定不負、相思意。

【解析】

　　該詞具有南朝民歌的風味，琅琅上口，易於傳唱。全詞以「長江」加以貫串，相戀的兩人都住在長江畔，乍看似乎非常親近；細味之，則一在上游、一在下游，相去何啻千里！唯一讓相戀而不能結合的戀人感覺安慰的，大概就只有「共飲長江水」了，充滿兒女癡態。詞尾詞中人堅定的盟誓以及對戀人的期許──儘管存在著重重的時空阻隔，仍然期許兩人的戀情長久不移，更是擄掠了後世諸多戀人之心。全詞以長江之幽深綿長比戀情之綿綿無盡，頗見用意。

黃庭堅 二首

　　黃庭堅（1045-1105），字魯直，自號山谷道人，晚號涪翁，洪州分寧（今江西修水縣）人。北宋英宗時舉進士，官起居舍人，祕書丞兼國史編修官。坐元祐黨籍，貶黔州（今四川彭水縣），移戎州（今四川宜賓縣）。召還，復與宰相有隙，被除名，編管宜州（今廣西宜山縣）。但他泊然不以遷謫為意，慕而從遊之士眾，講學不輟，後來卒於荒僻的貶所。他以詩文受知於蘇軾，與秦觀、張耒、晁補之並為「蘇門四學士」。其詩奇崛，自闢蹊徑，開江西詩派；詞與秦觀齊名，世稱「秦七黃九」，不過一般認為黃非秦匹。其詞集曰《山谷詞》，又名《山谷琴趣外篇》。

清平樂

春歸何處。寂寞無行路。若有人知春去處。喚取歸來同住。
春無蹤跡誰知。除非問取黃鸝[1]。百囀[2]無人能解，因風飛過薔薇。

【注釋】

1　問取黃鸝：戲言去詢問黃鶯鳥。黃鸝，黃鶯之別名。黃鸝鳴於春夏之間，所以推論牠應該知道春的去處。
2　百囀：形容鳥鳴聲宛轉多變。囀，鳥鳴聲。

【解析】

　　該詞寫一種幽微的傷春意緒，詞意委婉，清逸雋美。黃鸝在春夏

間鳴叫，薔薇也在暮春間開花，皆寓有「春歸」之意，故詞人於詞中云此。

虞美人　宜州見梅作

天涯也有江南信。梅破知春近[1]。夜闌風細得香遲。不道曉來開遍向南枝[2]。

玉臺[3]弄粉花應妒。飄到眉心住[4]。平生箇裏願杯深[5]。去國[6]十年老盡少年心。

【注釋】

[1] 「天涯」二句：言雖遭貶離僻處，但藉著梅花開放卻能感知江南的信息。梅破，梅花含苞欲放了。

[2] 開遍向南枝：謂南枝先開。因為向陽溫暖，所以南枝的花朵先開。

[3] 玉臺：梳妝臺。

[4] 眉心住：《太平御覽》載，宋武帝女壽陽公主日臥於含章殿簷下，梅花飄落其額上，拂之不去。經三日，洗之乃落。宮女奇其異，遂效為梅花妝。

[5] 「平生」句：謂年少時非常喜歡盡興地飲酒。箇裏，即箇中，此中。

[6] 去國：離開京城。

【解析】

　　詞寫貶謫傷離的心緒。當黃庭堅在宜州作該詞時，距離他初遭貶謫正好十年。十年來人事變遷無數，年少時飲酒的豪情，早已不復；不過幸好那依時開放的梅花還依然，雖然僻處在宜州，也還能憑著花開而感知江南快要春天了的信息。詞中雖不言魂牽夢縈的鄉思，而鄉思自見。

秦觀 六首

　　秦觀（1049-1100），字少游，號淮海居士，揚州高郵（今江蘇縣名）人，北宋詞人，「蘇門四學士」之一。他的一生與蘇軾有著密切的關係。神宗時舉進士，官太學博士、國史院編修官。因坐黨籍，出通判杭州，貶監處州酒稅，又削籍徙郴州、編管橫州、徙雷州。放還，卻卒於途中。秦觀少年豪俊，慷慨溢於言辭，蘇軾對他極為愛賞。但是他在面對黨爭打擊時顯得相當消沉，他的詞風也因此表現出寄慨身世的幽咽悽惻感。不過在當時蘇軾橫放傑出的豪放詞風以外，婉約仍是時人所公認詞的標準，因此閒雅有情思、語工而入律的秦觀詞，成為當時極受好評的婉約詞代表，並有「婉約之宗」美譽。其詞情韻諧美、婉約清麗，以《淮海詞》享譽詞壇。只不過在纖巧之餘，其內容與題材也就大體侷限在言情與述愁上了。

鵲橋仙

纖雲弄巧[1]，飛星傳恨，銀漢迢迢暗度[2]。金風玉露[3]一相逢，便勝卻人間無數。

柔情似水，佳期如夢，忍顧[4]鵲橋歸路。兩情若是久長時，又豈在朝朝暮暮。

【注釋】
[1]　纖雲弄巧：美麗的雲彩，巧妙地變化著。
[2]　「銀漢」句：指牛郎、織女渡過銀河相會之事。迢迢，遙遠。
[3]　金風玉露：秋風與白露，皆秋天景象；此指七夕之夜。

4　忍顧：怎忍回顧？即不忍之意。

【解析】

　　少游再現傳統的婉約詞風，但是他不像溫庭筠藉外在物象渲染情境、烘托意象，以呈現滿眼華麗景象，也不像韋莊明白直接、用疏淡的筆調蘊蓄深情；他轉從心靈層面來刻劃一對戀人彼此的心靈感應和共鳴，揚棄了世俗對色相的迷戀，超塵絕俗地捕捉了這對飽受相思之苦的戀人，在相逢時所爆發出來的激烈愛情、深刻幸福，以及在不得不的離別下所呈現的堅定愛情與昇華。這樣堅貞不移、哀婉凄苦的愛情，贏得了後世多少有情人的深深嘆息，也頓使世俗言情之作爲之而黯然。

滿庭芳

山抹微雲。天黏衰草[1]，畫角聲斷譙門[2]。暫停征棹，聊共引離尊[3]。多少蓬萊舊事[4]，空回首，煙靄紛紛。斜陽外，寒鴉萬點，流水繞孤村。

銷魂。當此際，香囊暗解，羅帶輕分[5]。謾贏得青樓，薄倖名存[6]。此去何時見也？襟袖上，空惹啼痕。傷情處，高城望斷，燈火已黃昏。

【注釋】

1　「山抹」二句：遠山一縷薄雲，枯草連著天際。抹，言其薄，似輕抹而過。黏，枯草緊貼天邊，像是黏在一起。

2　「畫角」句：城樓上的號角聲停止了，城門即將關閉。譙門，城門上的瞭望樓。譙，音ㄑㄧㄠˊ。

3　「暫停」二句：請對方先暫停離去的腳步，喝個餞別酒吧！征棹，遠行的舟船。離尊，餞別酒。尊，酒杯。

4　蓬萊舊事：指戀愛的往事。蓬萊，傳說中的仙境，借指美女所居；一說指會
　　稽（今浙江紹興）蓬萊閣，傳說秦觀在此為客時，曾與歌妓有情。

5　「香囊」二句：臨別互贈飾物留念。古時有男子繫香囊、女子繫絲帶為飾之
　　習。

6　「謾贏得」二句：空留有青樓薄情詩人的名聲。謾，徒然、空有。薄倖，薄
　　情。杜牧〈遣懷〉詩有云：「十年一覺揚州夢，贏得青樓薄倖名。」

【解析】

　　以離情為主要內容的〈滿庭芳〉，是秦觀在當時很受歡迎並且得
到高譽的作品。詞中的停征棹、引離尊、空回首、銷魂、惹啼痕、望
斷黃昏燈火，都刻劃出濃情不捨的離情。其情思柔婉，能觸動讀者的
心。

　　秦觀和黃庭堅並為「蘇門四學士」之一，當時黃庭堅創始的「江
西詩派」提倡「脫（奪）胎」、「換骨」法，蔚為一時流行，秦詞中
也屢見這種點化前人字句的方法。像這首詞便使用了隋煬帝的「寒鴉
千萬點，流水繞孤村」，和杜牧的「十年一覺揚州夢，贏得青樓薄倖
名」，再加以「換骨」（不易其意而造其語）改造。不過該詞在轉化
前人字句上是很成功的，全詞一氣呵成，略無搬弄、剪輯之感，在當
時獲得了相當廣遠的傳唱，東坡也極為稱道，還曾經戲稱：「山抹
微雲秦學士，露花倒影柳屯田。」也因此為秦觀贏得了「『山抹微
雲』君」的稱呼。

浣溪沙

漠漠[1]輕寒上小樓。曉陰無賴似窮秋[2]。淡煙流水[3]畫屏幽。
自在飛花[4]輕似夢，無邊絲雨細如愁。寶簾閒挂小銀鈎[5]。

【注釋】

1　漠漠：瀰漫著淡淡的寒氣；或曰寂靜無聲。
2　「曉陰」句：陰沉的春晨好像深秋一般。無賴，無聊，索然無趣之意。
3　淡煙流水：畫屏上圖繪的景致。
4　自在飛花：落花隨風悠然地飛舞。
5　「寶簾」句：珠簾垂掛在精巧的銀鉤上。

【解析】

　　秦觀的詞，詞情淡雅。該詞中的輕寒、淡煙、飛花、絲雨、輕似夢、細如愁等，都渲染了一片迷離的景致，烘托著作者內心不能自解的憂傷。這是秦觀填詞的一貫手法，他的審美價值在於柔婉、閒雅，即使心中再怎麼蓄滿憂思，呈現於讀者眼前的，也自是一片優雅婉約的諧美情境。整部《淮海詞》中，除了言情之作外，述愁堪稱其中極重要的部分，而如果說：「言情」容易被指爲「香」的話，那麼「述愁」就容易被說是「軟」了，所以也有人批評秦觀的詞「氣格纖弱」。秦觀是宋代黨爭下的犧牲者，他未涉政爭，卻無辜被羅織罪名、遠謫南荒，他的性格又不像蘇軾般開朗、總能以曠達的胸襟自解，所以他經常擺脫不了離愁、旅愁與謫愁，總是在宛轉情思和婉約情韻中，流露著徬徨失路的深沉悲哀。

江城子

西城楊柳弄春柔[1]。動離憂。淚難收。猶記多情曾爲繫歸舟。碧野朱橋當日事，人不見，水空流。
韶華[2]不爲少年留。恨悠悠。幾時休。飛絮落花時節一登樓。便做春江都是淚，流不盡，許多愁。

【注釋】

1　弄春柔：謂柔弱的柳枝在春風中款擺搖曳。
2　韶華：青春時光，美好年華。

【解析】

　　秦觀在年輕時雖然好讀兵書，也頗有一番豪情壯志，但他的性格很容易陷入哀愁與不可自拔的情境中。在柳枝款擺和飛絮濛濛、落花紛紛的時節裏，他的離愁被觸動了，只見橋下的流水依然悠悠，昔日的青春和往日情景皆已不見，於是詞人不禁悵然有感：映在眼前的這一江春水，都是流不盡的許多愁與淚水匯聚而成的吧！當秦觀後來因黨爭被貶落時，他更是悲愴地深陷在回憶中，想著他和蘇軾、黃庭堅一干好友歡聚汴京的快樂時光，不勝悲楚地寫下了〈千秋歲〉，句中有云：「飛紅萬點愁如海。」傳說當時的宰相曾布讀後嘆道：秦七（秦觀排行第七）已經不久於人世了。秦觀最後果如其言，在放還的途中死於客鄉，成為眾好友中最早逝的一位。

阮郎歸

湘天[1]風雨破寒初。深深庭院虛。麗譙吹罷小單于。迢迢清夜徂[2]。鄉夢斷，旅魂孤。崢嶸歲又除[3]。衡陽猶有雁傳書。郴陽和雁無[4]。

【注釋】

1　湘天：湘江流域一帶。
2　「麗譙」二句：這兩句是說城門高樓上響過淒涼的畫角聲後，孤寂的漫漫長夜緩緩流逝了。麗譙，高樓；小單于，樂曲名。徂，逝去。
3　崢嶸歲又除：又過了一年極不尋常的艱難歲月。除，年終。
4　「衡陽」二句：衡陽雖僻處，猶有音書可通；更南的郴陽卻荒僻得連音信都無。和雁無，舊傳衡陽有回雁峰，雁飛不過此，以見郴陽音書不至。郴，音

ㄔㄣ。和，連。

【解析】

　　風雨敲窗，鄉夢又斷，客中除歲，庭院空虛，何況這是一個荒僻得連音書都不到的地方。如此深愁似海，少游一貫地出之以含蓄筆法，全詞不涉愁字，卻其實無一字不含愁。尤其結句的「衡陽猶有雁傳書，郴陽和雁無」，如泣如訴、哀婉欲絕。當他被貶途經衡陽時，已是觸目淒涼，獨自愁斷腸了；到了遠謫的郴陽，更是荒遠得連鴻雁都不至、音書全斷絕，教善感多愁的少游情何以堪？無怪乎感志不遂的少游，在一再貶謫放還時會客死於途中，也真教後世讀者為他一掬同情之淚。

踏莎行　郴州旅舍

霧失樓臺，月迷津渡[1]。桃源望斷無尋處[2]。可堪孤館閉春寒[3]，
杜鵑聲裏斜陽暮。
驛寄梅花[4]，魚傳尺素[5]。砌成此恨無重數。郴江幸自繞郴山，為
誰流下瀟湘去[6]。

【注釋】

1　「霧失」二句：在夜霧籠罩下，望不見樓臺；在月光朦朧中，看不見渡口。
　　津渡，江河渡口。
2　「桃源」句：望盡天涯，理想中的桃花源無處尋覓。
3　「可堪」句：春寒料峭中獨居客館，生活寂寞得難受。可堪，那堪，忍受不
　　住。
4　驛寄梅花：好友的相思之意。陸凱與范曄相善，自江南寄梅花一枝並詩至長
　　安與曄，詩曰：「折梅逢驛使，寄與隴頭人。江南無所有，聊贈一枝春。」
5　魚傳尺素：指書信傳訊。漢樂府詩〈飲馬長城窟行〉有曰：「客從遠方來，

遣我雙鯉魚。呼兒烹鯉魚，中有尺素書。」魚，指刻有魚形、用來藏放書信的木函，後世用作書信的代稱。尺素，亦指書信，因古人使用約一尺長的絹帛寫信，故名。素，生絹。

6　「郴江」二句：是說郴江本是繞著郴山而流，為什麼還要流向瀟湘去？幸自，本自。為誰，為什麼。

【解析】

　　在屢遭貶謫的蹇滯仕途上，少游將不能自持的悲情寄於詞中。他深情繾綣、情辭兼勝地抒發著自己的悲慨，在東坡的「一洗綺羅香澤之態，擺脫綢繆宛轉之度」，以及時人對東坡「不諧音律」、「以詩為詞」的批評之後，少游反而贏得了時人「詞人之詞」、「婉約之宗」的美譽。其詞婉轉含蓄，清麗淡雅，不但語工合度，並且情韻雋永，聲情、辭情都美極了。該詞中，少游深陷在悲霧、恨海中不可自拔。那孤館春寒、桃源望斷的離恨，他根本無力跳脫。他只能自我悲嘆，無語問天：為什麼郴江不能就繞著郴山而流，卻要流向瀟湘去？東坡愛極了結句二言，在少游死後自書於扇面，且言：「少游已矣！雖萬人何贖？」少游詞風雖然風骨見纖、格力見弱，但他在傷春、惜別、男歡女愛的傳統題材中注入了新內容，他把個人的身世之感融入詞中，造就了哀婉沉鬱、情辭兼勝的諧美風格，也將婉約詞推向另一個新的藝術高度，故能「近開美成（周邦彥），導其先路」，這是同時代其他婉約詞人所無法企及的。

賀鑄 三首

　　賀鑄（1052-1125），字方回，北宋詞人。原籍山陰（今浙江紹興），長在衛州（今河南汲縣），晚年則退居蘇州（今江蘇市），自號慶湖遺老。賀鑄面黑貌醜，然眉目聳拔有英氣，時人謂之賀鬼頭；博學強記，工語言，而耿直、尚氣使酒，人以爲近俠；始終屈居下僚，後來通判泗州，頗爲悒悒不得志。其詞風深婉密麗，善於煉字，詞集曰《東山詞》。

青玉案

凌波不過橫塘路[1]。但目送，芳塵去。錦瑟華年[2]誰與度。月臺花榭，瑣窗朱戶。只有春知處[3]。
碧雲冉冉蘅皋暮[4]。彩筆新題斷腸句。試問閒愁都幾許。一川[5]煙草，滿城風絮。梅子黃時雨[6]。

【注釋】

1　「凌波」句：謂雖見女子輕盈曼妙地走來，但就是不越過橫塘來。凌波，形容女子步履輕盈，語出曹植〈洛神賦〉「凌波微步，羅襪生塵」。橫塘，賀鑄有小築在姑蘇盤門內十餘里，曰橫塘，後爲吳中勝地。
2　錦瑟華年：指美好的年華。語出李商隱〈錦瑟〉詩「錦瑟無端五十絃，一絃一柱思華年。」
3　「月臺」三句：揣想她應是住在月臺花榭、瑣窗朱戶的地方，但只有春知道在哪裏？瑣窗，雕著花紋的窗戶。
4　「碧雲冉冉」句：暮靄漸生，暮色逐漸籠罩了長滿香草的岸邊。蘅，即杜蘅，又名馬蹄香，香草。皋，水岸。

5　一川：遍地。
6　梅子黃時雨：江南地區當春夏之交、梅子黃熟時，總是陰雨連綿，謂之「黃
　　梅雨」。

【解析】
　　該詞寫詞人路遇一位翩若驚鴻的美女，遂引動了他對華年虛擲的
鬱抑與感傷情懷。上片看似青春年少一片春心；下片一轉，轉爲風
中雨中自嘆虛擲，恐年華虛度。詞意、造景都很清新，尤其結句的
「梅子黃時雨」，人皆服其工，遂有「賀梅子」稱謂。

鷓鴣天

重過閶門[1]萬事非。同來何事不同歸[2]。梧桐半死[3]清霜後，頭白
鴛鴦失伴飛。
原上草，露初晞[4]。舊棲新壟兩依依[5]。空床[6]臥聽南窗雨，誰復
挑燈夜補衣。

【注釋】
1　閶門：蘇州著名的城門，此借指蘇州。
2　「同來」句：嘆同來卻未能同歸。作者夫婦曾居蘇州，後來其妻客死於此。
3　梧桐半死：比喻失偶。用典枚乘〈七發〉：「龍門之桐……其根半死半
　　生。」《周禮·春官宗伯》有云：「龍門之琴瑟……於宗廟之中奏之。」孔
　　安國《尚書傳》曰：「龍門山，在河東之西界。」後世以「琴瑟和鳴」說夫
　　妻諧和。
4　「原上草」二句：比喻新亡。晞，露水被太陽曬乾了。
5　「舊棲新壟」句：徘徊在舊居處與新墳土之間，依依難捨。壟，墳土。
6　空床：妻死床空。

【解析】

　　該詞為悼亡之作，深情摯意使人動容。作者頭白半老之際鴛鴦失卻侶；重過蘇州，他對於中途失偶、「同來不同歸」，深感痛心！他一再依依徘徊於舊棲、新壟，情不能自禁。夜深，復靜臥空床聽著南窗夜雨，想著妻子昔日在燈下補綴衣裳的舊景，此情依然、但此景不再，情深意切，使人不忍卒讀。

搗練子

砧面瑩[1]，杵聲齊[2]。搗就征衣淚墨題[3]。寄到玉關[4]應萬里，戍人猶在玉關西。

【注釋】

1　砧面瑩：搗衣石的石面光潔瑩亮，表示搗衣不斷。砧，即搗砧，搗衣石，音ㄓㄣ。
2　杵聲齊：搗衣的木槌聲整齊劃一，表示搗衣人眾。杵，搗衣的木槌。
3　「搗就征衣」句：裁製好了冬衣，和著淚水來寫信。搗，敲擊；搗練就是將生絲搥打成潔白柔軟的熟絹，以便裁製冬衣。古時婦女多在秋天搗練裁作冬衣，在冬天來臨前寄給征人禦寒。另外洗衣時以杵擊之使潔淨，亦稱搗衣。淚墨，以淚和墨。題，寫信、題封。
4　玉關：玉門關，在甘肅敦煌西面，自古為西北邊陲要道。

【解析】

　　光瑩的砧面、劃一的杵聲，不言悲而悲涼已自見──這些人家的男子都到塞外戍邊關去了，婦女只好在家中搗練裁製冬衣。裁好了冬衣，只要一想到戍人身在萬里又西的苦寒荒漠，就不禁淚水漣漣地以淚和墨來寫信發寄。然而信寄玉關已是萬里之遙，戍人更在玉關之西，其邊地寒凍與苦役可想而知。結句頗有歐陽脩〈踏莎行〉「行人更在春山外」況味，但淒苦更甚！

晁補之 二首

　　晁補之（1053-1110），字無咎，濟州鉅野（今山東鉅野縣）人。北宋時以文章受知於蘇軾，軾亟稱其博辯雋偉，絕人遠甚，必顯於世，由是知名，為「蘇門四學士」之一。哲宗時官著作佐郎，出知齊州，旋坐蘇黨謫監信州酒稅；徽宗時，詔為吏部員外郎；黨論復起，還家，葺歸來園，自號歸來子。才氣飄逸，嗜學不知倦，詞集曰《無咎詞》。

摸魚兒 東皋寓居

買陂塘[1]、旋栽楊柳，依稀淮岸江浦。東皋嘉雨新痕漲，沙觜[2]鷺來鷗聚。堪愛處。最好是一川夜月光流渚。無人獨舞。任翠幄張天，柔茵藉地，酒盡未能去。

青綾被，莫憶金閨故步[3]。儒冠曾把身誤[4]。弓刀千騎成何事[5]，荒了邵平瓜圃[6]。君試覷。滿青鏡、星星鬢影今如許。功名浪語。便似得班超，封侯萬里，歸計恐遲暮[7]。

【注釋】

1　陂塘：即堤塘。
2　沙觜：突出於江海中的崖岸。
3　「青綾被」二句：告訴自己不要再懷念過去的富貴與騰達了。青綾被，尚書郎夜值臺省所用之被。金閨，漢武時，嘗令學士待詔宮中之金馬門，稱金門、亦曰金閨；後世借指翰林院、秘書處等文學侍從之官署。
4　儒冠曾把身誤：言讀書人之落魄。杜甫〈奉贈韋左丞丈二十二韻〉詩曰：

「紈袴不餓死，儒冠多誤身。」

5　弓刀千騎：比喻太守侍從之盛。無咎嘗歷知齊、湖、密、果諸州，故云。

6　邵平瓜圃：借喻退隱的閒居之樂。邵平，秦時人，封東陵侯；秦亡，隱居種瓜於長安城東，瓜美，五色，世稱東陵瓜，亦稱青門瓜。

7　「便似得班超」三句：是說即便能像班超般豐功偉業，歸時終嫌遲了。班超平西域，封定遠侯，在外三十餘載，年逾七十始得乞歸，旋卒。

【解析】

　　該詞寫掛冠後逍遙江渚的閒散與適意。想那宦海浮沈、宦途憂患，青綾被、金馬門、弓刀千騎終究都是虛名且虛幻；不如歸來與鷗鷺為友，一川月夜下以翠幕為天、柔茵為地，盡情地獨舞、盡興地飲酒。但詞中仍隱約流露出作者對於仕宦的失望，嘆儒冠誤身。所以開篇，詞人便展現了歸隱的悲憤與決心——身為「蘇門四學士」之一，因黨爭歸隱並自號「歸來子」的他，甫一歸來，便立刻買陂塘、栽楊柳，完全不容自己再有任何他想了。

憶少年　別歷下[1]

無窮官柳[2]，無情畫舸[3]，無根行客。南山尚相送，只高城人隔。罨畫園林溪紺碧[4]。算重來、盡成陳跡。劉郎鬢如此，況桃花顏色[5]。

【注釋】

1　歷下：今山東歷城縣。

2　官柳：官道、運河旁的楊柳。

3　畫舸：畫船。舸，音ㄍㄜˇ。

4　「罨畫」句：園林美麗得如彩畫一般，溪水一片深青而碧綠。罨畫，雜色的彩畫。罨，音一ㄢˇ。紺碧，深青露紅的顏色。紺，音ㄍㄢˋ。

5　「劉郎」二句：嘆自己鬢髮已斑白，美人焉能不遲暮？劉郎，用以自喻。桃

花，借喻美人。劉禹錫〈再遊玄都觀〉詩曰：「種桃道士歸何處，前度劉郎
今又來。」又「玄都觀裏桃千樹，盡是劉郎去後栽。」

【解析】

　　詞寫離別；但這不是一般的離情別緒，而是告別官場，歸隱故
鄉，回首一生的悲思。如此負重的心情，作者一開篇便接連使用了三
個「無」字，始能承重；讀者展卷，迎面便是：無情的畫舸載著無根
的行客，告別了無窮的官柳，而舟中行客已經髮鬢蒼蒼了。看著彷彿
依依相送的南山一路傍著行船，高高的城牆把城裏的熟識人群都隔
開了，或許鼎沸的人聲不再了，人才能回歸自然吧！歸來，園林碧溪
都還依舊，只是劉郎重來，心境不復，情味都頓減了；劉郎尚且如
此，桃花還能依舊笑春風嗎？美人焉能不遲暮？半生官場、羈旅漂
泊，「少小離家老大回，鄉音未改鬢毛衰」，無限哀戚騰湧胸中。

　　迭用三個四字句、且首字相同的句式，詩中未有，是詞體所特
具。晁補之的「無窮官柳，無情畫舸，無根行客」，一般認為和無名
氏（或謂黃公紹）〈青玉案〉的「花無人戴，酒無人勸，醉也無人
管」，同為「詩家收拾不盡」之警絕妙語。

周邦彥 八首

　　周邦彥（1056-1121），字美成，自號清眞居士，錢塘（今浙江杭州）人。他是北宋集各家詞法大成、又精通樂律的詞壇名家，因爲講究詞律，而與曾經說過「晚年漸於詩律細」的詩聖杜甫被相提，人稱詞中的杜甫。由於他音律上的傑出成就、集眾詞法於一身，使他成爲歷神宗、哲宗、徽宗三朝而不衰的著名宮廷音樂家、北宋詞壇之集大成者，堪稱詞中巨擘。其詞集曰《清眞集》，又名《片玉集》。

　　周邦彥的詞廣受時人推崇。他以大晟府提舉（全國音樂總署總管）的身分，提高了詞的客觀地位，一生致力於發展詞樂、促進詞體繁衍，並且傾全力於詞的長調技巧上。在摹寫物態方面，他曲盡其妙地從一般的「鋪敘」進展到「精工」的地步，往往營造出繽密典麗、富艷精工的婉約藝術風貌，完成了文人詞的格律化；在藝術形式上，他擅長細部勾勒，經常一字一字刻畫、一句一句提煉、一層一層渲染，總要達到繁密、深曲而後止，也因此下開南宋姜夔、史達祖、吳文英等格律派之先河，此後詞的藝術風貌遂由率眞自然而轉爲注重思力的雕琢文飾了。

六醜　薔薇謝後作

正單衣試酒[1]，恨客裏，光陰虛擲。願春暫留，春歸如過翼[2]。一去無跡。爲問花何在？夜來風雨，葬楚宮傾國[3]。釵鈿墮處遺香澤[4]。亂點桃蹊，輕翻柳陌[5]。多情最誰追惜。但蜂媒蝶使[6]，時扣窗槅[7]。

東園岑寂。漸蒙籠暗碧[8]。靜遶珍叢底[9]，成嘆息。長條故惹行

客。似牽衣待話[10]，別情無極。殘英小、強簪巾幘[11]。終不似、一朵釵頭顫裊，向人敧側[12]。漂流處，莫趁潮汐。恐斷紅、尚有相思字，何由見得[13]。

【注釋】

1 單衣試酒：穿著單衣品嚐新酒的時候，指春末夏初，天氣轉熱的時候。

2 如過翼：像鳥兒飛掠而過般快速。

3 葬楚宮傾國：指薔薇花被風雨摧落了。《後漢書‧馬廖傳》曰：「楚王好細腰，美人多餓死」，又李延年〈佳人歌〉曰：「一顧傾人城，再顧傾人國」，故以楚宮的細腰美女比柔枝的薔薇。

4 「釵鈿」句：委地的薔薇就像美人遺落地面的釵鈿般，此處係以釵鈿的形狀來摹寫花形。《史記‧滑稽列傳》描寫盛宴過後，地上滿是美人散落的釵鈿，「前有墮珥，後有遺簪。」這裏是化用典故，說散落在桃樹下、翻飛在柳徑中的花瓣，像一地美人的釵鈿般。

5 「亂點」二句：散落翻飛的薔薇花瓣，飄到了桃樹、柳樹下的小徑。蹊、陌，皆小路。

6 蜂媒蝶使：蜂和蝶在枝頭飛來飛去，有如媒人、使者一般。

7 窗槅：窗上的木造格子，即窗櫺。

8 蒙籠暗碧：草木入夏而繁盛，到處都是暗綠色的濃蔭。

9 靜遶珍叢底：在薔薇花下慢步徘徊。遶，同繞，音ㄖㄠˋ。珍叢，指薔薇花叢。

10 「長條」二句：薔薇多刺勾住行人衣裳，就像別情依依地拉住人話別一般。

11 強簪巾幘：勉強地把殘花插在頭巾上。幘，布帽。音ㄗㄜˊ。

12 「終不似」二句：到底不如盛開的花朵在釵頭上搖曳那樣媚人。敧側：傾斜，此處有悅人、媚人之意，音ㄑㄧ。

13 「恐斷紅」二句：勸落花即使逐水漂流，也不要隨潮汐而沒，否則其相思情意恐將永遠被埋沒了。此處以紅葉比落花，係《雲溪友議》之典。據說唐宣宗時舍人盧渥於御溝中撿到一枚紅葉，上題絕句「水流何太急？深宮竟日閒，殷勤謝紅葉，好去到人間。」後來帝出宮人嫁之，歸於渥者正是題葉之宮人，其睹紅葉曰：當時偶題，不意郎君得之。

【解析】

　　該詞是周邦彥客裏傷春，借花起興以嘆自己遠宦的「人、花雙寫」之作，全詞皆藉詠物言情，藉薔薇花謝以寫自己客裏虛擲的悵恨。這首詞的聲情絕美，據說徽宗愛之，但是當問及六醜之義時，卻無人能對。後來召來周邦彥問之，始知該曲犯六調（摘取六個宮調聲律最美的片段，合成一曲），「皆聲之美者，然絕難歌。昔高陽氏（顓頊帝）有子六人，才而醜，故以比之。」所以實際上六醜就是六美，是音樂藝術極高超的表現。

　　「詠物」主要有兩種方式：一是「體物瀏亮」，以題寫物象、刻摹形貌；一是「託物言志」，要借物託喻，以抒發情志。該詞兩者皆備，既屬後者的詠物抒懷，又兼有摹寫物狀和用典精工的精美。詞中精巧地運用了諸多典故：「葬楚宮傾國」出自《後漢書》的「楚王好細腰，美人多餓死」，和李延年〈佳人歌〉的「一顧傾人城，再顧傾人國。」是說薔薇花極美，但是其花枝柔細如美人細腰，怎堪風雨摧折？而花落滿地、徒留餘香的「釵鈿墮處遺香澤」，則用典《史記・滑稽列傳》的「前有墮珥，後有遺簪。」《史記》描寫盛宴過後的地上，滿是美人散落的釵鈿；這裏是化用典故，說散落在桃樹下、翻飛在柳徑中的花瓣，像是一地的美人釵鈿般。「長條故惹行客」為「擬人」手法，以寫薔薇多刺，似是不忍行人離去地鉤住其衣裳，想要多說一會兒話；實則是詞人借「花戀人」以寄寓自己不願離鄉的客居心情。而多情的「蜂媒蝶使」，也是「況物比人」的人、物雙寫。只能勉強「簪巾幘」的薔薇殘英、不如金釵上盛開的花朵，也用以自比遠宦飄零的憔悴減損。篇末的「恐斷紅，尚有相思字」，又以盧渥應舉而在御溝撿拾了一枚「深宮怨」題詩的紅葉典故，故教薔薇落花「莫趁潮汐」，以免萬一被潮汐淹沒了，其相思情意就將無由得見而難以促成良緣。這些強調思力安排，有時「摹物寫狀」、有時「離形得神」的結構佈局，都極其工巧地把詞人的一腔憂思、羈愁抑鬱，以滿紙詠物的方式吞吐盡致。清真詞把諸多耐人尋思的深情蘊藏

在所題寫的物象中，這正是他詠物而能引起讀者共鳴、使讀者歎服的最得力處。

蘭陵王 柳

柳陰直。煙裏絲絲弄碧。隋堤[1]上、曾見幾番，拂水飄綿送行色。登臨望故國[2]。誰識、京華[3]倦客。長亭路、年歲去來，應折柔條過千尺。

閒尋舊蹤跡。又酒趁哀絃，燈照離席。梨花榆火催寒食[4]。愁一箭風快，半篙波暖，回頭迢遞便數驛[5]。望人在天北。

悽惻。恨堆積。漸別浦縈迴[6]，津堠岑寂[7]。斜陽冉冉春無極。念月榭攜手，露橋聞笛[8]。沈思前事，似夢裏，淚暗滴。

【注釋】

1 隋堤：即汴河堤。隋煬帝開汴河，築堤植柳，後人因稱之。

2 故國：謂故園。

3 京華：京城。

4 「梨花」句：謂離別時候正當梨花盛開的寒食節前。榆火，即榆柳之火。寒食節在清明節前一至二日，有禁火之舊俗；唐宋時，朝廷於清明日取榆柳木以賜百官，以此做薪煮食，曰換薪火。

5 「愁一箭風快」三句：感傷於順風行船，舟行如箭，怕一回頭時已經過了好幾個驛站。半篙，撐船的竹竿半沒入水中。迢遞，遠貌。

6 別浦縈迴：船已離開，只有水波還在旋迴盤繞。

7 津堠岑寂：渡口碼頭顯得冷清寂靜。津，渡口。堠，供瞭望的土堡，音ㄏㄡˋ。

8 「念月榭」二句：懷想當時在月下樓臺、沁露橋頭共遊的舊事。月榭、露橋，皆指舊遊地。

【解析】

　　賦柳本即寓離別之意於其中，何況這麼多年來，這位京華倦客的詞人，曾經數不清次數地在隋堤上對著拂水飄綿的絲絲碧柳送行客。長亭路上來來去去折以送別的柳，該也有千尺長了吧！此刻離別，心中更是堆滿了不堪與離恨啊！在梨花盛開的寒食節前，哀絃、酒與燈照的催離，在在都使人害怕，害怕此去船行太快，害怕一回頭時人已在數驛之外的天北了。最後詞人只能在回憶月榭攜手、露橋聞笛的如夢往事以及淚濕襟袖中，尋得片刻安慰。

　　該詞深切傷離而託物言情，寓離情於詠柳中，纏綿俳惻、迴環往復，歌中不但三「換頭」，末段聲尤激越，能動人容。南宋紹興（高宗年號）時盛行於都下，西樓南瓦皆好歌之，稱爲「渭城三疊」。

瑞龍吟

章臺路[1]。還見褪粉梅梢，試花桃樹[2]。愔愔[3]坊陌人家，定巢燕子，歸來舊處[4]。

黯凝佇。因記箇人痴小[5]，乍窺門戶[6]。侵晨淺約宮黃[7]，障風映袖[8]，盈盈笑語。

前度劉郎重到，訪鄰尋里，同時歌舞。唯有舊家秋娘，聲價如故。吟箋賦筆，猶記燕臺句[9]。知誰伴、名園露飲[10]，東城閑步。事與孤鴻去[11]。探春盡是，傷離意緒。官柳低金縷[12]。歸騎晚、纖纖池塘飛雨。斷腸院落，一簾風絮。

【注釋】

[1] 章臺路：原指漢代長安章臺街，後世用以指稱妓女聚居處。
[2] 「還見」二句：春至，枝頭梅花因即將凋落而減褪了粉色，桃花則在枝頭正要綻放。

3　惝惝：冷清寂靜。惝，音一ㄥ。

4　「定巢」二句：燕子回巢，亦點明春至。

5　箇人痴小：她當時是那麼地年輕天真。箇人，那個人。

6　乍窺門戶：剛學會從門縫裏窺視迎客。

7　「侵晨」句：詞人看見她清晨時淡淡著妝地站在門內。侵晨，清晨。淺約宮黃，古代宮女以黃粉撲額，叫做約黃；後來民間加以仿效，以其出於宮庭，故稱宮黃。

8　障風映袖：以扇擋風，以袖遮面。

9　「吟牋賦筆」二句：是說我當時吟詩作賦曾經打動她的心絃，那些詩句我至今都還記得。周邦彥該處係借典柳枝以比所欲尋訪的舊情人，意謂情人已歸他人。李商隱曾作〈燕臺詩〉四首，洛陽女子柳枝聞之，驚嘆其才而約與偕歸，後來柳枝為東諸侯取去，李又作〈柳枝〉五首以記其事。

10　露飲：露天飲酒。

11　事與孤鴻去：謂人事變遷有如飛鴻而逝，空留爪痕。

12　低金縷：謂絲絲垂柳如黃金縷一般。

【解析】

　　該詞被稱為《清真集》的壓卷，選家必錄。雖然「人面桃花」一類的故事，在古典文學作品中屢見不鮮，但由於周邦彥注重章法結構，每一首慢詞長調皆經精心佈局，以謹嚴的結構將過程首尾俱全地呈現，而非徒寫一時之感，因此即使在一般人所熟透的題材上，也往往能夠翻出新意。

　　周詞擅長章法結構而意境渾化，復深諳「離合」之旨，能不即不離，詠物而不扣死題目，敘事與抒情迭相運用，有時在抒情中穿插進景語，呈現廣闊深遠的難以言傳之情，有時又舍情寫景，使情在景中；尤其擅長營造多層次、多側面的立體架構，每每通過交錯疊合各種不同時地的情與事，兼用順敘、倒敘、穿插等多種手法，以轉換時空場景給人今昔交錯、繁複變化的節奏感。該詞正是透過此種手法，以不斷來回穿梭的今昔對比，把一個完整故事的脈絡呈現在讀者眼前。

　　詞分三闋，先從眼前的「今」寫起，說梅花已落、桃花初開的章臺路上，詞人來到了舊時經常尋訪的伊人處，然而她卻人去樓空了。第二闋接著寫「昔」：他傷情地憶起從前她倚門盼望的癡情模樣，以及她淡抹額黃、以袖障風、盈盈笑語的嬌俏身影。第三闋則在「不見去年人」之同時呈現今、昔、未來的時空交錯下，淒涼感傷今後誰將伴我名園露飲、東城閒步？並在嗟嘆往事已經「與孤鴻去」的嘆息聲中，傷心黯然地離去。讀者彷彿親見了一齣愛情悲劇在眼前發生，而詞中的桃花初開、尋訪舊跡、劉郎重來等是「今」；箇人痴小、淺約宮黃、盈盈笑語、吟牋賦筆等當年事是「昔」；歸途所見，用以烘托低迷心境的楊柳低垂、飛雨纖纖、落絮滿窗等又回到了「今」。全詞撫今追昔的感傷交錯，織就了一張綿密的情網，並以悽婉情意牽引讀者的百轉柔腸，藝術境界可謂高矣！

夜飛鵲 別情

河橋送人處，良夜何其[1]。斜月遠墜餘輝。銅盤燭淚已流盡[2]，霏霏涼露沾衣。相將散離會[3]，探風前津鼓[4]，樹杪參旗[5]。花驄會意，縱揚鞭、亦自行遲。

迢遞路回清野，人語漸無聞，空帶愁歸。何意重經前地，遺鈿[6]不見，斜徑都迷。兔葵燕麥[7]，向斜陽，影與人齊。但徘徊班草[8]，欷歔酹酒[9]，極望天西。

【注釋】

1　良夜何其：夜已深而天尚未明。《詩經》曰「夜如何其？夜未央。」
2　「銅盤」句：銅盤上的燭淚已經燃盡，比喻時間已經很晚了。
3　「相將」句：餞別的聚會即將結束了。相將，即將。
4　探風前津鼓：諦聽風中傳來的渡口鼓聲，或謂渡口報時的更鼓。津鼓，渡頭擊鼓是即將開船的信號。

5　樹杪參旗：注意看看樹梢上的參旗星落到哪裏了？以免誤了行人的出發時
　　刻。參旗，參宿旁數星之名，初秋黎明時出現在東方。

6　遺鈿：本指女子遺落的首飾，但此處係借典比喻不見舊蹤跡，未必真有遺
　　鈿，也未必是送別情人或女子。《史記・滑稽列傳》：「前有墮珥，後有遺
　　簪」，形容男女夜宴後，耳環、釵鈿遺落滿地。

7　兔葵燕麥：路旁長滿了野葵、野麥等野蔬穀，有淒涼意。

8　班草：鋪草地上，列坐其上。班，布也。

9　欷歔酹酒：感傷地喝著酒。酹，本指把酒灑在地上祭奠，此處取飲酒義。

【解析】

　　全詞從河橋送人處開始寫起，先敘斜月餘輝、霏霏涼露的夜景；
再側寫馬兒行遲，不正面寫人的難捨，故意寫馬兒不理會主人的揚鞭
而逕自行遲，以此烘托出一片瀰漫的離愁。接著是行人去後，詞中人
落寞的悵然獨歸情懷。最後更寫偶然重經舊地，竟見「人去、物亦
非」的震駭——當作者不經意地路過舊日送別地時，只見在斜陽中兀
自搖曳著的兔葵燕麥，已經長成無邊無際、高與人齊了，而草地上
的斜徑也都找不到了，這是何等駭人心神的滄海桑田啊！至此，讀者
也方才明白上闋的所有敘述，都只是回憶送別當時的情境罷了；濃濃
的情誼此刻還存留在作者的心中，無情的現實卻已經連景物都改變
了，怎不教人在光陰似箭、往事難回的累唏長嘆中，以酒祭地、對天
無語！如此多重鋪寫，在一般送別詞中實屬罕見，不但光陰似箭、往
事難覓的深沉慨嘆扣動人心，並可以看出周詞在轉換時空、佈局井然
上的用心。

西河　金陵懷古

佳麗地[1]。南朝盛事誰記。山圍故國[2]，繞清江、髻鬟對起[3]。怒
濤寂寞打孤城，風檣[4]遙度天際。

斷崖樹，猶倒倚。莫愁[5]艇子曾繫，空餘舊跡，鬱蒼蒼、霧沉半
壘[6]。夜深月過女牆[7]來，傷心東望淮水[8]。

酒旗戲鼓[9]甚處市。想依稀、王謝鄰里[10]。燕子不知何世。向尋
常巷陌人家，相對如說興亡，斜陽裏。

【注釋】

1　佳麗地：指金陵，今江蘇南京市。謝朓〈入朝曲〉曰：「江南佳麗地，金陵
　　帝王州。」

2　故國：此指金陵，它是南朝故都。

3　「繞清江」句：環繞長江兩岸對峙的青山，像極了女人的鬟鬢。

4　風檣：張著帆的船。

5　莫愁：莫愁湖，在今南京水西門外。

6　「鬱蒼蒼」句：一片清蒼的煙靄與霧氣，遮住了半個城壘。

7　女牆：城上的矮牆。

8　淮水：秦淮河，橫貫南京城。

9　酒旗戲鼓：酒樓、戲館等繁華場所。

10　「想依稀」句：彷彿就是王、謝的故家所在。王、謝是東晉豪門大族，宅第
　　都在烏衣巷，位於今南京市東南。

【解析】

　　該詞寫興亡之慨。金陵自古名都，如今卻繁華過眼、孤城寂寞，
只剩下夕陽歸燕、月光照水還一如往昔，其餘呢，盛事誰記？詞中並
櫽括了劉禹錫〈石頭城〉和〈烏衣巷〉二詩：「山圍故國周遭在，潮
打孤城寂寞回。淮水東邊舊時月，夜深還過女牆來。」「朱雀橋邊
野草花，烏衣巷口夕陽斜。舊時王謝堂前燕，飛入尋常百姓家。」而
詞人在融化前人詩句之外，主要是深化了「擬人化」。對於金陵名
都的歷史變遷與盛衰風貌，他把前人以寧靜心態直觀自然界美景、
安詳而優美的客觀書寫；轉成以己情觀物的「有我」之境，成為附
有「我」的色彩的主觀書寫，自然景物遂被轉成「有情」作為，如

「月過女牆」，詞人說是「（月）傷心東望」；燕子從王、謝的富貴高堂飛入尋常人家（其實「富貴／尋常」之比，已有詩人的投射），其細語呢喃，又被進一步深化為「（燕子）如說興亡」，而更見活潑動態。於此皆可見格律派詞人殫精竭慮、講求思力安排之一斑。所以後人說清真詞，「言情體物，極其工巧」，而周邦彥誠然為北宋集詞法之大成、開南宋「雅詞」一派的「結北開南」人物。

蝶戀花

葉底尋花春欲暮。折遍柔枝，滿手真珠露。不見舊人空舊處。對花惹起愁無數。
卻倚闌干吹柳絮。粉蝶多情，飛上釵頭住。若遣郎身如蝶羽。芳時爭肯拋人去[1]。

【注釋】

1　「芳時」句：責言青春正美好時，怎麼捨得拋人離去？芳時，指春天。爭肯，怎肯。

【解析】

　　詞中女子對著紅花綠葉的春景，嘆道：昔日的情景雖然依舊，昔日的良人卻已離去。接著有趣的畫面出現了，一隻粉蝶竟似多情般地，飛到女子髮上簪著的釵頭停住了，於是她不禁又癡想：如果情郎也能夠像粉蝶般多情，就不會在群芳爭妍的美好時節裏拋人而去了。這首婉約細膩的閨中情詞，結句很出人意表，頗有新意。

浣溪沙

樓上青天碧四垂。樓前芳草接天涯。勸君莫上最高梯。

新笋[1]已成堂下竹，落花都上燕巢泥。忍聽林表[2]杜鵑啼。

【注釋】

1　新笋：即新筍。笋，草木初生的花，音ㄙㄨㄣˇ。
2　林表：樹林邊。

【解析】

　　青天四垂、芳草天涯，顯然作者置身在一個充滿了羈旅之愁的環境中，為恐望斷天涯路、徒增悲傷，他告誡自己莫上最高梯；但其實這是反語，更見作者之望斷天涯、愁思不能自已！詞中，作者主要是藉「空間」以表現遼遠的阻隔；隨之更以「時間」的流逝來烘染相思，當新笋都已經成為堂下竹、委地落花也已成為燕子築巢泥了，那麼其間流逝的時間就不言而喻了。此情此景，詞人怎堪林外杜鵑鳥又傳來一聲聲「不如歸去」的呼喚？整首詞籠罩在一片蕭索清冷的淒涼情意中，情景交織動人，並可見詞人力求呈現遼闊的時空感，是這首小詞的突出處。

木蘭花　暮秋餞別

郊原雨過金英秀[1]。風掃霜威寒入袖。感君一曲斷腸歌，勸我十分和淚酒。

古道塵清榆柳瘦[2]。繫馬郵亭[3]人散後。今宵燈盡酒醒時，可惜朱顏成皓首[4]。

【注釋】

1　金英：金黃色的菊花。

2　「古道」句：陣雨後，古道上因塵土不再飛揚而潔淨，榆樹、柳樹也因落葉
而枯瘦。

3　郵亭：即驛站。

4　皓首：白頭。

【解析】

　　該詞遣詞造句精妙工穩，用語諧婉，氣韻流動。一場秋雨過後，原野上的金菊更勁秀了，蕭瑟的秋風直鑽入衣袖，使人一陣寒透。要在如此已見風霜的秋涼時節離開，眼前佳人又唱著斷腸離別歌勸酒，令人不由得淚水和著酒水。再想到此去的古道清塵、郵亭繫馬，還有酒醒後的落寞孤寂，怎不催得人紅顏頓成白首？一則是相思至極，再則也恐相去日遠，怕回首時已是百年身。詞寫離情，詞境清麗雅致而情意綿長。

趙令時 一首

　　趙令時（1061？-1134），初字景貺（丂ㄨㄤˋ），蘇軾爲改字德麟，自號聊復翁，爲宋太祖次子燕王德昭之玄孫。哲宗元祐間，坐與蘇軾交通，罰金。南宋高宗紹興初，襲封安定郡王，遷寧遠軍承宣使，世傳有《侯鯖錄》，後人自諸選本輯得其詞三十六首，題曰《聊復集》一卷。

清平樂

春風依舊。著意隋隄[1]柳。搓得鵝兒黃[2]欲就。天氣清明時候。去年紫陌青門[3]。今宵雨魄雲魂[4]。斷送一生憔悴，只消幾個黃昏。

【注釋】

1　隋隄：即汴河隄。隋煬帝開汴河，夾岸築隄植柳，後人稱為隋隄。
2　鵝兒黃：指柳色似鵝黃。因幼鵝毛色嫩黃，故云。
3　紫陌青門：借指汴京繁華的處所。紫陌，京師郊野的道路。青門，本指漢代長安的灞城門，其門色青，故稱為青門，後世用為都城城門之謂。
4　雨魄雲魂：謂人事如雨收雲散。

【解析】

　　該詞感嘆春風依舊風光，人卻已經今非昔比。詞人先說春風吹拂，搓得一片鵝黃嫩柳好風光；接著詞鋒突然一轉，然而，今非昔比的人事變遷，去年還是汴京繁華，今宵卻已煙雲散盡，天壤之別使人黯然神傷，而且變化倏忽，只消幾個黃昏就足教人憔悴不已了，尤其是在這平添春愁的清明時節。詞說感傷，深刻又透闢。

朱敦儒 三首

　　朱敦儒（1081-1159），字希眞，洛陽（今河南市名）人，歷經北宋、南宋。少時志行高潔，遊嵩、洛間，不應徵聘，嘗賦詞〈鷓鴣天〉自述：「天教懶慢帶疏狂。……詩萬首，酒千鍾，幾曾著眼看侯王？」金兵亂至，避居廣東。南渡之初主戰，多憂時憤亂之作，如「中原亂，簪纓散，幾時收」的時代心聲。高宗時曾爲秘書省正字；晚居嘉禾（今浙江嘉興縣），一生中仕宦的時間極短，長期隱居在江湖間。工詩及樂府，作品清暢婉麗，雖有部份唱出時代悲涼的聲音，但大部分反映了閒澹的詩酒生活。詞集《樵歌》寄情自然，一名《太平樵唱》。

相見歡

金陵城上西樓。倚清秋[1]。萬里夕陽垂地大江流。
中原亂。簪纓散[2]。幾時收[3]。試倩[4]悲風吹淚過揚州。

【注釋】

1　「金陵城上」二句：在金陵城上，倚靠著西樓看清秋的景色。
2　簪纓散：言貴族、官僚都散逃了。簪纓，貴人的帽飾，借指衣冠人士。
3　收：恢復。
4　倩：請託。

【解析】

　　夕陽垂地、大江東流，這是千百年來不變的景致；變的是，中

原荒落、簪纓散盡，自古名都的揚州（今江蘇市名）也在金兵的鐵蹄下，數度慘遭戰禍蹂躪。短短三年間，北宋從徽宗誇耀盛世到滅亡，怎不令人感嘆涕零、淚眼望之？致要請悲風吹乾眼淚。詞中反映出高宗南渡之初，眾人在「國破山河落照紅」的北宋亡國悲情下，心中普遍籠罩著「昔人何在？悲涼故國」的黍離之痛。

朝中措

紅稀綠暗[1]掩重門。芳徑罷追尋。已是老於前歲，那堪窮似他人。

一杯自勸，江湖倦客，風雨殘春。不是酴醾[2]相伴，如何過得黃昏。

【注釋】
[1] 紅稀綠暗：暮春時節，紅花漸稀而綠葉轉密。
[2] 酴醾：此指酴醾酒。酴醾，薔薇之屬，春夏間開黃白花；音ㄊㄨˊㄇㄧˊ。

【解析】
　　詞寫江湖的閒散之情。風雨殘春中，詞人自嘲又老又窮，雖有傷春之意，且喜沒有名利相擾，也就樂得一杯酒陪伴度過寂寞黃昏。呈現詩酒自放、寄情江湖的曠放情調。

西江月

世事短如春夢，人情薄似秋雲。不須計較苦勞心。萬事原來有命。

幸遇三盃酒美，況逢一朵花新。片時歡笑且相親。明日陰晴未定。

【解析】

　　詞說浮生若夢、人情淡薄，勸人珍惜眼前，不必苦心計較。用語流暢自然、明白如話，有民歌風味。該詞和另一首〈西江月〉：「青史幾番春夢，紅塵多少奇才。不須計較更安排。領取而今現在。」調性頗為接近。都是詞人抒發「自歌自舞自開懷，且喜無拘無礙」的疏狂、曠達人生，兼以勸諭世人，不過有「勸世文」意味，較顯醇厚不足。

趙佶 一首

　　趙佶（1082-1135），即宋徽宗，神宗第十一子。他在位二十五年，1126年禪位給兒子趙桓（即欽宗），自尊太上皇。次年與欽宗一齊被金兵俘虜，北宋亡。他至死都被囚禁在五國城（今黑龍江依蘭）。其詩、書、畫均負名聲，存詞十二首。

燕山亭　北行見杏花

裁剪冰綃，輕疊數重[1]，淡著胭脂勻注[2]。新樣靚妝[3]，豔溢香融[4]，羞殺蕊珠宮女[5]。易得凋零，更多少、無情風雨。愁苦。問院落淒涼，幾番春暮。

憑寄離恨重重，這雙燕何曾，會人言語[6]。天遠地遙[7]，萬水千山，知他故宮何處。怎不思量，除夢裏、有時曾去。無據。和夢也新來不做[8]。

【注釋】
1　「裁剪冰綃」二句：寫花形，說杏花的重重花瓣，就像輕疊了好幾層裁剪過的薄絹一般。冰綃，雪白的細絹。
2　「淡著胭脂」句：寫花色，說杏花的顏色，就像美人臉上淡淡染著紅色的胭脂一般。
3　靚妝：美好的妝扮。靚，美好貌。
4　豔溢香融：寫花容及花香，說杏花不但光彩四射，並且香氣四溢。
5　「羞殺」句：寫杏花的美麗出眾，即連仙宮中的宮女也比不上。蕊珠，飾以花蕊珠玉的宮殿，謂仙境宮闕。另宋真宗亦嘗以蕊珠名所建宮闕。

6　會人言語：此指懂得人的心情。

7　天遠地遙：或作地遠天遙、天遙地遠，此據《孟玉詞譜》。

8　「無據」二句：是說近來連個夢都沒有，那就連安慰的憑藉都沒有了。

【解析】

　　這是以杏花起興的行人之詞，開篇先以詠物之「摹物寫狀」，說杏花重重的花瓣像是輕輕疊放了好幾層精美裁剪的薄絹，顏色也像極了美人臉上淡淡的胭脂紅，整朵花又香又美的，怕是連仙闕也無；但是接著詞鋒急轉：它如此嬌豔，本來就容易凋零，何況是在風中雨中？這麼顯然的自況──「託物言情」，就予人聯想到了李後主的「林花謝了春紅」，而且兩人也同一命運，都是階下之囚的亡國之君，所以其淒涼愁苦……，都盡在不言了。

　　徽宗以被虜北行途中所見的美麗杏花開篇，而深愛詩、書、畫的他也像極了杏花，美則美矣！卻難以承受生命中的磨難。難忍故國之思的他，面對音訊全無的舊家鄉，只能想著：因為燕不解語，哪裏知道萬水千山外的故宮在何處？關山重重，除非夢中，否則怎麼歸得了故國？不過或許是愁苦使他不能成眠，近來卻連個夢也無，又如何能在夢中重回故國呢？詞境哀婉淒楚，真所謂「亡國之音哀以思。」

呂本中 一首

　　呂本中（1084-1145），字居仁，號紫微，壽州（今安徽壽縣）人。宋代著名的理學家，《宋元學案》爲立〈紫微學案〉，學者稱爲東萊先生（其先東萊人，嘗封東萊郡侯）。高宗時曾做過中書舍人，因贊成恢復事業，得罪秦檜，被免職。詞風清新，饒有民歌風味，今傳《紫微詞》。

采桑子 別情

恨君不似江樓月，南北東西。南北東西。只有相隨無別離。
恨君卻似江樓月，暫滿還虧。暫滿還虧。待得團圓是幾時。

【解析】
　　該詞充滿了民歌風味，琅琅上口。詞仿女子嬌嗔口吻，道出對愛情的憧憬與期盼。她以閨中天天能夠看見的「江樓月」作爲癡想與比擬的對象。她希望良人也能如月隨人般，時刻伴隨在身邊；可是「江樓月」其實也還有另一個圓缺不已的面向啊！而現實中，良人正是如此，每每在團聚後便離開，一如月之「暫滿還虧」。

李清照 八首

　　李清照（1084-1155？），號易安居士，山東濟南人。她，歷經北宋神宗、哲宗、徽宗、欽宗，以及南宋高宗五朝，飽嚐亂離之苦，最後並在流離中失去了摯愛的丈夫，鬱鬱終老於江南；她，為向來男性把持的詞壇平添了萬綠叢中的一點紅，是寥若晨星的絕代女詞人。

　　書香門第的李清照，嫁給了也是官宦世家、曾是宰相的趙挺之之子——太學生趙明誠。這對沉醉在學術領域裏的才子詞女，成就了鶼鰈情深的一段文壇佳話。婚後的李清照，喜歡在大雪紛飛的日子戴著笠帽、穿著簑衣，邀丈夫一起循城遠覽，找尋詞興及靈感；趙明誠更是寧可粗茶淡飯、甚至典當衣物，也要「窮遐方絕域，盡天下古文奇字」。夫妻二人還合著一部《金石錄》。然而金兵的南侵，導致這對藝術愛侶終也顛沛流離地隨著亡國哀音、「鴛鴦失卻群」了。趙明誠病逝是清照一生中最大的打擊。所有的少年歡笑從此從她的生命引退，她的詞風也自此截然二分，從過去沉浸浪漫生活的輕快、歡樂，一轉成為悽愴慘然。其詞集為《漱玉詞》。

如夢令

昨夜雨疏風驟。濃睡不消殘酒。試問捲簾人[1]，卻道海棠依舊。知否。知否。應是綠肥紅瘦[2]。

【注釋】

[1] 捲簾人：一說侍女，一說其丈夫，此時正巧捲簾而入。

2 綠肥紅瘦：言綠葉多、紅花少。

【解析】

　　暮春時節的風雨夜品嚐著小酒，這樣的生活是悠閒愜意的，所以詞人才會在酒醒時便急切地探問：風雨過後，嬌弱的海棠是否還依然？因為沒什麼更重要的事。而在聽到「海棠依舊」的滿意答案後，她旋即俏皮地反駁：不對不對！這時節應該已是綠葉多而紅花少了啊！詞情滿溢幸福之餘，「綠肥紅瘦」也展現出形象刻畫生動的藝術風貌。

一剪梅

紅藕香殘玉簟秋[1]。輕解羅裳，獨上蘭舟[2]。雲中誰寄錦書來[3]？雁字[4]回時，月滿西樓。

花自飄零水自流。一種相思，兩處閒愁[5]。此情無計可消除，才下眉頭，卻上心頭[6]。

【注釋】

1 「紅藕」句：點明時序已是紅荷香殘、竹蓆嫌涼的秋天了。藕：荷花。玉簟：光滑如玉的竹蓆。簟，音ㄉㄧㄢˋ。
2 蘭舟：木蘭舟；詩詞中多用為舟的美稱。
3 「雲中」句：是說急切地盼著遠方的丈夫寄來書信。因古有鴻雁傳書之說，故向雲中盼望。
4 雁字：雁飛成行，常做「一」或「人」字，故稱為雁字。
5 「一種」兩句：是說閒愁雖分兩處，相思之情卻是相同的。
6 「才下」兩句：因牽掛而皺著的眉頭才剛舒展，思念立刻又襲上了心頭。

【解析】

　　李清照與趙明誠結褵不久，丈夫即負笈遠遊，她以錦帕書〈一剪梅〉送之，詞中溢滿了牽腸掛肚又揮之不去的相思苦。她寫自己春閨寂寞，白天悵望雲天、柔腸寸縷地登上蘭舟，復熱切地盼望著錦書；夜晚則空對西樓明月，滿懷相思。

　　「才下眉頭，卻上心頭」是傳世名句，蘊蓄了多重語境。先從人情來說：人們在心裏有事時，總會攢蹙眉頭，所以當詞中人意識到應該放下，並將蹙眉剛剛疏解開時，旋即心上石頭又重重壓了下來，這表示她根本無時無刻能夠忘懷。再則，以具象表抽象即對「意象」的使用，是李清照相當擅長的藝術手法：相思本就無從描述，然而從眉頭到心頭，這麼具體而明確的形象比擬以及距離描述，呈現出即連這麼短距離都無法卸除的思念之情，就很生動地傳達了不斷徘徊其間的思念意象。其他，譬如她寫愁多的「只恐雙溪舴艋舟，載不動許多愁」，愁緒本非實質重量，她卻「無理而妙」地用「載不動」的具體重量來說明，也是同一手法的盛譽之作。

醉花陰

薄霧濃雲愁永晝[1]。瑞腦銷金獸[2]。佳節又重陽，玉枕紗幮[3]，半夜涼初透。

東籬把酒黃昏後。有暗香[4]盈袖。莫道不消魂，簾捲西風，人比黃花瘦[5]。

【注釋】

[1]　愁永晝：終日發愁。永晝，漫漫長日。

[2]　「瑞腦」句：瑞腦香在獸形香爐中焚熏著。瑞腦，即龍瑞腦，香料名，焚之香氣濃郁。金獸，香爐也。古代香爐多獸形，以金塗之、或以銅製；燃香，煙從口出。

3　紗幮：即紗帳；以木做架，蒙以綠紗，夏日張以避蚊，又名碧紗幮。

4　暗香：一般多指梅花，但這裏係指菊花的幽香。

5　「莫道」三句：是說在秋風中，菊花雖然瘦勁，人卻憔悴得比菊花更消瘦
　　了。黃花，菊花。

【解析】

　　新婚乍別的李清照，重陽節又寫了一首扣緊秋意的小詞寄給丈
夫。李清照一向擅長具象化的形容：菊花細長的花瓣在花中本即偏
瘦，詞中人又因相思憔悴而比菊花還要消瘦，眞是人花比美（瘦）
啊！該結句頗受稱譽，廣爲流傳。聽說趙明誠讀後，對於傳神道盡暮
秋深閨無限相思情意的西風拂面、黃花照眼、斯人憔悴，一股不服輸
的好勝心伴著讚歎聲油然而生，於是閉門忘寢地在三日夜塡了五十
首詞並混入清照詞，以示好友陸德夫；陸玩味再三，說「莫道不消
魂，簾捲西風，人比黃花瘦」三句絕佳。至此明誠不得不歎服，畢竟
他娶的是曠世的絕代詞女啊！

鳳凰臺上憶吹簫

香冷金猊[1]，被翻紅浪[2]，起來慵自梳頭。任寶奩塵滿，日上簾鉤[3]。
生怕離懷別苦，多少事、欲說還休。新來瘦，非干病酒，不是
悲秋。

休休[4]。這回去也，千萬遍陽關，也則難留[5]。念武陵人遠[6]，煙
鎖秦樓[7]。唯有樓前流水，應念我、終日凝眸。凝眸處，從今又
添，一段新愁。

【注釋】

1　香冷金猊：獅子形狀的香爐中只剩下了灰燼。金猊，塗金或銅製的獅形香
　　爐。猊，獅子，音ㄋㄧˊ。

2　被翻紅浪：寫其懶倦，紅被子未加褶疊地攤在床上有如波浪。

3　「任寶簾塵滿」二句：寫其慵懶，時間雖然很晚了，卻還不想梳理妝扮。寶簾，華美的梳妝鏡匣。

4　休休：罷了！罷了！

5　「千萬遍」二句：是說即使唱徹〈陽關〉，也留不住離人。陽關，送別曲，即〈渭城曲〉，又稱〈陽關三疊〉。也則，也便、也是。

6　武陵人遠：比喻繫念的人已離去。此用劉晨、阮肇二人入天臺山遇二仙女，結為夫婦，後因思家歸去，當二人再來訪尋時，迷不復得路之故事。

7　煙鎖秦樓：是說自己孤獨地住在寂靜的妝樓中。秦樓，即鳳臺。相傳即秦穆公女弄玉與情人蕭史，在以簫聲引鳳、乘之飛昇而去前的住所。

【解析】

　　整首詞把那位心思彷彿都被抽空的閨中人，描寫得入木三分：她，臥房不再薰香，被子也懶摺疊，梳妝鏡匣任由塵滿，甚至連牀都不想起，這是房間內的情形；若是屋外，則她終日站在為寂靜所籠罩的樓前凝眸，所以才說：「唯有樓前流水，應念我、終日凝眸。」因為只有終日川流不息的流水，知道我也是長久佇立，思念著一個人，更擔著一份心。所以，她新來瘦！不是悲秋、不是病酒；而是最怕離懷別苦，是念人啊！詞中情深無限！

添字采桑子　芭蕉

窗前種得芭蕉樹，陰滿中庭。陰滿中庭。葉葉心心、舒卷有餘情。

傷心枕上三更雨，點滴淒清。點滴淒清。愁損離人[1]、不慣起來聽。

【注釋】

1 離人：或作北人。

【解析】

　　李清照是北方人，戰亂避難南方，並在金兵攻陷北方、丈夫亦復病死後，一個人孤獨地流寓江南，直至不知所終。一位絕代女詞人，遠離了故鄉，失去丈夫、又失去兩人半生心血收藏的所有珍貴文物，種種紛雜而咬嚙人心的痛楚，尤其是在輾轉無眠的江南芭蕉夜雨中，那是少雨的北方所罕聞的，更是擾得人心點滴淒清，真是愁損北方南渡的離人啊！

武陵春

風住塵香花已盡[1]，日晚倦梳頭。物是人非事事休。欲語淚先流。
聞說雙溪[2]春尚好，也擬泛輕舟。只恐雙溪舴艋舟[3]。載不動許多愁。

【注釋】

1 「風住塵香」句：風停了，花也委地了，塵土上徒留落花餘香。住，停。
2 雙溪：在浙江金華，因東港、南港二溪合流而得名。清照於高宗紹興四年，避亂居金華。
3 舴艋舟：小船，音ㄗㄜˊ ㄇㄥˇ。

【解析】

　　由來愁苦之詞容易工。亂離中，孤零零的李清照帶著丈夫留給她的書二萬卷、金石刻兩千卷以及若干古器，在趙明誠病死後展開人生旅程的另一段流離歲月。後來在金人再陷洪州下，兩人一生收藏的書

卷石刻，又羊入虎口，盡付東流地全部丟失了。昔日兩人對坐、烹茶論學的情景，已成絕響；書畫鼎彝，在戰火中全部亡佚殆盡，這對於「几案羅列枕藉，意會心謀、目往神授，樂在狗馬聲色之上」，生活中寧可去重肉、去重采，首無明珠翡翠之飾、室無塗金刺繡之具，只要遇上書史百家，往往便不惜重資購買的女子而言，堪稱人生重心的全部失落。然而面對鐵蹄未已的金兵，她還必須繼續逃難。這時候，日漸憔悴的女詞人，除了手中握著的一枝筆外，一無所有了。

　　詞中的淒婉情致，把深重無形的悲愁轉化為實質的重量，刻劃出即使旁人加以寬慰，詞人也依然如死灰般的悲苦心情。看似無理，實為妙喻，並成為後人琅琅上口的名句。

永遇樂

落日熔金[1]，暮雲合璧[2]，人在何處。染柳煙濃，吹梅笛怨[3]，春意知幾許。元宵佳節，融和天氣，次第豈無風雨[4]。來相召、香車寶馬，謝他酒朋詩侶[5]。

中州盛日[6]，閨門多暇，記得偏重三五[7]。鋪翠冠兒[8]，撚金雪柳[9]，簇帶爭濟楚[10]。如今憔悴，風鬟霧鬢[11]，怕見夜間出去。不如向簾兒底下，聽人笑語。

【注釋】
1　落日熔金：落日如消熔黃金般璀璨奪目。
2　暮雲合璧：暮雲相合有如連成一片的璧玉。
3　「染柳」二句：即煙染柳濃，笛吹梅怨，是說煙霧籠罩下的柳色，一片濃綠；傳來的〈梅花落〉笛音，聲聲訴悲。梅，即〈梅花落〉，其曲哀淒。
4　「次第」句：是說怎知轉眼間不會有風雨？顯示出好景無常的悲觀心理。次第，猶轉眼、等會兒。
5　「來相召」二句：是說辭謝了以華貴車馬來相邀約的酒朋詩伴。謝，婉辭、

拒絕。

6　中州盛日：此指汴京末淪陷前的繁華盛況。中州，今河南一帶，古為豫州之地，因居九州之中，故稱為中原或中州，這裏指北宋都城汴京。

7　偏重三五：宋人特重元宵節，例多盛大慶祝。三五，即正月十五元宵節。

8　鋪翠冠兒：婦女以翡翠珠玉鑲綴為冠飾。

9　撚金雪柳：元宵節用以迎春的飾物，紮以黃、白紙的柳枝。撚，用手指捏搓成條狀物，音ㄋㄧㄢˇ。

10　「簇帶」句：是說滿身穿戴飾物，競相誇耀。簇帶，結簇滿冠帶的飾物。濟楚，乾淨整齊。

11　風鬟霧鬢：鬢髮蓬鬆散亂，形容憔悴不堪。

【解析】

　　南渡以來，李清照常懷當年京洛舊事，晚年賦為該詞，不勝悲。詞寫北地淪陷後，女詞人孑然一身流落南方的孤單寂寞，當回首前塵往事和故國勝景時，她的心中充滿了無限落寞與悲涼之感，寓有強烈的故國之思在其中。

　　詞的開篇先問「人在何處」？這對李清照而言，就是一個傷心的提問。置身煙柳江南，誠然美矣！但是「吹梅笛怨」在藉梅花飄落點題春天之外，更一語雙關寄寓了〈梅花落〉的哀曲悲音——宋徽宗北徙時，因聞〈梅花落〉而作〈眼兒媚〉，句云：「花城人去空蕭索，春夢繞胡沙。家山何處？忍聽羌管，吹徹梅花。」流寓的帝王在梅花飄零中嘆黍離之悲，情何以堪！是以詞人在風和日麗的元宵佳節，卻說：「次第豈無風雨」？她用怎知轉眼沒有風雨來推託，不願外出地「謝他酒朋詩侶」，根本沒有玩樂心情。詞中並透過元宵燈節今昔對比的盛衰之慨，回想在「中州盛日」時，她也喜歡穿戴妝扮，「鋪翠冠兒，撚金雪柳」地與眾人同歡；對比著「如今憔悴，風鬟霧鬢」的飄零身世和兇惡情懷，她寧可只在簾下聽著外面的笑語聲。該詞呈現南渡士人的普遍心態，晚宋詞人劉辰翁誦該詞，為之涕下。

聲聲慢

尋尋覓覓。冷冷清清，悽悽慘慘戚戚[1]。乍暖還寒[2]時候，最難將息[3]。三杯兩盞淡酒，怎敵他、晚來風急。雁過也，正傷心、卻是舊時相識[4]。

滿地黃花堆積。憔悴損[5]，如今有誰堪摘。守著窗兒，獨自怎生得黑[6]。梧桐更兼細雨，到黃昏、點點滴滴。這次第[7]，怎一箇、愁字了得。

【注釋】

1　「尋尋覓覓」三句：詞中人悵然地到處尋覓精神上的慰藉；然而尋覓的結果，卻是一片冷清，心境更加淒苦憂愁。

2　乍暖還寒：天氣一會兒暖，一會兒卻又冷。乍：驟然，忽然。

3　將息：調養休息。唐宋時方言。

4　「雁過也」二句：看著雁鳥飛過，一則傷心於信息無由（趙明誠已死，雁既不能帶來音信，自己也欲寄無由）；另則感傷於自己與雁鳥都從北地南來，濃濃鄉愁不禁生起。

5　憔悴損：既指菊花殘落，也自喻身世飄零、瘦弱疲羸，一語雙關。

6　「獨自」句：是說隻身孤獨地守著寒窗，怎麼挨到天黑？怎生，怎麼、怎樣。

7　次第：此指光景、情形。

【解析】

　　這是李清照南渡後的名篇，膾炙人口。詞中如珠走玉盤、獨步千古的十四疊字連用，如泣如訴、曲盡其態而綿密緊扣，淋漓訴說著慘惻的情懷。詞人以不斷徘徊、反覆低吟的舌齒音（尋、冷、清、悽、慘、戚），營造複沓類疊的聲情，讓低迷的情緒往返來回於齒舌間，絲絲入扣又聲情兼備，堪稱千古絕響。

　　最怕做亂世兒女！人命螻蟻。南渡，是李清照生活逆流的開始；

南渡之後，丈夫死了，她心懷失侶之痛，復遭國破家亡、顛沛流離之苦。在求全的生命課題下，任是縱橫詞壇、睥睨一世的絕代詞人，也照樣躲不過飄零江湖的悲劇。煢獨悽惶中，清照走得寂寞，走得悲涼。她那難以平撫的滿懷悽慘冷清，獨自面對晚來的一陣急風，又豈是三杯兩盞淡酒所能夠抵擋得住？抬頭，未曾帶來音信的雁依舊去來；低頭，滿地的黃花堆積，一如她憔悴的容光，早已被摧落得不堪摘取了。這悲苦的人生旅程，這樣細雨打梧桐的寂寞黃昏裏，她一再地獨自守著窗兒到黑。徒留下後世一聲聲的喟嘆！

張元幹 一首

　　張元幹（1091-1161？），字仲宗，自號蘆川居士，長樂（今福建長樂縣）人。北宋末以詞著稱於時；南渡後，秦檜當國，他不願與奸佞同朝，棄官而去，後以送胡銓及寄李綱詞，遭朝廷除名。其詞長於抒寫悲憤，今傳《蘆川詞》。

賀新郎　送胡邦衡待制赴新州

夢繞神州[1]路。悵秋風、連營畫角[2]，故宮離黍[3]。底事崑崙傾砥柱[4]，九地黃流亂注[5]。聚萬落千村狐兔[6]。天意從來高難問[7]，況人情、老易悲難訴。更南浦，送君去[8]。

涼生岸柳催殘暑。耿斜河[9]、疏星淡月，斷雲[10]微度。萬里江山知何處？回首對床夜語[11]。雁不到、書成誰與[12]。目盡青天懷今古，肯兒曹恩怨相爾汝[13]。舉大白，聽金縷[14]。

【注釋】

1　神州：本指全中國，此指中原淪陷區。

2　連營畫角：各個營壘都響起了淒涼的號角聲。

3　故宮離黍：指對北宋的故國之思。《詩經・黍離》乃周大夫過故宮廢墟，見禾黍離離，閔王室之顛覆而作，故後世用為故國之思。離離，狀其有行列也。

4　「底事」句：悲問北宋為何如天柱傾頹般覆亡？傳說崑崙山有銅柱，其高入天，稱為天柱；昔共工與顓頊爭帝時，怒觸不周山，天柱折。禹治洪水，破山通河，河水包山而過，山在水中如柱，因名砥柱，在今河南陝縣黃河中

流。

5 「九地」句：以遍地洪流的災難比金人入侵的災難。九地，九州之地，即遍地。

6 「聚萬落」句：無數村落都成了狐兔盤踞的荒野，暗指遍地都為敵人所盤踞。

7 「天意」句：這裏暗諷高宗寵信奸臣，贊同和議事。

8 「更南浦」二句：此指胡銓受到朝廷除名，遠謫新州（今廣東新興縣）編管一事。南浦，泛指送別地。

9 耿斜河：天河明朗貌。斜河，一稱斜漢，即天河。

10 斷雲：即片雲。

11 對床夜語：過去經常對床夜語，論政談心。

12 「雁不到」句：是說胡銓被流竄遠方，書信難通。傳說雁能傳書，但雁飛止於衡陽，新州在廣東，自是雁所不到。

13 「肯兒曹」句：是說胸懷遠大，豈肯像孩子們專講些恩怨私情？肯，即豈肯、怎肯？

14 「舉大白」二句：是說喝酒、聽歌吧！大白，酒盞名。金縷，一說杜秋娘之〈金縷衣〉：「勸君莫惜金縷衣，勸君惜取少年時。花開堪折直須折，莫待無花空折枝。」一說為〈賀新郎〉異名，張元幹送李綱、胡銓詞，皆〈金縷曲〉也。

【解析】

　　宋高宗紹興8年（1138），宋、金和議已成定局，在秦檜主導下，高宗向金拜表稱臣，力主抗金的名臣李綱反對無效，上書請斬秦檜的胡銓也被朝廷除名、編管新州。張元幹以七十六高齡在福州作該詞送胡銓，亦被除名。但數百年後讀其詞，讀者仍可以想見其慷慨悲涼、傲然不屈的磊落之氣。該詞為張詞的壓卷之作。

岳飛 一首

　　岳飛（1103-1142），字鵬舉，相州湯陰（今屬河南）人。是南宋初年的抗金名將，戰功卓著，有奇功。傳說曾經大敗善戰的完顏宗弼（金兀朮），直逼距離開封城幾十里的朱仙鎮。歷任荊湖東路安撫都總、河南北諸路招討使等職。卻因堅持匡復，反對議和，被偏安苟全的高宗趙構（宋徽宗第九子）及主和的秦檜等人冤殺害命。有《岳武穆集》，存詞三首。

滿江紅

怒髮衝冠，憑欄處，瀟瀟雨歇。抬望眼、仰天長嘯，壯懷激烈。三十功名塵與土[1]，八千里路雲和月[2]。莫等閒、[3]白了少年頭，空悲切。

靖康恥[4]，猶未雪。臣子恨，何時滅。駕長車、踏破賀蘭山缺[5]。壯志飢餐胡虜肉，笑談渴飲匈奴血。待從頭、收拾舊山河，朝天闕[6]。

【注釋】

1　「三十功名」句：寫自己在三十歲時已經建立了一些功名，但又自謙如塵土般微不足道。三十，舉成數而言，其時岳飛已經三十餘歲。

2　「八千里路」句：寫自己為了抗金，轉戰數千里，長途跋涉、披星戴月的戰場艱苦生活。八千里，據《宋史》載，岳飛嘗語其下：「直抵黃龍府，與諸君痛飲。」故或謂他係以摧毀八千里外的金人根據地作為立言目標。

3　等閒：輕易，隨便。

4 靖康恥：指北宋末靖康二年（1127），金兵攻陷汴京，滅北宋，擄走徽、欽二帝的奇恥大辱。靖康，欽宗年號。

5 「駕長車」句：想要駕著戰車向敵軍進攻，連賀蘭山口也一齊踏破，成為平地。賀蘭山，被金人佔領的地方，今寧夏回族區和內蒙古的界山。缺，山口。

6 朝天闕：朝見皇帝。天闕，皇帝的宮殿。

【解析】

　　岳飛為歷史英雄，連敗金兵，屢建戰功，詞中，橫掃千軍的猛志壯氣躍然。他聲震古今地仰天長嘯，氣壯山河；劍指八千里外金人黃龍府（金都，在今吉林），豪氣地想要「飢餐胡虜肉」、「渴飲匈奴血」，而且要在笑談中輕易達成；再朝拜二帝，迎接回國。整首詞音調激越、凜凜生風，具現「撼山易，撼岳家軍難」的盛大軍威與軍容。是歷來難得一見，以忠憤著稱、具有英雄底氣，千載後讀之猶見其「壯懷激烈」的粗獷豪邁之作。

　　惜乎！如此英雄卻被眷戀帝位、偏安求和、不思匡復的宋高宗和秦檜等人，為了「怕萬里長鯨，縱橫觸破，玉殿瓊樓」（辛棄疾詞），連下十二道金牌陣前急令班師，就怕他直搗黃龍、掃穴犁庭，最後並以「莫須有」罪名羅織死罪。一邊是唾手可以收復的江山社稷、一邊是被利欲和奸臣蒙蔽的南宋天子，岳飛締造了宋朝前所未有的輝煌戰績和傳說的朱仙鎮大捷，卻在痛心泣下地撤軍回到建康後，一代英豪就殞落，被害命了。

陸游 七首

　　陸游（1125-1210），字務觀，號放翁，越州山陰（今浙江紹興縣）人。他是南宋著名的愛國詩人，與尤袤、楊萬里、范成大並稱「南宋四大家」，兼喜作詞。陸游一生力主抗金，懷抱「氣吞殘虜」的壯志，然而他處在一個自從高宗以來就只求「尊中酒不空」、「贏得閑中萬古名」，以及孝宗被一場張浚北伐、兵敗符離的戰役嚇得從此不敢言兵，只求靦顏事金、輸帛乞和的政局中，因此他長期遭受到當權派的排擠，雖曾通判建康、夔州，知嚴州，修國史實錄兼祕書監，卻難有作為，只能壯志莫酬、悲痛地在老死之前告訴兒子：「王師北定中原日，家祭毋忘告乃翁。」

　　陸游以詩名世，詩作豐富，曾自言：「六十年間萬首詩。」詩風激昂悲壯、豪放淋漓，用詞明快疏朗，大多書寫壯懷豪情、慷慨忠憤，故有愛國之稱。對陸游來說，「倚聲製辭」的填詞只是餘力，不過他才情勃發，詞風兼有豪放與婉約之長；從早年務求工巧、流麗婉轉，到中年慷慨激憤、憂國憂民，再到晚年觴詠自娛、寄情山水，變化紛繁而皆有可觀。詞集曰《放翁詞》，又名《渭南詞》。

訴衷情

當年萬里覓封侯。匹馬戍梁州[1]。關河夢斷[2]何處？塵暗舊貂裘[3]。胡未滅，鬢先秋[4]。淚空流。此生誰料，心在天山[5]，身老滄州[6]。

【注釋】

[1]　戍梁州：陸游四十八歲在漢中任川陝宣輔使軍幕事。梁州，今陝西漢中及四

川東部一帶，因梁山而得名；南宋時，為西北邊防要地。

2　關河夢斷：立功疆場的希望已破滅。關河，關塞、河防，指邊疆。

3　塵暗舊貂裘：比喻自己被投閒置散，沒有建功立業的機會。《戰國策‧秦策》載「蘇秦說秦王，書十上而不行，黑貂之裘弊，黃金百斤盡，資用乏絕，去秦而歸。」

4　鬢先秋：鬢髮已如秋霜泛白。

5　天山：此處借指邊塞前線。

6　滄州：水邊之地。陸游晚居浙江紹興鏡湖畔之三山。

【解析】

　　當陸游以以四十八之齡參與南鄭（今陝西漢中）幕府，擔任「川陝宣輔使」王炎的幕僚。這時候前線的戰況還相當激烈，他懷抱著「自許封侯在萬里」的大志，遠赴邊塞想要效法班超之投筆從戎，激昂慷慨地充滿了希望。南鄭的軍旅生活，他常在邊塞幕府接待從淪陷區逃出來、傳送軍情的志士；常和士兵戍守邊防、枕戈待旦，「睡覺（ㄐㄩㄝˊ，醒）身滿霜」。燈下，他也常盡情地博奕，或是騎上駿馬、馳驅獵射，還有過雪地刺虎的壯舉……，這些都構成了他記憶中無比豪壯的回憶！然而隨著王炎被排擠並被調回，他的一切希望都破滅了。

　　心繫故國、想要收復失土的志士們長期被投閒置散，有志難伸的心情恰如詞中的「塵暗舊貂裘」：當年蘇秦說秦王，奇計屢上而不用，長期等待中，他的黑貂裘破舊了、黃金用盡了，資用乏絕下只好無奈地回到故鄉。然而「胡未滅，鬢先秋」，陸游從二十歲立志「上馬擊狂胡，下馬草軍書」（草擬軍中文書）的青年，變成兩鬢霜白的老翁了，最後只能滿腔悲憤、淚水空流地怨老天爺「老卻英雄似等閒。」

夜遊宮 記夢，寄師伯渾

雪曉清笳亂起[1]。夢遊處、不知何地。鐵騎無聲望似水[2]。想關河，雁門[3]西，青海際。

睡覺寒燈裏[4]。漏聲斷、月斜窗紙。自許封侯在萬里。有誰知，鬢雖殘，心未死。

【注釋】

[1] 「雪曉」句：下雪的清晨，淒清的胡笳聲從四面傳來。笳，即胡笳，古時軍中的樂器。

[2] 「鐵騎」句：精壯嚴整的騎兵無聲疾走，遠望如同一片水波動盪。

[3] 雁門：古關名。在山西代縣西北，為邊防重地。

[4] 睡覺：謂睡醒。覺，醒覺，音ㄐㄩㄝˊ。

【解析】

　　英雄失路、報國無門，「回盡鵬程，鎩殘鸞翮」的陸游，只能在夢中重回那當日「自許封侯在萬里」的關河了。夢裏依稀清笳四起、鐵騎無聲；夢醒卻是熒熒孤燈而漏斷、斜月當窗。一片忠憤而滿紙悲涼。

漁家傲 寄仲高

東望山陰[1]何處是。往來一萬三千里。寫得家書空滿紙。流清淚。書回已是明年事。

寄語紅橋橋下水。扁舟何日尋兄弟。行遍江湖真老矣。愁無寐。鬢絲幾縷茶煙裏[2]。

【注釋】

1　東望山陰：山陰，陸游故鄉，即今浙江紹興縣。時陸游在四川，故云：「東
　　望」、「往來一萬三千里」。
2　「鬢絲」句：歲月都消磨在無聊閒散的生活裏了。鬢絲，髮鬢灰白如絲。

【解析】

　　老邁、無寐、兄弟各自西東的羈旅生活，陸游只能望故鄉緲遠。
對於所思念的堂兄仲高，他更是滿紙鄉思空流淚。他嘆：日子都消磨
在無聊閒散的茶煙裏了，人只能空老。行遍江湖而無所作爲，怎不叫
人痛徹心扉！

釵頭鳳

紅酥手[1]。黃縢酒[2]。滿城春色宮牆柳[3]。東風惡。歡情薄。一懷
愁緒，幾年離索[4]。錯。錯。錯。
春如舊。人空瘦。淚痕紅浥鮫綃透[5]。桃花落。閒池閣。山盟雖
在，錦書難託[6]。莫。莫。莫[7]。

【注釋】

1　紅酥手：形容紅潤細嫩的纖手。
2　黃縢酒：即黃封酒，是一種官酒。
3　宮牆柳：此處以宮牆內難以攀折的楊柳，比喻已適他人的前妻唐琬。
4　離索：離散分居。
5　「淚痕」句：是說染著胭脂的紅淚濕透了絹帕。鮫綃，細絹的絲帕。
6　錦書難託：書信難通。
7　莫：絕望、作罷之意。

【解析】

　　陸游的一生是充滿悲劇的，包括愛情與仕途。除了英雄不爲世用的悲劇以外，還有媲美〈孔雀東南飛〉的愛情悲劇：他和唐琬這對恩愛夫妻被拆散的痛苦，是鏤刻在他心版上，終生不能忘懷的至痛；〈釵頭鳳〉則註腳了這場愛情悲劇。

　　陸游初娶妻唐琬，唐琬美賢，是陪伴他「紅袖添香夜讀書」的才女。如此伉儷相得、琴瑟相合的夫妻，卻在陸母的逼令仳離下，各自西東。九年後的一個春日，陸游與偕夫春遊的唐琬，在紹興禹跡寺南的沈園巧遇了。唐琬以酒餚款待，陸游百感翻騰不能自勝，乘醉寫下了這首斷腸淒絕的〈釵頭鳳〉，題詞壁上。想著曾經的海誓山盟，如今連音信都不通，他的情既不能禁又不能堪，詞中一連三疊的「錯！錯！錯！」猶如江河奔瀉。他又痛喊：「莫！莫！莫！」逼使自己不要再想了。這是寸寸腸斷、悔恨交加的陸游，痛悔當時沒能堅持到底嗎？這枚「千斤重的橄欖」（《紅樓夢》語），也只能留給後人，自己慢慢玩味、細細咀嚼了。但這次重逢，哀深痛鉅的不只是陸游，唐琬也一樣悲傷，她「淚痕紅浥鮫綃透」，舊情難忘、相思難捨地也填了一首答詞。兩詞合觀，珠聯璧合：「世情薄。人情惡。雨送黃昏花易落。曉風乾。淚痕殘。欲箋心事，獨語斜闌。難。難。難。人成各。今非昨。病魂常似秋千索。角聲寒。夜闌珊。怕人尋問，咽淚裝歡。瞞。瞞。瞞。」在「羅敷有夫」下，白天她要隱藏心事，淚往肚流；只有在深夜闌珊，獨自聽著寒徹的角聲時，才能任由淚水流淌，第二天再讓曉風吹乾昨夜淚痕。這當中有著多少的「瞞」？是何等的「難」？終究，她只剩下一縷恰似鞦韆細索的病魂，沈園重逢不久後，便在陸游一生的懷念中抑鬱而終了。

　　〈釵頭鳳〉句句淒楚、字字血淚控訴無奈分離，有情人不能終成眷屬，誠然人間一大恨事。而沈園，在陸游「也信美人終作土，不堪幽夢太匆匆」的聲聲嘆息中，也成爲記錄中國文學史上淒絕愛情故事的傷心地。

鵲橋仙　夜聞杜鵑

茅簷人靜，蓬窗[1]燈暗，春晚連江風雨。林鶯巢燕總無聲，但月夜常啼杜宇[2]。

催成清淚，驚殘孤夢，又揀深枝飛去。故山猶自不堪聽，況半世飄然羈旅[3]。

【注釋】

[1] 蓬窗：即舟窗。蓬，蓬舟。
[2] 杜宇：即杜鵑鳥，又名子規、杜宇。相傳是古代蜀帝杜宇精魂所化，鳴聲淒清若云：「不如歸去」，能動旅人鄉思。
[3] 「故山」二句：是說這樣淒厲的鳴叫聲，即使在故鄉也不忍聽聞，何況是長久客居他鄉的旅人呢？

【解析】

　　在林鶯巢燕的無聲中，月夜聽著杜鵑鳥聲聲「不如歸去」的悲啼，格外驚心！尤其是在半世飄然的羈旅中，如何能堪？更何況牠還是「常啼」的常客？總是在四周一片人靜燈暗的茅簷蓬窗中，在這樣的連江風雨中，陸游被驚殘孤夢，被催下無數離人清淚。滿紙淒涼情意。

謝池春

壯歲從戎[1]，曾是氣吞殘虜[2]。陣雲高、狼煙夜舉[3]。朱顏青鬢，擁雕戈西戍。笑儒冠、自來多誤。

功名夢斷，卻泛扁舟吳楚。漫[4]悲歌、傷懷弔古。煙波無際，望秦關[5]何處。嘆流年、又成虛度。

【注釋】

1　壯歲從戎：指四十八歲任職川陝宣撫使軍幕事。

2　殘虜：兇殘的敵人。

3　「陣雲高」二句：是說在雲空下，乘夜點燃了烽火，以喻戰事正在進行。狼煙，即烽火。古邊境有事，舉烽火以告警；烽火多以狼糞為燃料，風吹不散，故稱狼煙。

4　漫：徒然。

5　秦關：漢中一帶古屬秦地，故謂秦關；南宋時為西北邊關。

【解析】

　　當陸游意氣風發參與南鄭幕府、擁戈戍邊時，他確實是熱愛那種生活的。但是當理想一旦破滅了，功名夢斷，他才醒悟到自己原來還是一廂情願、不脫「志大浩無期」的儒冠誤身啊！於是他只能泛舟吳楚地坐視光陰流逝在「漁歌菱唱」中；只能任由流年虛度地賦著悲歌，望秦關縹遠。全詞從豪情到悲涼，何等的無奈與悲痛！

　　不過晚歲在心境上有了一番轉折的陸游，雖然「壯志成虛」、「蕭條病驥，消盡當年豪氣」地轉趨塵外了，慷慨之音也一轉而為清雅出塵的疏放之趣；不過他的詞風轉變，是在創作心情上，緣自對政治徹底失望的失路感慨，並不是真正想要逍遙林外、恬澹閒適的隱士心境。他實是身寄湖山，心存河嶽的。

卜算子

驛[1]外斷橋邊，寂寞開無主。已是黃昏獨自愁，更著[2]風和雨。
無意苦爭春，一任群芳妒。零落成泥碾[3]作塵，只有香如故。

【注釋】

1　驛：即驛站，古時官道上的休憩處。

2　著：猶言遭受。

3　碾：碾碎。

【解析】

　　本就「寂寞開無主」、孤芳自賞的梅花，兼又處在「風和雨」、「群芳妒」的惡劣環境中，而陸游那一腔報國無門的忠憤，不也正是如此嗎？雖然最後他也落得如梅花委地成泥、甚至碾作塵的命運──在無可奈何的嘆息中，他也老去了。但是他亦如梅花永遠「香如故」的精神，在留給後人無限回味的詠梅詞〈卜算子〉中，他也留下了一顆永遠熾熱、照汗青的丹心。

張孝祥 一首

　　張孝祥（1132-1169），字安國，號于湖居士，歷陽烏江（今安徽和縣）人。南宋孝宗時曾任中書舍人、建康留守，因支持張浚的抗金政策，被罷官。以其曾任中書舍人，而唐代中書省植紫微花，亦稱紫微省，因此宋人呼爲張紫微、或紫府仙。其詞集曰《于湖詞》。

西江月　題溧陽三塔寺

問訊湖邊春色，重來又是三年。東風[1]吹我過湖船。楊柳絲絲拂面。

世路[2]如今已慣，此心到處悠然。寒光亭[3]下水如天。飛起沙鷗一片。

【注釋】
1　東風：即春風。
2　世路：謂人生所經歷的一切人間情態。
3　寒光亭：在溧陽縣西三塔湖畔之三塔寺中，其亭柱刻有該詞。

【解析】
　　「問訊湖邊春色」，是我移樽就教；「東風吹我過湖船」與「楊柳拂面」，則是萬物有情。在詞人歷盡了人間百態與世路風波之後，反而通透豁達地體會出人與大自然以及天地萬物之間的大和諧境界，故能心境到處一片悠然。

朱淑貞 一首

　　朱淑貞（1135？-1180？），約生活於南宋高宗、孝宗時期，號幽棲居士，錢塘（今浙江杭州市）人，她是唐宋以來留存作品最多的女作家之一。生於仕宦之家，傳說是朱熹的姪女。幼警慧，喜讀書，工善詩畫且精曉音律，才色清麗罕有匹者。以嫁與世井俗吏、匹偶非倫，抑鬱不得志歿。其作多感於幽怨、自傷身世，故以「斷腸」為名。詞風婉麗含情、哀感纏綿。孝宗淳熙間魏仲恭為輯詩作《斷腸集》十卷、鄭元佐作注；另有《斷腸詞》一卷行世，後人以與李清照遙對，並稱雙絕。《千家詩》亦選入其作。

菩薩蠻

山亭水榭秋方半。鳳幃寂寞無人伴[1]。愁悶一番新。雙蛾只暗顰[2]。起來臨繡戶。時有疏螢度。多謝月相憐。今宵不忍圓。

【注釋】

[1] 「山亭水榭」二句：獨居山亭水榭，秋日寂寥無人相伴。水榭，築於水畔或水間的樓臺。鳳幃，閨房幃幕。幃，帳也。

[2] 「雙蛾」句：緊皺雙眉。蛾，指眉。顰，蹙眉狀。

【解析】

　　詞寫女子閨怨。結句藉說月憐人而不忍圓，以免詞中人觸景傷情，點出了閨中思婦的寂寞幽怨，極見細膩巧思。

　　以才情名世的閨閣名家朱淑貞，是男尊女卑傳統社會的犧牲者，

所傳《斷腸詞》足以見志。其〈自責〉詩曾經譏諷地說：「女子弄文誠可罪，那堪詠月更吟風。磨穿鐵硯非吾事，繡折金針卻有功。」譏刺男性主導下的傳統社會不能見容女性吟詠風月、磨穿鐵硯，不許她們舞文弄墨，只要她們繡折金針──斯言堪稱古代最有力的抗議！然而現實生活中，她終究難逃父母做主的婚姻，匹配非倫、抑鬱終身，死後連文稿都被父母付之一炬。

　　《斷腸集》中的「鷗鷺鴛鴦作一池，須知羽翼不相宜」，被視為女詞人對婚姻抱憾的敘述。「嬌癡不怕人猜，和衣睡倒人懷」，被視為她對自由愛情的追求。「獨行獨坐，獨唱獨酬還獨臥。佇立傷神」，是她的自我書寫。流傳頗廣的〈生查子〉：「月上柳梢頭，人約黃昏後」一闋，或謂亦是朱淑貞作，衛道之士託名於歐陽脩。傳說她曾作〈圈兒詞〉寄夫（或情人）。信上只有圈圈點點，在書脊夾縫中另見蠅頭小楷：「相思欲寄無從寄，畫個圈兒替。話在圈兒外，心在圈兒裏。單圈兒是我，雙圈兒是你。你心中有我，我心中有你。月缺了會圓，月圓了會缺。整圓兒是團圓，半圈兒是別離。我密密加圈，你須密密知我意。還有數不盡的相思情，我一路圈兒圈到底。」現存《斷腸詩集》、《斷腸詞》是父母焚稿後的劫後餘篇。

辛棄疾 十六首

　　辛棄疾（1140-1207），字幼安，號稼軒，山東歷城（今濟南市）人。他是用生命譜寫詞篇的偉大詞人。他生於南宋高宗紹興十年——宋室已經南渡十餘年了的北方淪陷區；二十二歲時，金主完顏亮率大軍南侵，為南宋虞允文敗於安徽采石，被部下所射殺，金亦發生內亂。此時辛棄疾立刻投筆從戎、率領兩千人馬，投入擁有二十萬義勇軍的耿京手下，為掌書記，並策劃耿京與南宋政權聯合抗金，以取得後援。耿京派他率騎兵南渡建康，奉表歸宋；高宗亦授以「承務郎」一職。但當他回到山東時，耿京已為叛將張安國殺害，率部降金去了。辛棄疾親領五十騎兵，直奔擁軍五萬的金兵大營；神兵突至，金兵猝不及防，不僅張安國被生擒，被裹脅的耿京舊部萬餘騎也被辛棄疾策動直奔建康，由高宗親自下令將張安國公開斬首。時稼軒年二十三。

　　朱熹曾經稱許辛棄疾是「股肱王室，經綸天下」的棟樑之才，謝枋得也在宋亡之後稱稼軒的精忠大義，不在張浚（孝宗時曾率兵北伐）、岳飛之下；但是他「不偶」於時，他生在一個君臣競逐逸樂，「直把杭州作汴州」、「怕萬里長鯨，縱橫觸破，玉殿瓊樓」的偷安時代。於是在入仕南宋的四十餘年間，辛棄疾三度被罷官，二十餘年坎坷宦途，二十餘年放廢在家、被迫閒居。最後這位「英雄江左老」的大將，只能一如抗金名將宗澤在死前三呼「渡河！」地在臨死前大喊「殺賊！殺賊！」而死。

　　在辛棄疾宦遊的二十餘年間，凡所到之處，他都積極備戰、銳意作為：知湖南兼安撫使時，他成立「飛虎軍」；知福建兼安撫使時，他修建「備安庫」、造剴甲萬副，並且招強壯、補軍額、嚴訓練，建立了一支勁旅；他並曾平定江西、兩湖的寇亂，如此稼軒，豈

是蝸角功名所能縛住？他是「金戈鐵馬，氣吞萬里如虎」的英雄，他是「男兒到死心如鐵」的豪傑。但是他報國無門、關河路絕，於是他遂賦詞。他的詞，是熔鑄全生命與大氣而成的「夜半狂歌悲風起」，是「天下英雄誰敵手」的不朽詩篇。他共賦詞六百餘首，有《稼軒長短句》傳世，為唐宋詞人數量之第一。或謂東坡之橫放傑出，是「曲子中縛不住者」，那麼稼軒就是橫絕古今、「補天裂」的詞壇巨龍了。

菩薩蠻　書江西造口壁

鬱孤臺[1]下清江水。中間多少行人[2]淚。西北望長安[3]。可憐無數山。
青山遮不住。畢竟東流去[4]。江晚正愁予。山深聞鷓鴣。

【注釋】

1 鬱孤臺：在今贛州西南，因鬱然孤峙而得名。清江，指贛江。贛江流經鬱孤臺下，至皂口（即造口，在今江西萬安縣西南）流入鄱陽湖。
2 行人：指逃避金人南侵迫害的宋人。金兵南侵時曾大肆侵略贛西一帶。
3 「西北」句：此借長安以喻汴京，其在贛州西北。句或作「東北望長安」。
4 「青山」二句：青山雖然遮住瞻望的視線，卻遮不住贛江東流。

【解析】

　　梁啟超云，如此大聲鏜鞳的〈菩薩蠻〉，未曾有也。稼軒望著眼前鬱孤臺下的清江水，不能忘懷金人南侵、肆虐贛西的情景，他想這是由多少行人淚水匯聚而成的？望著眼前重重山巒阻隔卻依舊東流的贛江水，他堅信終有一天定能收復失土的。只不過現在江晚已經平添人愁了，又再聽聞鷓鴣鳥那「行不得也哥哥」的叫聲，難免羈愁、國愁一齊都湧上了心頭。

鷓鴣天　送人

唱徹陽關[1]淚未乾。功名餘事且加餐[2]。浮天水送無窮樹[3]，帶雨
雲埋一半山。

今古恨，幾千般。只應離合是悲歡[4]。江頭未是風波惡[5]，別有人
間行路難。

【注釋】

[1]　陽關：即用為送別的〈陽關曲〉，又名〈渭城曲〉。

[2]　「功名」句：功名只是次要的餘事罷了，不必放在心裏，還是珍重身體吧！

[3]　「浮天水」句：水天一線相接的遠方，有著無窮的林樹。浮天水，水天相
接，天在水上，故云浮天。

[4]　「只應」句：難道只有離合才會造成人的悲歡情緒嗎？意謂人間更有甚於悲
歡離合的他種苦。

[5]　「江頭」句：是說江頭的風波還不是人間最險惡的遭遇。

【解析】

　　在江邊送別友人時，稼軒唱著〈陽關曲〉，但他自己離別了故
里，何嘗不也是賦著〈陽關曲〉呢？那是任憑再怎麼唱徹，淚水也擦
不乾的啊！功名到如今只能算是餘事了；不是不想立功建業，而是宦
海無情、報國無門。那堆積在胸中的千般愁恨，並不是緣自對江頭風
波險惡的恐懼，而是 —— 人間路難行。讀罷該詞，稼軒那種痛澈心
肺、深烙在心頭的無力和悲愴如在眼前。而這是在稼軒歷經了人間萬
難、回首前塵時才痛切體認的。

醜奴兒　書博山道中壁

少年不識愁滋味，愛上層樓[1]。愛上層樓，爲賦新詞強説愁[2]。
而今識盡愁滋味，欲説還休。欲説還休，卻道天涼好箇秋。

【注釋】

1　**層樓**：高樓。

2　**「為賦」句**：是說年輕時為詞造情勉強捕捉愁緒，並非真愁。

【解析】

　　這是一首極受後世「青青子衿，悠悠我心」學子喜愛的膾炙人口好詞。在「少年情懷總是詩」的善感年紀下，人人自詡多愁，甚至「為詞造情」地強說自己愁多。愛上層樓，也只為了捕捉那份蒼茫的憂鬱感，好說服自己是真的多愁。而今已然歷盡故人長絕、鄉關望斷，又遭讒毀擯斥、宦海波瀾、人間萬般行路難的稼軒，所謂「可惜流年，憂愁風雨。」長滯江南的他，是痛澈胸肺的──「笑塵埃，三十九年非，長為客。」這時候教他還說些什麼呢？他於是說好箇秋涼天氣啊！這是文字所無法表述的至痛無言啊！

<h2 style="text-align:center">青玉案 元夕</h2>

東風夜放花千樹[1]。更吹落、星如雨[2]。寶馬雕車香滿路。鳳簫聲動，玉壺光轉，一夜魚龍舞[3]。
蛾兒雪柳黃金縷[4]。笑語盈盈暗香[5]去。眾裏尋他千百度。驀然[6]回首，那人卻在，燈火闌珊[6]處。

【注釋】

1　**花千樹**：比喻燈火之多有如千樹開花。

2　**星如雨**：比喻燈火光耀閃爍。星，比喻燈。

3　**「玉壺」二句**：歡遊者通宵不寐地提著各種魚形、龍形的精美花燈。玉壺，精美的花燈。

4　**「蛾兒」句**：元宵夜，婦女頭上所戴珠翠、鬧蛾、玉梅、雪柳等飾物。黃金縷，亦柳。

5　暗香：本指梅花，這裏借指美人。或謂女子身上佩戴香囊所散發出來的幽
　　香。
6　驀然：忽然。
7　燈火闌珊：燈火零落的黯淡處。闌珊，零落貌。

【解析】

　　稼軒詞以風烈峻拔掃空萬古者，固是亙古所未有；其韶秀婉轉
者，也自是深情不已。沈謙《塡詞雜說》曾借古人論畫，說畫者
「能寸人豆馬，可做千丈松。」畫者可以把人畫成一寸、馬如一
豆，但也可以畫得有如千丈松，藉此形容稼軒詞既能激揚奮厲，又能
婉轉曲盡，樣貌多元。

　　〈青玉案〉中，熱鬧的元宵燈節，或說紛紛擾擾來來去去的人生
路上，歷經了數不盡的尋尋覓覓後，最後終於在燈火闌珊處尋獲了他
（或她、事業、目標……），「眾裏尋他千百度。驀然回首，那人卻
在，燈火闌珊處。」這幾句話高度而準確地捕捉住心弦被觸動或彼此
心靈遇合時、刹那間的悸動，風靡了不知多少人心！被認為是千古佳
作。《人間詞話》也借為古今成大事業大學問者，除了「昨夜西風凋
碧樹，獨上高樓，望盡天涯路」，和「衣帶漸寬終不悔，為伊消得人
憔悴」以外，必定經過的第三境，深受國人喜愛。

賀新郎　別茂嘉十二弟。鵜鴃、杜鵑實兩種，見離騷補注

綠樹聽鵜鴃[1]。更那堪、鷓鴣聲住，杜鵑聲切[2]。啼到春歸無尋
處，苦恨芳菲都歇[3]。算未抵、人間離別[4]。馬上琵琶關塞黑[5]，
更長門翠輦辭金闕[6]。看燕燕，送歸妾[7]。
將軍百戰身名裂。向河梁、回頭萬里，故人長絕[8]。易水蕭蕭
西風冷，滿座衣冠似雪[9]。正壯士、悲歌未徹[10]。啼鳥還知如許
恨，料不啼清淚長啼血[11]。誰共我，醉明月。

【注釋】

1　鵜鴃：鳥名，或云即杜鵑，或云為二物。音ㄊㄧˊ ㄐㄩㄝˊ。

2　「更那堪」二句：實在難忍鷓鴣鳥「行不得也哥哥」的悲鳴聲剛停，杜鵑鳥「不如歸去」的哀叫聲又起。

3　「啼到春歸」二句：杜鵑哀啼在暮春時節，此時百花都已凋零，故云春歸、芳菲歇。

4　「算未抵」句：是說那些都還比不上人間的離別之苦。

5　「馬上」句：以昭君出塞之典，說明離別之苦。馬上琵琶，人們想像昭君出塞時手抱琵琶。關塞黑，形容邊塞荒涼。

6　「更長門」句：以陳皇后被廢、退居長門宮自喻，說明遭放廢的悲思愁悶。長門，長門宮即冷宮。翠輦，飾有翠羽的宮車，音ㄋㄧㄢˇ。金闕，帝居的宮殿。

7　「看燕燕」句：這裏是以《毛詩序》說〈燕燕〉一詩是莊姜（衛莊公妻）送歸妾戴媯（ㄍㄨㄟ）的典故，說明離別之苦。《詩經‧邶風‧燕燕》即為此而作，詩曰：「燕燕于飛，差池其羽。之子于歸，遠送于野。瞻望弗及，泣涕如雨。」不過各家說法頗為分歧，另外如《列女傳‧母儀篇》認為是衛定姜之子死後，定姜送別其子婦歸國；但也有學者將「之子于歸」解釋為女子出嫁，如崔述便認為：「衛女嫁於南國，而其兄送之之詩。」

8　「將軍百戰」三句：用李陵別蘇武的典故，說明離別之苦。李陵身經百戰，力屈投降匈奴而身敗名裂；他作別因禁北地十九年終得歸漢的蘇武時，二人攜手上河梁，一別長絕。河梁，河上的橋。長絕，永別。

9　「易水蕭蕭」二句：用荊軻刺秦，友人著白衣易水相送的典故，以說明離別之苦。

10　未徹，未完。

11　「啼鳥」二句：啼鳥如果知道這麼多的恨事，料想他們所流下的就不是清淚而將是血淚了。還知，若知。啼血，相傳杜鵑至暮春哀鳴不已，口中流血。

【解析】

　　暮春悲啼的杜鵑，已經足以動人心魄了，更何況此時稼軒正與獲罪遠謫的族弟茂嘉作別，一時間難捨的離別愁緒齊湧心頭。不過稼軒

在詞中別開生面地用懷古來道離別，極盡用典之能事，整首詞宛如一曲眾人合力齊唱的悲歌，寓有感時傷事、借古諷今的憤懣之情，並非單純地述說兄弟別情而已。

　　詞寫昭君出塞、陳皇后見黜、莊姜送歸妾、李陵別蘇武、易水送荊軻等離別場面，殆如詞中的〈別賦〉般，羅列了眾多歷史上著名的離別事件，這些典故多蒼涼沉鬱並有政治背景、或相似情景：昭君和親是漢廷的屈服妥協；匈奴、強秦如金；李陵、荊軻壯志未酬；自己也如陳皇后之見黜；和族弟作別，其情亦如〈燕燕〉之去。是以稼軒正是借他人酒杯以澆自己胸中塊壘，讀者當能體會稼軒痛心於「春歸無尋」、「芳菲都歇」，那種大勢衰頹而「壯士悲歌未徹」的心頭悲苦。

賀新郎　邑中園亭，僕皆為賦該詞。一日，獨坐停雲，水聲山色，競來相娛，意溪山欲援例者，遂作數語，庶幾彷彿淵明思親友之意云

甚矣吾衰矣[1]。悵平生、交游零落，只今餘幾。白髮空垂三千丈[2]，一笑人間萬事。問何物、能令公喜。我見青山多嫵媚，料青山見我應如是。情與貌，略相似。

一尊搔首東窗裏。想淵明、停雲詩就[3]，此時風味。江左沈酣求名者，豈識濁醪妙理[4]。回首叫、雲飛風起。不恨古人吾不見，恨古人、不見吾狂耳。知我者，二三子[5]。

【注釋】

1　甚矣吾衰矣：比喻其道不行。《論語》子曰：「甚矣吾衰也，久矣不復夢見周公。」孔子夢周公，欲行其道也。

2　「白髮」句：比喻人生愁多。李白〈秋浦歌〉曰：「白髮三千丈，緣愁似箇長。」

3　「一尊搔首」二句：是說和淵明一樣地飲酒東窗，思念親友。陶淵明〈停

雲〉詩序曰：「思親友也。」詩云：「靜寄東軒，春醪獨撫。良朋悠邈，搔
　　首延佇。」
4　「江左」二句：嘲弄那些沉淪名利者，哪知飲酒之妙？醪，酒。音ㄌㄠˊ。
5　二三子：《論語》中孔子稱弟子之語，此指志同道合之友。

【解析】

　　稼軒晚居鉛山，游息於「停雲亭」，賦爲該詞。詞中稼軒嘆：英
雄老江左！如今白髮空垂、交游零落，還有什麼能夠令人欣喜的？人
間萬事他皆已看透，或許只有寄情青山，還能夠獲得一些心境上的平
靜吧！但稼軒是不甘蟄伏的，忠愛對他來說，早已成爲一種天性，
「時不我與」又如何？他於是把一腔忠憤熱忱，都化做文字上的萬鈞
力道——「回首叫，雲飛風起！」他並且還「不恨古人吾不見，恨
古人不見吾狂耳！」這是稼軒的英雄狂語，一種無論局勢多麼惡劣
都壓抑不下去的傲世氣概；孔子所謂的「狂者進取」精神；但也是
悲歌，其中有著相當孤獨的心情。所以只有上友淵明、屈原一類古
人，才能夠了解他吧！據說稼軒平生也最愛此數句，每於酒席上誦
之，並問座客如何？而眾人讚歎，也都是如出一口的。

賀新郎　同父見和，再用韻答之

老大那堪説。似而今、元龍臭味，孟公瓜葛[1]。我病君來高歌
飲，驚散樓頭飛雪。笑富貴、千鈞如髮[2]。硬語盤空[3]誰來聽？記
當時只有西窗月。重進酒，換鳴瑟。
事無兩樣人心別。問渠儂[4]、神州畢竟，幾番離合。汗血鹽車[5]無
人顧，千里空收駿骨[6]。正目斷、關河路絕。我最憐君中宵舞[7]，
道男兒到死心如鐵。看試手，補天裂[8]。

【注釋】

1 「老大」三句：這裏是反面立意，稼軒自嘲衰老，因為如今渾身都充滿了像陳登的傲氣與陳遵的霸氣；其實是稼軒欣賞陳登的豪氣和陳遵的霸氣，借喻自己也是一身倔脾氣。似而今，而今似。

元龍：陳登，字元龍，東漢人。據載許汜嘗與劉備論人物，汜曰：「元龍，湖海之士，豪氣不除。」備問原因，他說：「昔過下邳，見元龍無主客禮，自上大床臥，使客臥下床。」劉備說：「君有國士名，而不留心救世，乃求田問舍，言無可采，是元龍所諱。如小人當臥百尺樓上，臥君於地，何但上下床之間邪？」稼軒很稱讚元龍的湖海豪氣，認為做人就當有陳登的那股傲氣。其〈念奴嬌〉言：「更覺元龍百尺，湖海平生豪氣」、〈賀新郎〉亦言：「元龍百尺高樓裏。」

孟公：陳遵，字孟公，《漢書‧遊俠列傳》載，陳遵居長安，貴戚皆重之，相與至門。性嗜飲。每取客車轄投井中，雖有急，不得去也。稼軒這裏也是欣賞他的霸氣。

2 千鈞如髮：人視為千鈞的富貴，我卻看待如同一髮。

3 硬語盤空：自嘲文章言論不合時宜。

4 渠儂：吳語自稱我儂，稱他人渠儂。

5 汗血鹽車：借良馬被用來馱負笨重的鹽車，比喻人才被埋沒與受屈辱。汗血，大宛名馬，日行千里，汗從前肩轉出如血，故名。

6 駿骨：駿馬的骸骨。

7 中宵舞：祖逖中夜聞荒雞鳴，因起舞，志在報國殺敵也。

8 「看試手」二句：自許有朝一日大展身手，救國危傾。補天裂，相傳女媧曾鍊石補天柱。

【解析】

　　自然界的美，有蒼松雄鷹的陽剛美、也有嫩柳嬌鶯的陰柔美；在詞壇早已繁花似錦、琳瑯滿目的婉約詞風與詞作外，人稱東坡詞橫放傑出，充滿了超逸曠達的浩氣，是「曲子中縛不住」的「士大夫之詞」；稼軒詞則是九死不悔、「補天裂」的「英雄豪傑之詞」。稼軒詞的數量不但是詞人第一，風格更是多元。從豪放到婉約，從奮厲

到抒懷，從壯志到離情，從鎔鑄經史到浪漫想像，從慢詞長調到小令，甚至從興發、敘述到論說、對話，無不盡包，其中深受後人喜愛而琅琅上口的佳作，多至不勝枚舉。這首〈賀新郎・同父見和再用韻答之〉所展現的，正是稼軒身為豪放詞人的豪邁大氣，是最能代表稼軒生命氣質的代表作之一。該詞的審美意識，脫出了傳統對詞的雅美與婉麗期待，在詞的「婉約」正宗與「陰柔美」之外，另外出之以剛性十足的豪放不羈，展現出稼軒以全生命和大氣熔鑄而成的審美型態。讀完，耳邊彷彿迴盪著稼軒的「夜半狂歌悲風起」，眼前也彷彿能見稼軒之「天下英雄誰敵手」！

　　即使在病中，稼軒也一樣高歌痛飲，他的氣魄足以驚散樓頭飛雪；富貴對他來說，千鈞不過一髮，他關心的是神州的離合。雖然他的豪情一如盤空硬語，朝廷不愛聽，君臣甚至害怕好不容易到手的「玉殿瓊樓」，會被他這「萬里長鯨」撞碎；但是他毫不妥協地仍然要說——他上〈美芹十論〉、上〈九議〉給皇帝，力陳抗金大計。他的孤忠也一如那駄負鹽車上太行山的汗血寶馬，託足無門、無人顧惜。他亦不免感慨：他和汗血寶馬都曾有過輝煌歷史，但是現世沒有伯樂，老了的千里馬被賣到太行山拉鹽，「膝折尾垂、腳趾潰破、白汗交流、漉汁撒地。」他當年奮力殺敵南歸，告別故土，而今料想也要「千里空收駿骨」了。配合著整首詞的入聲韻，不斷徘徊的聲聲低咽，字字嗚嗚如泣。

　　稼軒至痛！不過他的痛，不是「小我」的孤單寂寞、不是文人的傷春悲秋；而是人心異變，眾人「皆醉」地「直把杭州做汴州」。他最佩服東晉祖逖志在收復失土，奮厲不輟，中宵「聞雞起舞」；所以哪怕處在這樣的劣勢中，他也一樣虎虎生風地喊：「男兒到死心如鐵！」他說只要有機會，他一定可以如女媧煉石補青天，「看試手，補天裂。」這就是稼軒，一位不管局勢如何絕望，永不屈服，永遠凜凜生風的真英雄、真豪傑。

賀新郎 聽琵琶

鳳尾龍香撥[1]。自開元、霓裳曲罷，幾番風月[2]。最苦潯陽江頭客，畫舸亭亭待發[3]。記出塞、黃雲堆雪[4]。馬上離愁三萬里，望昭陽宮殿孤影沒[5]。絃解語，恨難說。

遼陽驛使音塵絕[6]。瑣窗寒、輕攏慢撚[7]，淚珠盈睫。推手含情還卻手，一抹涼州哀徹[8]。千古事、雲飛煙滅。賀老定場無消息[9]，想沈香亭北繁華歇[10]。彈到此，為嗚咽。

【注釋】

1 「鳳尾」句：此句形容琵琶的精緻名貴。它的琴槽似鳳尾，它的撥子是龍香板。

2 「自開元」二句：借唐喻宋，以安史之亂「漁陽鼙鼓動地來，驚破霓裳羽衣曲」，比喻宋代的戰亂。

3 「潯陽江頭客」二句：借白居易貶居九江的〈琵琶行〉，以喻淪落江湖的失意詩人。畫舸，華美的舟船。

4 黃雲堆雪：形容塞外漫天黃沙，遍地積雪。

5 「馬上離愁」二句：借昭君出塞的故事述說離愁。人們想像昭君出塞時，手抱琵琶坐在馬上，故與琵琶典相關。昭陽，漢宮名。

6 「遼陽驛使」句：借遼陽舊地音書斷絕，以代徽、欽二宗被囚的淪陷區關河路斷。

7 「瑣窗寒」句：謂琵琶女倚靠著窗邊彈奏琵琶。瑣窗，雕花的格窗。輕攏慢撚，彈奏琵琶的各種指法。

8 「推手」二句：謂彈奏者含情撥絃，或推手或卻手地演奏著哀傷痛絕的〈涼州曲〉。推手、卻手，演奏時往前與往後的指法。

9 「賀老」句：借喻朝廷無人。賀老，唐開元善彈琵琶的樂工賀懷智。定場，能壓得住場子，演奏者技高，能鎮壓全場之謂也。

10 「想沉香亭」句：借唐喻宋地說一切繁華都煙消雲散了。沉香亭，唐玄宗偕楊貴妃賞牡丹、命李白賦詩的地方。

【解析】

　　〈賀新郎〉是稼軒非常喜愛的詞牌，他常用此詞牌，淋漓盡致地抒發情懷。該詞用事極多，句句不離事典。乍看似是雜亂無章地臚列了千年以來所有的琵琶舊事，其實句句都是稼軒用象徵手法，借古諷今、憂時傷事，寫出自己的「心中有淚，故筆下無一字不嗚咽。」

　　甫開篇，稼軒就以唐喻宋，寫唐人由盛轉衰的安史之亂，用白居易〈長恨歌〉的「漁陽鼙鼓動地來，驚破〈霓裳羽衣曲〉」開場。當楊貴妃舞完〈霓裳曲〉後，安祿山進京了、楊貴妃縊死了、唐玄宗也讓位給肅宗了。歷史總是一再重演，所以稼軒其實是藉此提問：從北宋盛世以來，至今歷經幾番風月了？接著他羅列出歷史上各種關乎「琵琶」的苦難意象。在稼軒筆下，千年間的興亡往事，都化作了琵琶弦上語。那一字排開的，都是難消的苦語恨事啊！

　　詞中先說昭君出塞的「馬上離愁三萬里」、「昭陽宮殿孤影沒」，以喻徽、欽二宗被擄，國仇家恨勝似天；而自己也如〈琵琶行〉「畫舸亭亭待發」的江頭客，在展翅待飛時遭到罷廢，壯志未酬。不過最使人傷心的，還是遼陽舊地（借代金兵佔領地）音書斷絕，關河路斷，故國杳杳，山河難復。於是自己也像含情撥絃、淚珠盈睫的琵琶女，正潸然淚下地彈奏著悲歌未徹的〈涼州曲〉。最後他絕望地想：那賀老定場的盛事想來是再沒有的了，還有誰堪為賽旗巨擘手呢？玄宗偕貴妃在沈香亭北賞牡丹、聽琵琶的風流韻事，也都煙消雲散了。北宋的富麗也轉眼成空了，從盛世到滅亡只花了三年時間。如此琵琶聽得人心驚，聽得人淚落漣漣。到此，彈者與聽者都嗚咽難禁而不忍再聞了，稼軒詞遂戛然而止亦如琵琶之聲停，而盪氣迴腸、空谷泠然作響！

水龍吟　登建康賞心亭

楚天¹千里清秋，水隨天去秋無際。遙岑遠目，獻愁供恨，玉簪
螺髻²。落日樓頭，斷鴻³聲裏，江南遊子。把吳鉤⁴看了，欄干
拍遍，無人會，登臨意。

休說鱸魚堪膾，儘西風、季鷹歸未⁵。求田問舍，怕應羞見，劉
郎才氣⁶。可惜流年⁷，憂愁風雨⁸，樹猶如此⁹。倩¹⁰何人喚取，
紅巾翠袖¹¹，搵英雄淚¹²。

【注釋】

1　楚天：古代楚國領有兩湖江浙之地，故南京一帶稱為楚天。
2　「遙岑遠目」三句：遠眺群山，儘管姿態各異，卻只是平添愁恨而已。岑，
　　小而高的山；遙岑即遠山。遠目，極目遠眺。玉簪螺髻，形容群山有如美人
　　頭上玉簪與螺形髮髻。
3　斷鴻：離群孤雁。
4　吳鉤：本指吳地寶刀，此處泛指刀劍。相傳吳王闔閭曾賞百金求善鉤，有人
　　殺其二子，以血釁二鉤以獻，得金。
5　「休說」二句：此翻用張翰思鄉典故，是說儘管秋風已經吹起而鄉愁難耐，
　　卻難以歸家。歸未，即未歸。《世說新語》載：西晉張翰字季鷹，吳人，在
　　洛陽為官；因見秋風起，思念家鄉蓴菜羹、鱸魚膾，遂慨然辭官歸家。蓴羹
　　鱸膾，江浙之特產。
6　「求田問舍」三句：借劉備唾棄許汜典故，譏諷一意追求個人私利的庸碌之
　　輩。詳前〈賀新郎〉「元龍」注。
7　流年：謂年光如流。
8　憂愁風雨：憂愁國勢風雨中飄搖。
9　樹猶如此：此借樹比人，痛惜歲月匆匆一事無成。晉桓溫北征，看見當年手
　　植的柳樹皆已十圍，嘆曰：「木猶如此，人何以堪！」
10　倩：請。
11　紅巾翠袖：本為女子裝束，此借指歌妓。
12　搵：同抆，擦拭、揩掉。搵，音ㄨㄣˋ。

【解析】

　　稼軒字「幼安」，他和字「易安」的李清照並稱「二安」，同樣都是北宋滅亡後流落江南的北方人。稼軒通判建康時登上賞心亭，他看著楚天無窮的千里秋波，儘管遠看像是美人頭上玉簪與螺髻的群山各有姿態，但對他而言，都是平添鄉思罷了。再看看被收藏起來的寶刀──寶刀空老，他卻只能做一個「落日樓頭，斷鴻聲裏」的「江南遊子」。他滿懷鬱抑地拍遍欄杆，而即使不說他的硬語盤空誰來聽？他落日、孤雁的遊子心情也同樣無人能懂。他要的不是求田問舍，也不是像季鷹想念故鄉的美味；而是當秋風吹起時，滿懷鄉思的他能夠回得去嗎？他嘆「憂愁風雨，樹猶如此」，人何以堪？但是有誰來為這位失路英雄拭去滿襟的英雄淚呢？「紅巾翠袖，搵英雄淚」的強烈反差，並營造出了極度的藝術張力。

<h2 style="text-align:center">永遇樂　京口北固亭懷古[1]</h2>

千古江山，英雄無覓，孫仲謀處[2]。舞榭歌臺，風流總被，雨打風吹去[3]。斜陽草樹，尋常巷陌，人道寄奴曾住[4]。想當年、金戈鐵馬，氣吞萬里如虎[5]。

元嘉草草，封狼居胥，贏得倉皇北顧[6]。四十三年，望中猶記、烽火揚州路[7]。可堪回首、佛狸祠下，一片神鴉社鼓[8]。憑誰問、廉頗老矣，尚能飯否[9]。

【注釋】

1　京口北固亭懷古：稼軒登京口北固亭賦為該詞。京口，在今江蘇鎮江市，三國時代，孫權曾在此建立吳國的首都。北固亭，在鎮江城北的北固山上，下臨長江。

2　「英雄無覓」二句：是說江山依舊，但卻已經找不到像孫權這樣的英雄了。

3　「舞榭歌臺」三句：昔日的歌臺舞榭與英雄事業，都被風吹雨打盡了。風

流，英雄事業的流風餘韻。

4 寄奴曾住：這斜陽草樹的尋常巷道，曾是南朝宋武帝劉裕居住的地方。寄奴，劉裕小名；其先由彭城移居京口，他在京口起兵，平定桓玄之亂並推翻東晉而稱帝。

5 「想當年」二句：此頌揚劉裕當年北伐的功業。他先後滅了南燕、後秦，光復洛陽、長安，氣吞胡虜。金戈鐵馬，形容兵強馬壯。

6 「元嘉草草」三句：是說南朝宋劉裕之子、文帝劉義隆不能繼承父親功業，好大喜功，輕率出兵，以致國勢一蹶不振。元嘉，劉義隆年號。草草，草率、馬虎。封狼居胥，後世用為驅逐胡虜之意。漢霍去病追擊匈奴至狼居胥山（今綏遠省五原縣西北），築天臺而返。贏得，此謂落得之意。倉皇北顧，劉義隆兵敗後登北固樓北望，見敵軍甚盛，頗有懼色。

7 「四十三年」二句：辛棄疾於四十三年前南歸，至今他還記得金人肆虐揚州時，揚州遍地瀰漫的烽火。

8 「佛狸祠下」二句：是說在當年敗戰屈辱的佛狸祠下，現今人們卻歡樂地迎神賽社，烏鴉的叫聲與鼓聲和成了一片。佛狸祠，北魏太武帝小字佛狸，元嘉北伐敗績，他引兵南下直抵長江北岸瓜步山（今江蘇六合縣東南），山上所建行宮即後來的佛狸祠。神鴉，廟裏吃祭品的烏鴉。社鼓，社日祭神的鼓聲。

9 「廉頗」二句：此借廉頗典故自喻，說自己年紀雖然老大，卻還能報效國家，但是不受朝廷重用。

【解析】

　　稼軒晚年出知江蘇鎮江，登北固亭賦為該詞。站在居高臨下、俯瞰長江的鎮江北固亭，歷史興亡往事不免在稼軒心中洶湧翻騰：先撇開腳下的鎮江就是當年三國英雄孫權的政權所在地；即眼前看似尋常的「斜陽草樹，尋常巷陌」，也曾是南朝宋劉裕發跡前的居住地，他也在此起兵，推翻東晉，進而稱帝。不難想像當時這裏的「金戈鐵馬、氣吞萬里如虎」盛況。不過，英雄霸氣固然讓人稱道，也要謹慎評估。劉裕之子劉義隆也同樣曾在北固樓眺望，但卻是草草出兵、大敗而歸的「北顧涕交流」。稼軒為什麼這麼說呢？因為當時韓侂冑

正在籌劃北伐，其事固然善矣！稼軒卻且喜且憂，擔心如果倉促冒進，將重蹈南朝敗績的覆轍。他一方面回思四十三年前自己一路殺敵南歸的烽火戰況；另方面也嘆元嘉敗戰屈辱的佛狸祠下，現今一片迎神歡慶，有誰會記得歷史往事呢？都是事過境遷啊！而如今他也如廉頗見拒，甚至連「尚能飯否？」都無人問。詞中，千古興亡與稼軒的壯志憂思交織，詞意盤旋鬱結，甚為蒼涼悲壯。

破陣子　為陳同父賦壯詞以寄之

醉裏挑燈看劍，夢回吹角連營[1]。八百里分麾下炙[2]，五十絃翻塞外聲[3]。沙場秋點兵。

馬作的盧飛快，弓如霹靂弦驚[4]。了卻君王天下事[5]，贏得生前身後名。可憐白髮生[6]。

【注釋】

1. 「醉裏」二句：醉眼朦朧地挑著燈花、看著劍，夢中又回到了號角連營的戰場上。
2. 「八百里」句：謂以熟牛肉分食士兵。八百里，牛的代稱。《世說新語》載王愷有牛名八百里駁，常瑩其蹄角。
3. 「五十絃」句：各種樂器吹奏出雄壯的軍樂來。五十絃，本指瑟，古瑟有五十絃；此處則泛指樂器。翻，演奏。
4. 「馬作的盧」二句：謂馬匹奔騰快如的盧，弓箭射時響如霹靂，以形容戰事的艱苦驚險。的盧，快馬名，相傳劉備於荊州，嘗騎的盧一躍三丈而脫險。
5. 天下事：指收復中原的天下大事。
6. 可憐白髮生：可憐頭髮都白了，卻還不能如願。

【解析】

　　坐困江南的稼軒愁裏飲酒，醉眼朦朧地一邊挑著燈花，一邊看著寶劍。如夢似幻中，彷彿又回到了號角連營的戰場，他依稀還是

〈鷓鴣天〉中，那個當年二十三歲的他，親領騎兵殺進金兵大營，生擒叛降張安國、策動被裹脅的舊部萬餘人，浩浩蕩蕩突破淪陷區重圍直奔建康——「壯歲旄旗擁萬夫，錦襜（彳ㄢ）突騎渡江初」；然而這首〈破陣子〉中，他實際上只是個一廂情願癡想收復失土的江南游子、失路英雄。現實情境裏，他已髮鬢蒼蒼了，很多時候也只能借酒澆愁了，雖然他還是那個當年的英雄，伏櫪老驥仍然志在千里。如此難酬的壯志悲切，足為千萬世帝王惕。

西江月　夜行黃沙道中

明月別枝驚鵲，清風半夜鳴蟬。稻花香裏說豐年。聽取蛙聲一片。

七八箇星天外，兩三點雨山前。舊時茅店社林邊[1]。路轉溪橋忽見。

【注釋】

1　茅店社林邊：是說茅屋客店就位在土地廟旁的樹林邊。茅店，即客店；茅，同茅。

【解析】

　　稼軒因見稻香蛙鳴的豐收氣象，該而呈現出詞中少見的輕快喜悅心情。當夜行在清風明月、蛙聲蟬聲與天際星空、山前疏雨的黃沙道中時，他的心中溢滿一片寧靜祥和的欣悅之情。

　　稼軒憂國憂民，不是蝸角功名所能縛住。朝廷畏懼萬里長鯨、不愛虎躍龍騰，他殺敵來歸後就多半被放廢在家。但他號為稼軒，係因他認為「人生在勤，當以力田為先」，所以他想，即使直到終老都被放廢於江湖，他也依然「憂國願年豐。」所以他把從窗口望出去、一整片都是莊稼的住所，就稱為「稼軒」，並且以此自號。他的心時時刻刻都在生民之上。

念奴嬌　書東流村壁

野塘花落，又匆匆過了，清明時節。劃地東風欺客夢，一枕雲屏寒怯[1]。曲岸持觴，垂楊繫馬，此地曾經別[2]。樓空人去，舊游飛燕能説[3]。

聞道綺陌[4]東頭，行人曾見，簾底纖纖月[5]。舊恨春江流不盡，新恨雲山千疊[6]。料得明朝，尊前重見，鏡裏花[7]難折。也應驚問，近來多少華髮[8]。

【注釋】

1 「劃地」二句：是說東風無端驚醒我的好夢，看見床前屏風時覺得很寒冷。劃地，平白無故、無端。劃，音ㄔㄚˊ。欺夢，驚夢。寒怯，怯寒、怕冷。

2 「曲岸」三句：是說當時曾在此地宴飲餞別並折柳送別。

3 「樓空人去」二句：人已去，樓已空，只有燕子還能述說舊事。此翻用蘇軾句「燕子樓空，佳人何在？空鎖樓中燕。」以寓物是人非，空留遺恨意。

4 綺陌：繁華熱鬧的街市。

5 簾底纖纖月：借簾内美人足，代指簾内美人。纖纖月，以纖細的彎月，借代美人之足。

6 「舊恨」二句：比喻連綿不斷的新愁舊恨，就像流不盡的春江水與重重疊疊的千層雲山。

7 鏡裏花：比喻舊歡難續，就如鏡中花無法攀折一般。暗示美人已另有歸屬，不能再續歡情。

8 華髮：白髮。

【解析】

　　該詞爲稼軒詞中少見的述情之作，隱約述說一段逝去的戀情。儘管詞人胸中仍然鬱積著連綿不斷的新舊愁緒，和從別人那兒打探對方的默默關心；卻無能改變人去樓空、「鏡裏花難折」的舊歡難續事實。而現實生活中的客鄉飄零、蹉跎韶華等不如意，也使得他白髮叢

生了。他說，如果有一天我們再見面，即使不能改變我們的關係處境，妳是不能攀折的「鏡裏花」，但相信妳也一定會被我的偌多白髮驚嚇住。全詞婉轉曲折卻不勝蒼涼。

滿江紅

敲碎離愁，紗窗外、風搖翠竹。人去後，吹簫聲斷，倚樓人獨。滿眼不堪三月暮，舉頭已覺千山綠。但試把、一紙寄來書，從頭讀。

相思字，空盈幅。相思意，何時足。滴羅襟點點，淚珠盈掬。芳草不迷行客路，垂楊只礙離人目[1]。最苦是、立盡月黃昏，闌干曲。

【注釋】

[1] 「芳草」二句：是說芳草滿路並未困住行客，行客終究離去了；楊柳絲絲沒有繫住行人，反而增添了離人傷悲。

【解析】

　　詞中稼軒深情地刻畫了一位淚珠盈掬、倚樓人獨、立盡黃昏的癡情人兒。在觸動離愁的風搖翠竹、暮春三月中，她只能一再把玩來書、細細從頭讀過。但儘管相思字盈幅，卻還是窮盡不了相思意。她嘆：芳草迷路，就是不迷行客路，行客還是遠去；楊柳弄碧，也只撩動離人酸楚罷了。結句說，最苦的是：美人立盡月黃昏、闌干曲，卻等不到良人來歸。但其實這也正是稼軒自己的寫照──斷鴻聲裏、他立盡斜陽，卻始終等不到朝廷一句「尚能飯否？」的垂問。

祝英臺近 晚春

寶釵分¹，桃葉渡²。煙柳暗南浦³。怕上層樓，十日九風雨⁴。斷腸片片飛紅，都無人管，倩誰喚、流鶯聲住。

鬢邊覷。試把花卜歸期⁵，纔簪又重數。羅帳燈昏，哽咽夢中語。是他春帶愁來，春歸何處。卻不解、帶將愁去。

【注釋】

1 寶釵分：比喻離別。古代女子有分釵贈別之俗，釵折兩股，男女各執一股。
2 桃葉渡：送別地的代稱。桃葉渡，在南京秦淮河與青溪合流處，晉王羲之曾於此地送別愛妾桃葉，由此得名。
3 「煙柳」句：謂送別的水邊柳樹都成濃蔭了，暗示已經離別很久了。南浦，送別地的代稱。語出屈原〈九歌〉：「予交手兮東行，送美人兮南浦。」江淹〈別賦〉亦言：「送君南浦，傷如之何！」
4 十日九風雨：寓「憂愁風雨」之意於其中。
5 「鬢邊覷」二句：看到簪在髮鬢邊的花兒，便用花瓣來占卜離人的歸期。覷，偷看、斜視。

【解析】

　　該詞極為婉約，寫女子送別愛人之後，獨自吞嚥相思之苦的情狀。全詞以簡單而形象化的語言，神情逼肖地將深層心理和盤托出。她，用花瓣占卜歸期，才剛數完、簪上，就按捺不住急切之情又取下重數；她，怕上層樓，因為十日九風雨，不但摧落了眼前的片片飛紅、滿眼不堪，鶯聲復不住地啼叫，更增斷腸之苦；她，羅帳燈昏下哽咽難眠，幽怨嘆道既是春帶愁來，為何春歸卻未將愁帶去？整首詞刻畫細膩，絲絲入扣。

摸魚兒　淳熙己亥，自湖北漕移湖南，同官王正之置酒小山亭，為賦

更能消、幾番風雨[1]。匆匆春又歸去。惜春長怕花開早，何況落
紅無數。春且住。見說道[2]、天涯芳草迷歸路[3]。怨春不語。算只
有殷勤，畫簷蛛網，盡日惹飛絮[4]。

長門事，準擬佳期又誤[5]。蛾眉曾有人妒[6]。千金縱買相如賦[7]，
脈脈此情誰訴。君莫舞。君不見、玉環飛燕皆塵土[8]。閑愁最
苦。休去倚危欄，斜陽正在，煙柳斷腸處。

【注釋】

1　「更能消」句：還能禁得起幾番風雨摧折？消，即禁受。
2　見說道：聽說道。
3　芳草迷歸路：此以春去喻人生失意。春夏間青草蔓生，所以說春的歸路被遮
　　斷，一去不回。
4　「算只有」三句：就只有畫簷下的蛛網終日露惹落花飛絮，慇勤地想要藉此
　　留住春色。
5　「長門事」句：此借陳皇后被罷廢長門宮一事自比。
6　「蛾眉」句：此借屈原〈離騷〉曰：「眾女嫉予之蛾眉兮」，以喻己懷才見
　　嫉。蛾眉，代稱佳人；後世亦作為懷有美好才幹與品德之代稱。
7　「千金」句：陳皇后失寵，以千金為酬託司馬相如撰〈長門賦〉，帝讀後感
　　悟，復納之。
8　玉環飛燕皆塵土：借趙飛燕與楊貴妃下場都很悲慘，警惕奸佞勿得意忘形。

【解析】

　　該詞開篇「筆勢飛舞，千古所無」、「從千回萬轉後倒折出來，
真是有力如虎。」（《白雨齋詞話》）對於眼前的無情風雨，一開始
稼軒就以怨懟、不平的語氣責問道：還能夠禁得起幾番這樣的風雨摧
殘呢？春去了、花落了，他傷春兼自傷。所以他豪氣地喝道「春且
住！」這是標準的稼軒氣慨！然而春不語，也一如稼軒大力疾呼，朝

廷卻只是冷漠地回應。他已經盡力了，生命中沒有遇合，他也很無
奈，他寂寞地想，大概就只有那想藉留住飛絮來留住春色的畫簷蛛
網，像我一樣殷勤吧！但是他仍然不放棄希望地盼望如「長門事」般
還能有轉圜的餘地；只是蛾眉見妒，「佳期又誤」，顯然他又一次失
望了。不過即使在現實中失意，他也依然是鐵錚錚的一條漢子，所以
他復正氣凜然、義正辭嚴地警告那些小人「君莫舞！」難道你們沒有
看見楊玉環、趙飛燕等奸人都化做塵土了嗎？在挫折中他自有昂揚的
不屈氣慨。只不過當獨自倚樓望見斜陽時，他憂憫國家是否也如夕陽
般已近黃昏？他還是承認了心中的痛──懷才卻被迫袖手、坐視國家
昏瞶的閑愁，最苦。

　　這就是稼軒，一位既穠纖細密、又永不向現實低頭的英雄好漢，
在時代的悲歌中他就是以這樣的蒼鷹之姿，雄視詞壇，掃空萬古，提
昇人類的精神文明。

姜夔 七首

　　姜夔（1154-1221），字堯章，號白石道人，饒州鄱陽（今江西縣名）人。他繼周邦彥集北宋婉約詞大成之後開啓了南宋的雅詞之風。一生未曾入仕，漫遊於湘、鄂、蘇、杭等地，依附在名公鉅卿門下，過著清客遊士的生活，與蕭德藻、范成大、楊萬里等當世名詩人遊。終生困躓，貧窮終老，死後蕭條淒涼，後人弔曰：「除卻樂書誰殉葬？一琴一硯一蘭亭」，可謂他一生「野雲孤飛」的註腳。

　　姜夔詞風繼承周邦彥重視思力安排、講究技巧雕琢一路，非以自然感發取勝。由於時代因素以及個人的感情因素，其詞風往往呈現「傷痕」心理，一種悲悼亡國以及愛情失落的淒美哀感，和宋室南渡後衰弱國勢出現一致的感傷情調。後人每以「幽韻冷香」、「似晉宋之雅士」形容之，其詞評曰：「清空」、「騷雅」。

揚州慢
淳熙丙申至日[1]，予過維揚[2]。夜雪初霽，薺麥彌望。入其城則四顧蕭條，寒水自碧，暮色漸起，戍角悲吟。予懷愴然，感慨今昔，因自度此曲[3]。千巖老人[4]以爲有黍離之悲也。

淮左名都，竹西佳處[5]，解鞍少駐初程[6]。過春風十里，盡薺麥青青[7]。自胡馬窺江[8]去後，廢池喬木，猶厭言兵[9]。漸黃昏，清角吹寒，都在空城[10]。

杜郎俊賞[11]，算而今、重到須驚。縱豆蔻詞工，青樓夢好[12]，難賦深情。二十四橋仍在[13]，波心蕩、冷月無聲。念橋邊紅藥[14]，年年知爲誰生？

【注釋】

1　至日：即冬至日。

2　維揚：揚州（今江蘇市）別稱。

3　自度此曲：姜夔喜創調，自製多曲，此〈揚州慢〉屬之。

4　千巖老人：即蕭德藻，其姪女嫁為姜夔妻。

5　「淮左名都」二句：宋時維揚一帶設淮東路，亦稱淮左，揚州為此地著名都會；城東禪智寺側有竹西亭。杜牧〈題禪智寺詩〉曰：「誰知竹西路，歌吹是揚州。」

6　「解鞍」句：解開馬鞍，在旅途中稍事休息。

7　「過春風十里」二句：謂昔日繁華熱鬧的揚州城，如今到處都是野麥青青。杜牧〈贈別〉詩有「春風十里揚州路」句。

8　胡馬窺江：金人南侵直至長江邊。

9　「廢池喬木」二句：以戰後殘破的廢池與喬木害怕聽到戰爭，映襯人的恐戰心理。

10　「清角吹寒」二句：劫後的揚州城，迴盪著淒涼清冷的戍角聲。

11　杜郎俊賞：唐代名詩人杜牧風流逸興的遊賞之地。

12　「縱豆蔻詞工」三句：即使風流多才的杜牧重臨此地，也再難寫出深情的詞句來。杜牧題詠揚州名句如〈贈別〉詩曰：「娉娉嫋嫋十三餘，豆蔻梢頭二月初。」〈遣懷〉詩「十年一覺揚州夢，贏得青樓薄倖名。」

13　二十四橋：二十四橋在揚州府城西，隋置。一名紅藥橋，即吳家磚橋，嘗有二十四美人吹簫於此，故名。杜牧〈寄揚州韓綽判官詩〉曰：「二十四橋明月夜，玉人何處教吹簫。」

14　紅藥：即紅芍藥，為揚州名花。

【解析】

　　〈揚州慢〉中盡是清冷氣象，詞境夐絕，寒氣逼人。既是姜夔偏好淒美哀感的藝術表現，也是感傷北宋覆亡的情調體現。

　　揚州歷來是歌舞昇平的富貴風流地，但是自從金人南侵，兩度遭兵燹肆虐以後，樓倒牆蹋、盛景不再。當姜夔過揚州時，夜雪初霽，四望一片蕭然的薺麥青青與寒水自碧，重以空城迴盪的角聲悲

吟，於是他在暮色中愴然地譜寫了此曲，感慨今昔。蕭德藻讀該詞深受其中黍離之悲感動。

詞云自從金人窺江肆虐以來，曾經商賈雲集、珠簾十里、極度繁榮的這個淮左名都：揚州，如今只剩廢池、喬木。在這樣荒涼殘破、一片麥秀的夜雪初霽中，怎能不教人深深地慨嘆戰火無情，而深惡痛絕之！著一句「猶厭言兵」，連那本應無情的草木都害怕言戰了，那麼，多少傷亂之情也就盡在其中矣。又隨著日色漸沉、黃昏的到來，整座空城都籠罩在一片清寒的暮色寒氣與悲鳴的戍角聲中，實在教人意奪神駭！此情此景，就算曾經寫作「十年一覺揚州夢，贏得青樓薄倖名」的詩酒清狂名詩人杜牧在此，怕也再賦不出深情來了；玉人吹簫的二十四橋仍在，但是在一片冷月清光下，也只有無聲的死寂與空自蕩漾的湖心漣漪而已！至於那湖邊的紅芍藥雖然還年年依舊開花，然而賞花人去，也只能在年年歲歲的瑤草徒芳中，孤芳自賞了。

點絳脣　丁未冬，過吳松作

燕雁無心，太湖西畔隨雲去。數峰清苦[1]。商略黃昏雨[2]。
第四橋邊[3]，擬共天隨[4]住。今何許。憑欄懷古。殘柳參差舞[5]。

【注釋】

1　數峰清苦：憫遠山寥落、淒清。
2　商略：商量、醞釀。
3　第四橋：蘇州甘泉橋一名第四橋，以泉品居全國第四得名。
4　天隨：此姜夔以陸龜蒙自比。唐代詩人陸龜蒙自號天隨子，一生未仕，清高淡泊，隱居在松江甫里，詩有清澹高遠之氣。楊萬里嘗謂姜夔文無所不工，甚似陸天隨。姜夔〈三高祠詩〉和〈除夜白石湖歸苕霅詩〉亦曾自言：「沈思只羨天隨子，蓑笠寒江過一生。」「三生定是陸天隨，又向吳松作客歸。」

5 參差舞：參差不齊地搖曳著。

【解析】

　　姜夔偏好以主觀的感情或心理氛圍，投射在眼前的大自然景物。對他來說，紛繁的自然景觀不只是客觀的存在，而是與他的主觀意念、情思渾融一體的藝術意象。他通過帶有非常獨特的個人特質的審美意識，去觀照和捕捉周遭景物與心靈交會的一瞬間，並在瞬間「同化物我」，使得本來無情的客觀對象充滿了濃厚的主觀情調，這就使得「景」與他的「情」往往呈現同一清冷色調，其詞風因此顯得「清空」，並成為他個人的特有風貌。

　　吳松，即吳松江，為太湖支流，當姜夔往見范成大，在道經將雨的吳松途中填了這首詞。這首寫景的短章，在以清淡筆調對眼前景物所作的描寫中，融入了極為主觀的個人情感。姜夔看著眼前無心、逐雲而去的燕雁，不也像極了他「野雲高飛」的一生寫照嗎？於是他不禁緬想起唐朝曾經隱居於松江，同樣一生布衣、清高淡泊、浪遊天地的名詩人陸龜蒙。那麼這場黃昏雨，應該就是為解數峰清苦而醞釀的吧！其實燕雁、峰巒本無情，「無心」、「清苦」都是詞人蕭索蒼茫心境的投射，是「以我觀物」，再透過姜夔「同化物我」的詞風，把暮雨將至的客觀景象轉化成主觀心境的映射。以這樣的心境再來看橋邊隨風款擺的搖曳柳枝，自然也就是淒迷的「殘柳」與「參差」舞了。

踏莎行　自沔東來，丁未元日至金陵，江上感夢而作

燕燕輕盈，鶯鶯嬌軟[1]。分明又向華胥[2]見。夜長爭得薄情知[3]，春初早被相思染。

別後書辭，別時針線[4]。離魂暗逐郎行遠。淮南[5]皓月冷千山，冥冥歸去[6]無人管。

【注釋】

1　「燕燕輕盈」二句：比喻所歡如燕子般輕盈、黃鶯般嬌軟。

2　華胥：夢境。

3　「夜長」句：仿女子口吻嗔怨情郎不知長夜寂寞。薄情，薄情郎。

4　「別後書辭」二句：長記別後的書信，長著別時縫綴的衣裳。

5　淮南：合肥宋屬淮南路，故此指合肥舊情人居處。

6　冥冥歸去：魂魄在夜裏歸去。

【解析】

　　該詞寫魂夢縈牽的相思情愁，全詞情調極為清冷，正是姜夔一貫詞風。詞中，他痛惜所愛的人長夜寂寞，然而離別的愛侶再怎麼相思情深，就只能在夢中相見。於是看著書信、穿著她針線縫製的衣裳，想像著她的魂魄在清冷的月夜下陪伴自己，然後又在皓月當空的千山寂寂中獨自歸去，滿心思念，「無人管」更寓有深刻的憐惜與不捨之情。皓月對於姜夔來說，是一種舊傷口的撕裂，「淮南皓月冷千山」，就是因皓月清光而產生的、不可抑遏的哀戚感。而清冷的月光，不但是姜夔心境的寫照，更融鑄而成姜詞的基本色調與共有底色。

江梅引　丙辰之冬，予留梁谿，將詣淮而不得，因夢思以述志

人間離別易多時。見梅枝。忽相思。幾度小窗幽夢手同攜。今夜夢中無覓處，漫裴回[1]。寒侵被，尚未知[2]。

溼紅恨墨淺封題[3]。寶箏空[4]，無雁飛。俊遊巷陌，算空有古木斜暉[5]。舊約扁舟心事已成非[6]。歌罷淮南春草賦，又萋萋[7]。漂零客，淚滿衣。

【注釋】

1　裴回：即徘徊。
2　「寒侵被」二句：寒氣透進了被子都不自覺。
3　「溼紅恨墨」句：謂以淚水題寄書信。溼紅，指紅淚。恨墨，述愁之書信。
4　寶箏空：箏空在，卻無心彈奏。
5　「俊遊巷陌」二句：當年快意遊賞的地方，如今空餘古木夕陽。
6　「舊約」句：從前約定乘著扁舟回去的盟誓落空了。
7　「歌罷」二句：唱罷臨別所寫說春草萋萋就要歸去的詞賦，徒悲春草已經萋萋卻還飄零未歸。春草賦，作者在多年前離開合肥時曾賦〈點絳脣〉，有云：「淮南好，甚時重到？陌上生春草。」

【解析】

　　詞人因梅起興。月光、柳與梅，都是一再勾起姜夔心事的自然景致，那是他與舊日愛侶留下無數前塵往事的共有回憶。這首詞很刻骨銘心地刻畫了姜夔的相思之苦，有多麼深刻？深刻到當他沉浸在這些因見梅枝而睹物思人、不能自已的回憶時，他連寒氣侵被都不自知。他們實在有著太多攜手共賞梅的過去了，他常在夢中夢見這些往事，連當年約定歸來的盟誓他都依然牢記，只是他未能如願歸去，只好把如海深的相思懷念，淚溼衣衫地化成許多相思詞。

暗香　辛亥之冬，予載雪詣石湖[1]。止既月，授簡索句，且徵新聲，作此兩曲。石湖把玩不已，使工妓隸習[2]之，音節諧婉，乃名之曰〈暗香〉、〈疏影〉

舊時月色。算幾番照我，梅邊吹笛。喚起玉人，不管清寒與攀摘[3]。何遜而今漸老，都忘卻、春風詞筆[4]。但怪得、竹外疏花，香冷入瑤席[5]。
江國。正寂寂。嘆寄與路遙[6]，夜雪初積。翠尊易泣。紅萼無言耿相憶[7]。長記曾攜手處，千樹壓、西湖寒碧[8]。又片片、吹盡

也，幾時見得[9]。

【注釋】

1　石湖：即范成大。他晚年築別業（今作別墅）於石湖，自號石湖居士。

2　隸習：學習。

3　「喚起玉人」句：回憶當年與美人冒寒賞梅的情景。

4　「何遜漸老」二句：以南朝詩人何遜自比，謂己年華漸老，情懷不再。何遜，南朝梁人，嘗作〈早梅〉詩，故杜甫詩曰：「東閣官梅動詩興，還如何遜在揚州。」（〈和裴迪逢早梅詩〉）

5　「但怪得」二句：以今昔情懷對比，說明興致不再。對比著昔日賞梅熱情的，是現在反而怪那竹外疏花傳來了淒冷香味的淡漠。瑤席，座席的美稱。

6　寄與路遙：想要將梅花寄給思念的人，卻音訊隔絕、欲寄無由。此翻用陸凱寄范曄詩「折梅逢驛使，寄與隴頭人。江南無所有，聊贈一枝春。」

7　「翠尊易泣」二句：形容情意之悲切，端起酒杯想落淚，看著紅梅悄無言。翠尊，綠酒杯。紅萼，紅梅。耿，牽掛於懷。

8　「千樹壓」句：形容西湖畔梅花盛開、壓低湖上枝枒的情景。

9　幾時見得：一語雙關，既寫梅落，亦寫所愛離去，何時再見？

【解析】

　　時人評論姜詞：「清空」，讀姜夔的詠物詞也要扣緊此一特色，要從「遺貌取神」的角度來看。詞中雖然是詠梅，卻不拘滯於梅花形貌；而是取其神理，藉著詠梅道出一段生命中難以忘懷的逝去戀情。詞一開篇，作者就深陷在梅邊吹笛、冒著寒凍賞梅的往事回憶中；對比著今日的冷清寥落、哽咽情懷，他自然是「翠尊易泣」、「紅萼無言」，端起酒杯想落淚，看著紅萼悄無言。唯有堆滿心頭無法磨滅的相思之情，只能任由無邊的情愁啃噬心頭、空留回憶。而詞中的清寒、疏花、香冷、寂寂、夜雪、寒碧、吹盡等，在在都可以看出姜夔對哀愁美的偏嗜。他獨特的審美標準和悲感心理，透過這些語言，烘托出一片籠罩天地間的寒涼色調。另外再透過漸老、忘卻、怪

得、寂寂、嘆、相憶等字眼，詞人因戀情失落而悲傷難忍的唏噓以及孤獨失意的心境，更被充分呈顯出來。

〈暗香〉詞牌下小序，說明該詞係因姜夔載雪詣石湖范成大，被范成大留住月餘，並向他索取新聲，於是他作了兩首後來極負盛名的〈暗香〉、〈疏影〉自度曲以應。姜夔擅音律，他在〈長亭怨慢〉的小序中曾道：「予頗喜自製曲，初率意爲長短句，然後協以律，故前後闋多不同。」一般作詞因爲曲有定式，必須按譜填詞，所以是先有曲後有詞，「自度曲」則可以「率意爲長短句，然後協以律」，因此是先有詞後有曲，前後闋曲拍也往往不同。

疏影

苔枝綴玉[1]。有翠禽小小，枝上同宿[2]。客裏相逢，籬角黃昏，無言自倚修竹[3]。昭君不慣胡沙遠[4]，但暗憶、江南江北。想佩環、月夜歸來，化作此花幽獨[5]。

猶記深宮舊事，那人正睡裏，飛近蛾綠[6]。莫似春風，不管盈盈[7]，早與安排金屋[8]。還教一片隨波去[9]，又卻怨、玉龍哀曲[10]。等恁時[11]、重覓幽香，已入小窗橫幅[12]。

【注釋】

1　苔枝綴玉：有著青苔的梅枝，恰似綴著碧玉一般。

2　「有翠禽」句：借梅樹上宿著翠鳥，寄寓愛情失落之意。典出隋趙師雄在天寒日暮中邂逅梅仙所化的美人，逐相偕前往酒店歡飲，並有翠鳥化做綠衣童子一旁歌舞助興；但是當趙酒醒後，美人已不見，唯枝上梅花、翠鳥而已。

3　自倚修竹：把梅花比爲孤獨高潔的美人。杜甫〈佳人〉詩曰：「天寒翠袖薄，日暮倚修竹」，以寫亂世流離中父母死喪復爲夫所棄、卻潔身自好的女子。

4　「昭君」句：說傲然不屈的梅花，就像流落胡沙的昭君一般。此翻用王建

〈塞上詠梅〉詩「天山路邊一株梅，年年花發黃雲下。昭君已沒漢使回，前後征人誰繫馬。」

5 「想佩環」二句：想像幽獨而美麗的梅花，就是暗憶故鄉的昭君在月夜下戴著環佩、以魂魄歸來所化。此翻用杜甫〈詠懷古跡〉詠昭君「環珮空歸月夜魂」句。佩環，衣上所繫玉飾。

6 「猶記深宮舊事」三句：寫梅花之翻飛情狀。此處借典南朝宋時壽陽公主眠於梅樹下，一朵梅花飄落其額前留下梅花印記，宮女遂效為梅花妝的故事。飛近蛾綠，蛾綠即黛眉，額旁就是眉，故云飛近。

7 盈盈：美好的姿態。

8 安排金屋：寫惜花心情。借用漢武帝欲築金屋以藏阿嬌之典，以謂應有金屋來寵呵梅花。

9 一片隨波去：謂未能安排金屋，以致花落逐流水。或亦寓有自嗟讓情人離去之意。

10 玉龍哀曲：借笛音吹奏〈梅花落〉的哀傷曲調，以寫落梅的哀怨。玉龍，白玉笛名。徽宗北徙時，因聞〈梅花落〉而作哀曲〈眼兒媚〉，寓黍離之悲於嘆梅花飄零中。句云：「花城人去空蕭索，春夢繞胡沙。家山何處？忍聽羌管，吹徹梅花。」

11 恁時：那時。

12 橫幅：畫幅。謂梅花落盡，屆時就只剩畫幅上的梅花了。

【解析】

　　該詞是賦梅的詠物詞。全詞無一「梅」字，係透過通首用典，「遺貌取神」地寫梅花精神。張炎《詞源》稱該詞：「前無古人，後無來者。」又說：「詞之賦梅，惟姜白石〈暗香〉、〈疏影〉二曲。」整首詞絕塵脫俗地、沒有直抒胸臆的感情抒發，也沒有對梅花物象或形貌的著墨，卻強烈凝聚了梅花的精神與氣質——此即借典立意，亦時人稱許姜夔「不拘滯於物」之清雅。而姜詞之注重思力安排、講究雕琢刻鏤、追求句琢字煉的精工之美，也於此充分展現。

　　詞中，姜夔借用了許多和梅花相關的典故，先寫在牆角發現了這株梅花，再到花開花落，最後是畫幅上的畫梅，並以昭君去國離鄉的

悲思，寄寓徽、欽二宗和后妃被俘的故國之思，從各個不同的面向刻
畫出梅花風韻，若隱若現地寫盡梅花「從枝頭到離枝」的精神與內
涵。不過全詞雖然借典道出梅花幽獨清高的氣質與絕世風華，以及國
勢衰微下的心頭哀音；但一切用「情」的線索都被隱晦在用典下，
只能透過典故按圖索驥。全詞具現姜夔遣詞造字之覃思精慮，詞中
循序漸進地從「客裏」、「籬角」、「黃昏」，到「莫似」、「不
管」、「卻怨」，細致點染出孤寂淒清的惆悵，又步步鋪陳出轉折的
幽怨心緒，可謂結合了精工與自然，在琢字煉句的精工之美外，復能
保有「清空」與「騷雅」的內在本質。

鷓鴣天　元夕有所夢

肥水東流無盡期。當初不合種相思[1]。夢中未比丹青見[2]，暗裏忽
驚山鳥啼。

春未綠，鬢先絲[3]。人間別久不成悲。誰教歲歲紅蓮夜[4]，兩處沈
吟各自知。

【注釋】

[1] 「肥水」二句：以永無止盡的肥水東流，比喻自己連綿不盡的相思之情。

[2] 丹青見：即畫中所見。丹青，本為繪畫顏料，此借代為圖畫。

[3] 鬢先絲：是說髮鬢先白。

[4] 紅蓮夜：宋時元宵燈節滿城遍點蓮花燈。紅蓮，即蓮花燈。

【解析】

　　對於自己的失落愛情與思念滿懷、傾訴無人，姜夔不禁癡想：早
知道自己的相思之情竟是如此之深，當初就不應該種下相思種子的
啊！但就在這樣不能自拔的悲痛中，也正道盡了姜夔無時無刻的深深
思念與追憶。而即使在夢中相見了，他還是覺得不滿足，因為即使是

一幅畫，都還可以就近端詳與保存，夢中卻是一片幻影迷離、驚鴻一瞥，何況時有遠處山鳥的驚擾，更添悵然。不過這樣的苦苦思念，如影隨形折磨他二十幾年了，早已成為他的一種習慣，也就不那麼激動了。但不激動並不就是真的不悲傷，否則哪來的「春未綠，鬢先絲」呢？況且歲歲年年那逃躲不掉的紅蓮月夜，更是平添了兩地相思苦。

史達祖 一首

　　史達祖（1163？-1220？），字邦卿，號梅溪，汴（今河南開封）人，南宋格律派詞人。他屢試不第，曾任幕僚，寧宗時爲中書省堂吏，很受韓侂冑賞識。開禧北伐失敗，韓被誅，史受株連被黥刑流放。其詞擅於詠物，鑄詞造語、摹物寫狀皆頗工巧，有《梅溪詞》傳世。

雙雙燕 詠燕

過春社[1]了，度簾幕中間，去年塵冷[2]。差池[3]欲住，試入舊巢相並。還相雕梁藻井[4]。又軟語、商量不定[5]。飄然快拂花梢，翠羽分開紅影[6]。

芳徑。芹泥[7]雨潤。愛貼地爭飛，競誇輕俊。紅樓歸晚，看足柳昏花暝[8]。應自棲香正穩。便忘了、天涯芳信[9]。愁損翠黛雙蛾[10]，日日畫欄獨憑。

【注釋】

1　春社：春分前後祭祀社神的日子，俗謂燕子此時來歸。

2　「度簾幕」二句：飛過重重簾幕回到舊巢，卻發現佈滿灰塵、冷冷清清。

3　差池：寫燕子飛翔時張舒尾翼，其羽參差、不齊一的樣子。《詩經·邶風·燕燕》曰：「燕燕于飛，差池其羽。」

4　「試入舊巢」二句：寫燕子選擇巢穴時猶豫不決，既想試著回舊巢，又想重新挑選雕花樑柱或藻繪屋板。相，察看。藻井，屋梁上繪有圖案的承塵板（俗稱天花板）。

5　「又軟語」句：以似在溫柔交談，形容燕子的呢喃。

6　「飄然」二句：燕子輕盈地掠過花梢，剪狀雙尾有如分開花影一般。

7　芹泥：紫燕用以築巢之泥。

8　「紅樓歸晚」二句：揣想燕子日暮歸晚，是因為貪看黃昏時的美景。

9　「應自棲香正穩」二句：詞人癡言燕子應是已經安穩棲息，所以忘了替人傳信。香，形容溫馨舒適。天涯芳信，傳說燕子能夠傳信，故云。

10　「愁損」句：閨中人因等不到信而深鎖雙眉。雙蛾，即雙眉，蛾以代眉。

【解析】

　　南宋詞人集會結社往往命題賦詞，所以南宋詞頗多「應社」而作。這樣的發展有別於詞體初興時，是為了提供歌樓舞榭演唱的「應歌」而作和「娛賓遣興」目的；也有別於後來詞人「因物起興」的自然感發和「以詞言志」。再換一個角度說，詞是先從粉黛釵裙的狹小圈子，慢慢進到詞人直抒胸懷，和由個人推向宇宙人生之高度與廣度的；再到南宋，則又發展成為「應社」風氣下的思力安排講求，並由此形成雅詞與詠物詞之大盛。此際，詞風已經轉趨纖巧和奇譎了，「儷采一字之偶，價爭一句之奇」。

　　這首詠燕的〈雙雙燕〉是南宋末季詠物詞的代表，描繪春燕極妍盡態，論者謂：「詠物至此，人巧極天工矣！」詞中對於春燕來歸，詞人發揮高度想像力，以擬人手法，先寫燕子參差其羽地試著入住去年舊巢，但感到塵冷不適，於是又飛上雕花樑柱，燕語呢喃彷彿輕聲商量著新居。之後再寫牠們飛出戶外，當飛過花稍時，剪刀式的燕尾好像分擘花海一般，有時又像彼此競誇輕俊地貼地爭飛。再來則是一天將盡的歸巢，詞人說燕子紅樓歸晚，是因貪看黃昏美景；而作為結穴之筆的詞末，更出人意表地以「棲香正穩」的雙燕和「畫欄獨憑」的思婦無眠對比，巧妙地帶出苦無天涯芳訊的閨怨情愁，使得該詠物詞復深一層地轉入閨怨書寫，在詠物詞精巧摩寫物狀之外，又多了些「意」的深度。全詞維妙維肖、形神俱似的刻畫，讀者有如親見這一對春燕的千姿百態。

劉克莊 一首

　　劉克莊（1187-1269），字潛夫，號後村，莆陽（福建莆田）人，南宋末季詞家。仕途多舛，理宗時官至龍圖閣學士。其詞豪宕疏放，傷時念亂，有放翁、稼軒之志；欲以壯語立儒，不欲以詞人自限，說理敘事常以散文、議論入詞，以寄託對現實的不滿和愛國情懷。唯以議論多，有時減損了藝術性，後人謂以「效稼軒而不及者。」其詞集名《後村長短句》，又名《後村別調》。

木蘭花　戲林推[1]

年年躍馬長安[2]市。客舍似家家似寄[3]。青錢換酒日無何[4]，紅燭呼盧宵不寐[5]。

易挑錦婦機中字。難得玉人心下事[6]。男兒西北有神州，莫滴水西橋畔淚[7]。

【注釋】

1　林推：即林姓推官。推，推官，宋朝州府行政長官的助理。
2　躍馬長安：騎著馬在京城裏遊逛。長安，借指南宋都城臨安。
3　「客舍似家」句：譏其常居客館，偶而回家反像寄宿。
4　「青錢換酒」句：謂終日飲酒不做事。無何，無事可做。
5　「紅燭呼盧」句：謂通宵賭博不睡覺。呼盧，賭博時的叫聲，借代為賭博。盧，賭博時骰子五子皆黑曰「盧」，為全勝，故賭徒下注時往往高喊：「盧」。
6　「易挑」二句：是說漠視妻子真摯的深情，卻討好情意難以捉摸的妓女。機中字，前秦竇滔妻蘇蕙，因思念被流放的丈夫，以錦織回文詩以寄，詩循環

可讀，情意淒婉。玉人，美人，這裏指妓女。

7　「男兒」二句：勸勉男兒要以國家大事為重，不要為妓女浪費時間和感情。水西橋，妓女所居之處。

【解析】

　　該詞係後村藉戲林姓推官，以寓嚴正的勸世主題於其中。他對友人終日飲酒、賭博，討好妓女、辜負妻子的行徑深感不滿，藉此戲作提出針砭，一則勸誡、一則勉勵男兒志在天下，應以家國為重。實則詞中所針砭者，正是南宋社會的普遍現象，時值末季，詞人更有慷慨生悲之感。

吳文英 六首

　　吳文英（1200？-1260？）字君特，號夢窗，晚號覺翁，四明（今浙江寧波）人，南宋末季詞家。曾受知於丞相吳潛；一生不得意，往來於江浙間，寄食權貴而已。其詞造語工麗，注重煉字，以綿麗為尚；運意深遠，用筆幽邃，喜用典。《四庫提要》說詞人吳文英猶乎詩家之李商隱。其詞以精美工巧取勝，近於周邦彥、姜夔等格律派詞人路數，講求覃思精慮、結構佈局、使事用典。詞集名曰《夢窗甲乙丙丁稿》。

　　夢窗詞極富奇思壯采、講究研鍊之功，惟後人毀譽不一。好之者愛其綿密深厚、謀篇佈局與高超的修辭技巧，至譽為兩宋詞人最值得學習的四大家。周濟《宋四家詞選》便把他列為和周邦彥、辛棄疾、王沂孫相同的地位。尹煥也說：「求詞於吾宋者，前有清真，後有夢窗。此非煥之言，四海之公言也。」（《夢窗詞》序）顯見夢窗詞在當時受歡迎的程度。惡之者則譏以晦澀難解，認為堆砌辭藻，表面上光耀眩目，實際上過嗜餖飣、立意太晦，往往使人不知所云。張炎《詞源》說：「吳夢窗詞，如七寶樓臺，眩人耳目。拆碎下來，不成片段。」沈義父《樂府指迷》也說：「其失在用事下語太晦處，人不可曉。」王國維《人間詞話》甚至借夢窗自己的詞句：「映夢窗，凌亂碧」，加以譏刺。這些不同的評價，呈現了對於自然感發和思力安排兩種截然差異的審美型態各有所好者。

八聲甘州　靈巖陪庾幕諸公遊

渺空煙四遠[1]，是何年、青天墜長星。幻倉崖雲樹，名娃金屋，

殘霸宮城[2]。箭徑酸風射眼[3]，膩水染花腥[4]。時靸雙鴛響，廊葉秋聲[5]。

宮裏吳王沉醉，倩五湖倦客，獨釣醒醒[6]。問蒼天無語，華髮奈山青[7]。水涵空[8]、闌干高處，送亂鴉、斜日落漁汀。連呼酒，上琴臺去，秋與雲平[9]。

【注釋】

1　「渺空煙」句：長空無雲，四望沒有邊際。

2　「是何年」四句：極言景色之瑰奇壯麗，揣想是什麼時候天上墜下星辰，幻化而成的青山叢林、吳王宮殿。名娃，美女，此指西施。金屋，此指吳王夫差為西施所築的館娃宮。殘霸，吳王夫差一度稱霸，但後來為勾踐所滅，故稱殘霸。

3　「箭徑」句：置身吳國遺跡，強烈地感到黍離之悲與興亡之慨。箭徑，即採香徑，小溪也，其水筆直如箭，故又名箭徑。當年吳王種香於山，使美人泛舟此溪以採。酸風射眼，後世借喻黍離之悲。據說漢武帝求仙，曾在宮中銅柱鑄一手捧露盤承接天露的銅人，謂以此入藥可以長生。可是漢武帝與漢朝還是偕亡了。後來魏明帝欲將金銅仙人移置到魏都（今河北臨漳縣）去，拆盤臨載之際，仙人竟悲泣潸然淚下，復得留霸城（長安）。唐詩人李賀因賦〈金銅仙人辭漢歌〉曰：「東關（魏都鄴城）酸風射眸子」、「憶君清淚如鉛水」，寓亡國之悲於其中。

4　「膩水」句：藉言花朵染著脂粉香味，以喻奢靡亡國。膩水，言其奢靡。杜牧〈阿房宮賦〉曰：「渭流漲膩，棄脂水也」，說阿房宮中的美女們晨起梳洗，光是倒掉的棄脂水，就使得渭水上浮起了一層油來。花腥，花香。

5　「時靸」二句：借廊前落葉的淒涼，對比已經成空的風流韻事。靸，本指拖鞋，此做動詞拖、曳著鞋之義，音ㄙㄚˇ。雙鴛，婦女繡鞋。據說館娃宮中有一個「響屧廊」，廊虛而響；當西施穿著繡鞋走過，有清楚的足音傳響。

6　「宮裏吳王」三句：借古諷今，指出沉湎酒色導致亡國，唯有獨醒能夠全身。五湖倦客，指范蠡。他助勾踐復仇以後便辭官，泛舟遊於三江五湖。

7　華髮奈山青：山色長青，奈何人卻已年老髮白了。

8　水涵空：遠水連著天際。

9 「上琴臺」二句：琴臺上，一片無邊的秋色滿天。琴臺，在靈巖山上，吳國
　遺蹟。

【解析】

　　夢窗詞因眼見南宋步向衰亡，詞中往往蘊蓄著對故國殘山剩水的
悲思。該詞奇情壯采，弔古傷今，道盡一代興亡往事以及詞人心頭的
哀音，是吳文英在登靈巖山館娃宮時所寫。靈巖山（古稱石鼓山）岩
石聳拔、山澗淙淙，在一片地勢平坦、少有山峰的江南平原上拔天而
起，極為突出，姑蘇賴之而蔽。當年吳王夫差為西施所築的館娃宮位
於此。

　　甫開篇，夢窗便充滿了想像力，讚歎這麼峻拔的靈巖山，是來自
哪一個遙遠時空墜下的流星隕石所化成的啊！並且幻化出了這麼多
倉崖雲樹和記錄了興亡往事的館娃宮；但是他緊接著一轉，轉而太
息：這金屋如今就只剩下殘霸宮城、美人也早已煙滅了，歷史上多少
令人唏噓的往事都盡在不言中啊！這就是周濟《介存齋論詞雜著》讚
歎的：「夢窗每於空際轉身，非具大神力不能。」夢窗詞的轉折，總
是出人意表。

　　是以當夢窗置身在吳國的殘霸遺跡時，他心中澎湃洶湧的，實
是黍離之悲的酸風射眼；在廊葉秋聲所述說的往事成空中，他憂慮
的是風雨飄搖、沉醉亡國的南宋末造。詞中他又用典杜牧〈阿房宮
賦〉，說宮中美女梳洗，光是傾倒的脂水就足使渭水浮起一層油
（「渭流漲膩，棄脂水也」），故以「膩水染花」一石二鳥地諷諭吳
宮也好、秦宮也好，甚至宋室都好，驕奢侈靡都足以亡國。然而詞人
聽著秋葉飄落、隨風掃廊的歷史跫音與現實悲音，心中的濃愁卻也只
能化為落日漁汀、秋色無邊的一片幽思，無力地傳達悲慨。

高陽臺 豐樂樓分韻得如字

修竹凝妝，垂楊繫馬[1]，憑闌淺畫成圖[2]。山色誰題？樓前有雁斜書[3]。東風緊送[4]斜陽下，弄舊寒、晚酒醒餘。自消凝，能幾花前？頓老相如[5]。

傷春不在高樓上，在燈前敧枕，雨外薰鑪[6]。怕艤遊船，臨流可奈清臞[7]。飛紅若到西湖底，攪翠瀾、總是愁魚[8]。莫重來，吹盡香綿，淚滿平蕪[9]。

【注釋】

1 「修竹凝妝」二句：修竹下有凝妝佳人，垂楊下有繫馬王孫，謂歡會依然也。

2 淺畫成圖：以隨意著墨便成如畫美景，譏刺南宋半壁之偏安江左。

3 「山色誰題」二句：以樓前僅有一行鴻雁可為山水題字，比喻國事無可託付者。雁行多做「一」或「人」字形，故云題字。

4 東風緊送：比喻危急極矣。

5 「能幾花前」二句：是說自己黯然神傷地想著，還能夠再見幾番花開呢？而如此煩憂，實在使人頓老啊！相如，作者自比。

6 「燈前敧枕」二句：極言其心事重重，燈下輾轉反側，思緒隨鑪煙裊繞不已。

7 「怕艤遊船」二句：害怕當船靠岸時，水影將映照出自己清瘦的容顏。艤，移船靠岸，音ㄧˇ。清臞，清瘦。臞，音ㄑㄩˊ。

8 愁魚：形容愁多，謂將殃及池魚。

9 「吹盡香綿」二句：寓黍離之悲於對國勢的惶惴不安中。句謂將來如果面對柳綿吹盡、城邑邱墟的亡國殘破時，必然淚流不盡的。香綿，即柳絮。陸游懷念早已玉殞的前妻的〈沈園〉詩，有云：「夢斷香消四十年。沈園柳老不吹綿。」

【解析】

　　該詞哀婉之至！沉痛之至！豐樂樓據西湖之會，千峰連環，一碧

萬頃，爲遊覽之最；但在這樣的山水美景中，夢窗不見歡遊之樂，反倒充滿了憂思。他憂慮此刻眼前的美景，終將化爲柳綿吹盡的平蕪之地，因爲那日漸衰亡的國勢，實在叫人憂心不已啊！那麼此刻的美景當前，都只是增添日後的黍離悲痛罷了。

開篇，脩竹下的凝妝佳人、垂楊旁的駐馬王孫，看似美好；實則這樣的憑闌美景卻像隨意落筆而揮灑成章的圖畫——那偏安的半壁宋室不也正像這隨意著墨的淺畫成圖嗎？「山色誰題？」亦是一語雙關，在描繪樓前一行似爲山水畫題字的鴻雁外，「誰題？」並點明國事無足託付者，只能託付給雁。而在此日薄西山、斜陽之悲、不能堪的「東風緊送」下，還能酣醉如昔嗎？是以「醒」、「寒」、「消凝」，尤其「能幾花前？」之問……沉痛至極！下片的「傷春不在高樓上」，亦是大力迴旋。但這次轉身，鏡頭一下子從萬頃千峰的西湖，拉回到有燈、有枕、有薰鑪的小屋中。一般來說，登高望遠容易產生遐思；夢窗卻說傷痛之起，「不在高樓上」，而在「燈前敧枕」的無眠夜裏，在「雨外薰鑪」的心隨鑪煙裏，這實是無以復加的深切體認啊！那輾轉反側的錐心之痛，那隨著鑪煙裊繞的千頭萬緒，在在都無解啊！客觀的氛圍造境渲染至極了，那麼主觀的詩人呢？此時，詞人深怕面對清流，因爲怕水中會映照出自己清臞的容顏——已老啊！

然後詞人又癡想，大地一片含愁，如果落花墜到了西湖底，怕連魚兒也會被一腔愁緒擾得寢食難安吧！豐富想像力的「總是愁魚」，和設色豔麗的「飛紅若到西湖底，攪翠瀾」，精心陶鑄、聯想高妙，在當時被傳爲佳句。最後詞人復飛來一筆：「莫重來！」這是預言！是他對國家未來命運的看法。他怕將來如果重遊舊地，當面對已經化爲平蕪、吹盡柳綿的昔日美景時，一定會灑淚不停。他在南宋「淺畫成圖」的社會普遍歡樂中，獨醒地潸然淚下，眞所謂「吳詞之極沉痛者」也（陳洵《海綃說詞》）！而詞人層層渲染之功亦極矣！

風入松

聽風聽雨過清明。愁草瘞花銘[1]。樓前綠暗分攜路[2]，一絲柳、一寸柔情。料峭春寒中酒，交加曉夢啼鶯[3]。

西園日日掃林亭。依舊賞新晴。黃蜂頻撲鞦韆索，有當時、纖手香凝[4]。惆悵雙鴛不到，幽階一夜苔生[5]。

【注釋】

1　「愁草」句：借風雨中帶愁書寫葬花文，以形容自己蓄滿筆端的愁緒。草，起草、書寫。瘞，埋葬，音一ˋ。銘，文體的一種。庾信曾撰〈瘞花銘〉。

2　「樓前」句：當時分手的樓前小路，已經一片柳蔭濃密了，暗示離別很久了。分攜，分別。

3　「料峭春寒」二句：夜晚在料峭春寒中醉酒，晨曉則在鶯聲亂啼中醒轉。中酒，醉酒。交加，鶯聲紛亂。

4　「黃蜂頻撲」二句：以黃蜂不斷撲向鞦韆索，暗示美人之纖手香澤仍在。

5　「惆悵」二句：都用以比喻佳人不至。雙鴛，繡鞋。苔生，無人經行故門階生苔。

【解析】

　　風雨交加、曉鶯亂啼的清明晨曉中，教人要不愁都難，更何況詞人的心裏滿是思念之情。夢窗在蘇、杭二地各有一愛妾，後來杭妾亡故，蘇妾離去，他對著園子裏黃蜂撲鞦韆的情景不禁癡想：定然是她還留著手澤遺香吧！譚獻謂此如「西子裒裙拂過來」，既是癡語、亦是深語。結句傷心佳人不至，說門階青苔似在一夜之間長滿──青苔之生，其所經過的時間必定久矣！則既言其懷念之情經久未衰、歷歷彷如昨日，亦言其寂寞荒涼、無人經行，並見詞人思念之意厚。整首詞的想像力豐富而且生動活潑。

唐多令

何處合成愁。離人心上秋[1]。縱芭蕉、不雨也颼颼[2]。都道晚涼天氣好，有明月，怕登樓。

年事夢中休。花空煙水流[3]。燕辭歸、客尚淹留[4]。垂柳不縈裙帶住，漫長是，繫行舟[5]。

【注釋】

[1] 「何處」二句：此一語雙關，「愁」字由秋與心合成，而「心上秋」亦述愁也。

[2] 「縱芭蕉」句：芭蕉雨有淒涼意；但即使不雨，風吹芭蕉的颼颼聲也還是有悲意。

[3] 「年事」二句：以花落水空流，比喻青春消逝。年事，年歲。夢中休，言去之疾，一覺醒來便已全非。

[4] 「燕辭歸」句：以燕歸對比行人淹留之悲苦。

[5] 「垂柳不縈」句：是說垂柳留不住行人，但費心地想要繫住行舟。以江邊多柳，故云。

【解析】

　　曹丕〈燕歌行〉曰：「群燕辭歸鵠南翔，念君客遊多思腸。」夢窗則妾已辭歸、己獨淹留，因此即使在無雨的秋風蕉聲中、或是在秋月高樓下，他的心中都蘊滿了相思淒涼情意。結句尤佳！他說江柳繫不住愛妾的裙帶，她終究還是離去了，但是卻繫住了他的行舟，使他淹留歸不得。該詞在夢窗抒寫離情諸作中，算是風格明朗疏快的少數作品；向來不喜吳詞密麗、「質實」的張炎，即特別賞識該作。

浣溪沙

門隔花深夢舊遊。夕陽無語燕歸愁。玉纖香動小簾鉤[1]。
落絮無聲春墮淚，行雲有影月含羞[2]。東風[3]臨夜冷於秋。

【注釋】

1 「玉纖香動」句：風吹簾動，花香傳入，卻疑是玉手掀開簾幕。玉纖，纖纖
　玉手。

2 「落絮無聲」句：落花無聲飄墜，猶如春歸垂淚；浮雲遮住月影，猶如月兒
　含羞藏躲。

3 東風：春風。

【解析】

　　門外繁花盛開，門內春深夢回。夢中那如幻似眞的飄香，是花香
乎？美人香乎？簾動，是風吹耶？美人掀簾耶？回到現實中，只見落
絮在朦朧月光下無聲紛紛飄墜，他不禁感到了一陣陣直透心底的寒
涼。該作婉約而美，有五代之風。

鶯啼序

殘寒正欺病酒，掩沉香繡戶[1]。燕來晚、飛入西城，似説春事遲
暮。畫船載、清明過卻[2]，晴煙冉冉吳宮樹[3]。念羈情、遊蕩隨
風，化爲輕絮[4]。
十載西湖，傍柳繫馬，趁嬌塵軟霧[5]。溯紅漸、招入仙溪[6]，錦
兒偷寄幽素[7]。倚銀屏、春寬夢窄[8]，斷紅溼、歌紈金縷[9]。暝隄
空，輕把斜陽，總還鷗鷺[10]。
幽蘭旋老，杜若還生[11]，水鄉尚寄旅。別後訪、六橋[12]無信，事
往花委，瘞玉埋香[13]，幾番風雨。長波妒盼，遙山羞黛[14]，漁燈
分影春江宿，記當時、短楫桃根渡[15]。青樓彷彿[16]，臨分敗壁題

詩，淚墨慘淡塵土[17]。

危亭望極，草色天涯[18]，嘆鬢侵半苧[19]。暗檢點，離痕歡唾，尚染鮫綃[20]，鬕鳳迷歸[21]，破鸞慵舞[22]。殷勤待寫，書中長恨，藍霞遼海沉過雁[23]，漫相思、彈入哀箏柱[24]。傷心千里江南，怨曲重招，斷魂在否。

【注釋】

1 沉香繡戶：猶言香閨、蘭房。
2 「畫船載」句：寫時節已屆暮春。句謂春去，就像畫船載著清明一溜煙過去了，徒留蒼茫煙靄籠罩的山川，隱隱有悲涼故國之意。
3 吳宮：借指南宋宮苑。南宋京城臨安舊屬吳地，故云。
4 「念羈情」二句：是說自己羈旅遊蕩，一如輕絮隨風飄蕩般。
5 趁嬌塵軟霧：形容跟隨在女子芳蹤之後；另說謂形容西湖美景也。
6 「溯紅漸」句：緣著花溪走入仙境，借喻其豔遇。此暗用劉晨、阮肇入天臺山遇仙女的故事。溯，沿流而上。
7 「錦兒」句：是說有侍女代傳情意。錦兒，借指侍婢，原為錢塘名妓楊愛愛侍婢名。幽素，幽情。
8 春寬夢窄：春雖長夢卻短，借喻歡情短暫。
9 「斷紅溼」句：惜別的淚珠沾濕了歌扇和舞衣。歌紈，絹製的歌扇。金縷，金線繡成的舞衣。
10 「暝隄空」三句：隄岸上的遊人散去後，滿湖風光都盡付鷗鷺。
11 「幽蘭旋老」二句：感慨時光流逝、人事代謝之快速，就如幽蘭一落草便長了。杜若，香草名。
12 六橋：西湖外湖有蘇軾所築蘇公堤，堤上夾植花柳，中有六橋。橋曰映波、鎖瀾、望山、壓隄、東埔、跨虹也。
13 「事往花委」二句：往事消逝，美人也已香消玉殞。花、玉、香，此處皆指所思女子。
14 「長波妒盼」二句：極盡寫其美貌，句謂即連水波都妒嫉她的眼，遠山亦羞見她的眉。古人每以水波形容女子之眼神、遠山形容其黛眉，故云。
15 桃根渡：泛指送別愛人之處。借王獻之送別其妾桃葉故事，或謂桃根其妹也。

16 青樓彷彿：是說她所住過的妝樓依然如舊。

17 「敗壁題詩」二句：臨別時的牆上題詩，已經蒙著塵土黯淡了。淚墨，含淚
題詩。

18 草色天涯：極目處，芳草連著天。

19 鬢侵半苧：髮鬢已半白。苧，白色的苧麻，借喻白髮，音ㄓㄨˋ。

20 「離痕歡唾」二句：薄絹帕上，還留著她當時悲歡情緒的淚水舊痕。鮫綃，
鮫人所織的薄絲。

21 鞞鳳迷歸：寫失去所愛後的悵惘心情，一如孤獨的鳳鳥失意垂翅。鞞，下垂
貌，音ㄅㄨㄛ。

22 破鸞慵舞：寫痛失愛侶後的悲痛心情，一如鸞鳥倦舞。鸞，鸞鳥，亦指鸞
鏡。破鸞兼有破鏡不能重圓意。此用典「罽（ㄐㄧˋ）賓王有鸞，愛之，饗
以珍饈，三年不鳴。因聞鳥見其類而鳴，遂懸鏡以照；鸞睹形悲鳴，哀響沖
霄，一奮而絕。」

23 「藍霞遼海」句：海闊天空，音書不傳。沉過雁，借雁沉以喻音書不傳。

24 哀箏：箏音哀怨淒清，故云哀箏。

【解析】

　　〈鶯啼序〉為現存詞牌之最長調。全詞寫盡難以遣懷的、因生離
死別而造成的長離永隔哀傷。詞中藉著今昔對比的時空交錯筆法，
道出詞人對於死亡造成的無奈分別與痛苦哀吟。詞人以傷春起興，
接著便回憶十載西湖歡情，再來是「事往花委，瘞玉埋香」的別後
惆悵，在「訪六橋無信」中回憶佳人美貌，最後則是思念與悼亡，
全篇的章法結構與層次井然。而其中的傍柳繫馬、招入仙溪、偷寄
幽素、長波妒盼、遙山羞黛等，是追憶往事並寫佳人之美；殘寒病
酒、輕絮隨風、春江獨宿、草色天涯、鬢侵半苧、破鸞慵舞、斷魂長
恨，是述說今日的寄旅羈情；於是在無奈的春寬夢窄、事往花委、淚
墨慘淡、危亭望極悲愴中，且把斜陽美景都付給空隄鷗鷺，獨自譜寫
一首相思的哀箏斷魂曲。篇幅雖長但一氣呵成，在謹嚴佈局中，對
已經埋香塵下、離魂莫返的伊人傷逝情懷，以及無限相思的深情追
念，溢於言表，非徒空寫而已。

文及翁 一首

　　文及翁，生卒年不詳，字時學，號本心，綿州（今四川綿陽縣）人。理宗寶祐元年（1253）進士，歷官參知政事（副宰相）。宋亡不仕，元世祖屢徵不起，隱居著書。通五經，有文集，不傳。

賀新郎　遊西湖有感

一勺[1]西湖水。渡江[2]來，百年歌舞，百年酣醉。回首洛陽花石盡[3]，煙渺黍離之地[4]。更不復、新亭墮淚[5]。簇樂紅妝搖畫舫[6]，問中流擊楫何人是[7]。千古恨，幾時洗。

余生自負澄清志[8]。更有誰、磻溪未遇，傅巖未起[9]。國事如今誰倚仗，衣帶一江而已。便都道、江神堪恃[10]。借問孤山林處士，但掉頭、笑指梅花蕊[11]。天下事，可知矣。

【注釋】

1　一勺：極言其少。
2　渡江：指1127年南宋高宗渡江建國。
3　洛陽花石盡：借喻汴京淪陷後，一切景物已非我屬。洛陽，代指汴京；洛陽以園林著稱，多奇花異石。
4　煙渺黍離之地：是說昔日繁榮的汴京，如今一片荒煙漫草。黍離，悲傷故國成為廢墟。
5　「更不復」句：感嘆眾人沉迷酣醉，已不再為故國垂淚。新亭墮淚，比喻落淚空嘆。東晉渡江諸人，遇美日輒相邀新亭，藉地飲宴，周侯嘗嘆：「風景不殊，舉目有河山之異！」眾人相視流淚，唯王丞相愀然變色曰：「當共戮

力王室，克復神州，何至作楚囚相對？」新亭，在今南京市南。

6　「簇樂紅妝」句：乘著畫船，聽著歌妓們唱歌。

7　中流擊楫何人是：倒裝句，即何人是中流擊楫？是說誰是可以託付國事重任
　　者？晉祖逖渡江北伐，中流擊楫誓曰：不能清中原而復濟者，有如大江。

8　「余生自負」句：是說平生以振興國家為己志。

9　「磻溪未遇」二句：借喻賢能未獲重用。相傳呂尚（姜太公）隱居垂釣於
　　磻溪（陝西寶雞縣東南），遇周文王；傳說隱居版築於傅巖（今山西平陸
　　縣），遇殷高宗，皆輔佐王室之賢臣也。磻ㄆㄢˊ。

10　「衣帶一江」二句：是說眾人都以為長江天險可恃，其實長江狹隘不足憑
　　恃。衣帶，比喻長江狹隘易渡。

11　「借問」二句：指責士大夫不問國事，自命清高。孤山林處士，宋詩人林
　　逋，隱於西湖孤山，種梅養鶴，稱梅妻鶴子。

【解析】

　　文及翁該作極負盛名，堪稱振聾發聵之作，字字鏗鏘有如暮鼓晨
鐘敲擊時人心版。後人只要說到南宋逸樂、不思振作，幾皆引用其篇
首的「一勺西湖水。渡江來，百年歌舞，百年酣醉。」

　　詞中，作者以詞體罕見的高音，慷慨激昂地責言自宋室南渡以
來，總以為長江天險可恃，從朝廷到士大夫都沉迷酣醉的心態；殊不
知長江狹隘易渡，一江如帶，就只有詞人獨醒地憂心國事無可倚仗
者。既嘆息人才凋零，沒有姜太公、傅說般輔佐國政的賢良，也沒有
祖逖般中流擊楫、誓言匡復的志士；更痛心縱有懷抱澄清志的英雄志
士，又哪來的訪賢明君呢？落得人人只想成為孤山處士，沉浸於一己
逸樂。該詞成為後世用以狀寫南宋經濟繁榮、歌舞宴安以及君臣上下
偏安的名篇。

劉辰翁 二首

劉辰翁（1232-1297），字會孟，號須溪，廬陵（今江西吉安市）人。少登陸象山之門，補太學生；理宗景定三年（1262）廷試對策忤賈似道，置丙等，以親老請任濂溪書院山長；後薦史館，又除太學博士，皆固辭，宋亡隱居；詞寄深哀，見遺民情懷。今傳《須溪詞》。

沁園春 送春

春汝歸歟？風雨蔽江，煙塵暗天[1]。況雁門阨塞，龍沙渺莽，東連吳會，西至秦川[2]。芳草迷津，飛花擁道[3]，小為蓬壺借百年[4]。江南好，問夫君[5]何事，不少留連。

江南正是堪憐。但滿眼楊花化白氈。看兔葵燕麥，華清宮裏[6]；蜂黃蝶粉，凝碧池邊[7]。我已無家，君歸何里？中路徘徊七寶鞭[8]。風回處，寄一聲珍重，兩地潸然。

【注釋】
1 「風雨蔽江」二句：暗喻元兵進犯、騷擾。
2 「況雁門阨塞」四句：借春去無歸路，暗示到處都是元人佔領地。雁門，即雁門關。龍沙，本指西域白龍堆沙漠，後世作為塞外通稱。吳會，江吳都會，江浙一帶古為三吳（吳興、吳、會稽三郡）之地。秦川，古稱陝西、甘肅一帶為秦川。
3 「芳草迷津」二句：謂芳草與落花擋住歸路，春歸無路。津，渡口。
4 「小為蓬壺」句：春歸既無路，只好商借蓬萊仙島暫住。蓬壺，即傳說三神

山之一的蓬萊島。

5　夫君：此借指春天。

6　「兔葵燕麥」二句：故都一片荒涼，到處長滿了野葵、野麥。華清宮，唐宮殿名，此借指南宋故宮。

7　「蜂黃蝶粉」二句：以黃蜂粉蝶聚集池畔飛翔，比喻敵人佔領宋宮尋歡。凝碧池，在唐長安宮禁內；天寶末，安史叛軍陷兩京，群賊大掠文武朝臣、宮嬪、樂工及梨園子弟後，會於凝碧池宴飲，御庫珍寶羅列於旁；樂既作，梨園舊人不覺欷歔，相對泣下。

8　「中路徘徊」句：以留連路中把玩七寶鞭，比喻徘徊故國的留戀之情。七寶鞭，晉王敦將舉兵內向，帝乘駿馬微行察其營壘、暗中偵測。敦正晝寢，忽夢日壞其城，驚醒，派遣五騎搜尋物色之。帝急馳去，途遇一嫗，以七寶鞭與之，謂有騎至，即示以此。俄而追者至，嫗曰：「去遠。」，且示以鞭，五騎果留連傳玩，帝因得免。

【解析】

　　該詞借送春寫盡對故國的依戀之情。詞中惜春、對春不捨，實際上都是借春代宋，繾綣情深都緣宋而發，所以詞中問「夫君」所借代的春天，緣何不肯多逗留？就是寫亡國下的悲思，藉送春送別故宋。詞調纏綿淒咽，真所謂「亡國之音哀以思」。

　　開篇，詞人先不肯置信地問：「春汝歸歟？」難道春天真的歸去了嗎？否則為何從塞外、雁門到江浙、秦川一帶，到處都籠罩在一片「風雨蔽江，煙塵暗天」下？驍勇的蒙古鐵騎豈是弱宋所能阻擋？宮廷已盡是元人盤旋，江南放眼兔葵燕麥，「我已無家」是現實的無奈。全詞雖然充滿了故國之思，但是無力回天的卑弱詞情，在寄語珍重之餘，就只能潸然淚下，道盡蒙古統治下的故宋舊人處境。

憶秦娥

中齋[1]上元客散，感舊賦〈憶秦娥〉見屬。一讀凄然。隨韻寄情，不覺悲甚！

燒燈節[2]。朝京道上風和雪。風和雪。江山如舊，朝京人絕。

百年短短興亡別。與君猶對當時月。當時月。照人燭淚，照人梅髮[3]。

【注釋】

[1] 中齋：鄧剡（ㄕㄢˋ），號中齋，廬陵（江西吉安市）人，宋理宗時進士，做過禮部侍郎，曾經參與文天祥抗元的軍幕。宋亡後，以節行稱，有《中齋詞》。

[2] 燒燈節：即元宵節。

[3] 梅髮：以雪白的梅花喻花白的頭髮。

【解析】

　　該詞唱和曾經參與文天祥抗元軍幕的同鄉好友鄧剡，深慨江山依舊、人事已非的寄情之作。詞由燈節起興，詞人回想從前的上元盛事，如今朝京道上一樣的風雪，卻呈現往昔無比熱鬧而今日「朝京人絕」的盛衰對比。又，都說今月曾經照古人；其實你（指中齋）我當時曾經共對的明月，在這麼短的時間裏都已經照著今昔不同的我了──現在的我，燭淚梅髮轉凄涼。

　　《須溪集》中頗多詞人的故國哀思。遺民詞人主要有「江西詞人」劉辰翁、文天祥等，人稱「愛國詞人」，其所繼承的是雄健的辛派詞風；另外有「浙派詞人」張炎、王沂孫、周密等，屬於雅詞營壘的格律派。不過此際即便是江西詞人，也大多是傳達一種悲慨有餘、充其量只是一股激憤之氣的壯志消磨而已，如：「亂鴉過，斗轉城荒，不見來時試燈處」、「那堪獨坐青燈，想故國高臺月明，輦下風光，山中歲月，海上心情」、「蘇堤盡日風和雨。嘆神遊故國，花記前度。」畢竟秋風中的凄切寒蟬，嘶啞而無望了，這是客觀形勢使然。

黃公紹 一首

　　黃公紹（生卒年不詳），字直翁，號在軒，邵武人。南宋度宗咸淳元年（1265）進士，入元不仕，隱居樵溪，有《在軒詞》。

青玉案

年年社日停針線[1]。怎忍見、雙飛燕。今日江城春已半。一身猶在，亂山深處，寂寞溪橋畔。

春衫著破誰針線。點點行行淚痕滿。落日解鞍芳草岸。花無人戴，酒無人勸。醉也無人管。

【注釋】

[1]　社日停針線：古俗遇春秋社日，閨房忌做針線工作。

【解析】

　　據《歷代詩餘》，該詞作者爲黃公紹，或謂無名氏。詞因社日停針線之俗起興，詞人想到在顛沛流離的孤獨行役中（也可能出於亡國後無家可歸的悲愴），衫破無人補綴，滿懷傷感下又見春燕雙飛，更增萬般悲緒。於是佇立在斜陽芳草下，將頹喪潰堤的情感以一種近乎吶喊的方式，宣洩出隱忍不住的寂寞痛苦或沉痛。結尾三句，通俗流暢卻切中哀心，尤顯語淡情濃、事淺言深。

　　詞中先以江城春半、可以想見城內的繁花，對比自己的亂山深處、寂寞溪畔獨行。於是在此依照習俗應該暫停針線的社日裏，不免思及流落他鄉、衫破根本無人補綴的不堪。想著想著，情緒逐一發不

可收拾，臉上淚痕由點點轉成行行，終至痛哭吶喊：再也沒有人爲我戴花了，沒有人對我勸酒了，甚至連酩酊醉倒也沒有人關心了。一連串近乎潰決的情緒與淚水在讀者眼前毫不掩飾，其痛至極！或謂該詞係用以寄寓亡國悲痛，自況文人處境之無人聞問，故《白雨齋詞話》謂該詞「不是風流放蕩，只是一腔血淚耳！」

周密 二首

　　周密（1232-1298？），字公謹，號草窗，又號蕭齋、弁陽嘯翁，濟南人，流寓吳興（今浙江湖州市）。咸淳中爲義烏（今浙江縣名）令，宋亡不仕；客遊四方，以漫遊吟詠及著述爲樂，著作頗豐，主要輯錄舊聞如《齊東野語》、《武林舊事》等，並嘗選輯南宋人詞集爲《絕妙好詞》。其詞善詠物，格律謹嚴，雕琢精美，與吳文英世稱「二窗」，有《蘋州漁笛譜》，又名《草窗詞》。

花犯　水仙花

楚江湄，湘娥乍見，無言灑清淚[1]。淡然春意。空獨倚東風，芳思誰寄。凌波路冷秋無際。香雲隨步起[2]。漫記得、漢宮仙掌[3]，亭亭明月底。

冰絲寫怨[4]更多情，騷人恨、枉賦芳蘭幽芷[5]。春思遠，誰嘆賞國香[6]風味。相將共[7]、歲寒伴侶。小窗淨，沉煙熏翠袂[8]。幽夢覺、涓涓清露，一枝燈影裏。

【注釋】

1　「楚江湄」三句：因花曰：「水仙」，故詞以凝睇含淚、默默無言的湘水女神比擬之。楚江湄，湘水邊。湘娥，湘水女神，或謂即堯墜湘水的兩位女兒娥皇、女英。

2　「凌波路冷」二句：想像水仙花像凌波仙子在無邊秋色中凌波微步，香雲隨步而生。凌波仙子，水仙花之異名。

3　漢宮仙掌：此以漢宮銅仙手捧露盤的樣子，比擬水仙花亭亭而立的花形。

4 冰絲寫怨：形容樂聲哀怨。冰絲，即琵琶琴弦。詞以湘娥比水仙，故以哀苦
　的湘靈鼓瑟寫其調。

5 「騷人恨」句：是說詩人寫作多言蘭芷，獨不及水仙。騷人，詩人；以詩人
　多牢騷抒恨，故稱。

6 國香：本指蘭，此指水仙。

7 相將共：即相偕。

8 沉煙熏翠袂：水仙置於窗下，熏香的煙裊繞著它的翠葉。翠袂，翠袖，此借
　指水仙的綠葉。

【解析】

　　在「應社」風氣下，南宋形成了偏好詠物、講尚比興寄託的雅
詞。詞人透過詠物，可以雕章琢句、借典立意，又可以巧妙布局，充
分展現其才學；尤其南宋末季遺民詞人可藉此避免文網羅織，詞人頗
樂於此道。但是後世讀者在時移事異以及不明典故下，容易產生不明
語意和所指之感，故須再三玩味。

　　周密以遺民自居，不仕新朝，隱居江南，該詞詠水仙，水仙在歷
來詩人特別偏好的蘭芷歌詠之外，其「涓涓清露、一枝燈影」的高雅
意境，有詞人自況的意味。詞中以歷史美人的幽微情愫，比擬水仙花
的清新脫俗神韻，形神兼備；而其調淒楚有哀音，尤其以「漢宮仙
掌」寫水仙花形，或亦隱寓了微而不顯的遺民哀思於其中。

一萼紅　登蓬萊閣有感

步幽深，正雲黃天淡，雪意未全休。鑑曲[1]寒沙，茂林煙草，俛
仰千古悠悠。歲華晚，飄零漸遠，誰念我，同載五湖舟[2]。磴[3]古
松斜，崖陰苔老，一片清愁。

回首天涯歸夢，幾魂飛西浦，淚灑東州[4]。故國山川，故園心
眼，還似王粲登樓[5]。最負他秦鬟妝鏡[6]，好江山何事此時遊。爲
喚狂吟老監[7]，共賦消憂。

【注釋】

1　鑑曲：鑑湖曲岸。鑑湖即鏡湖，在浙江紹興市南。唐代詩人賀知章年老還鄉時，玄宗詔賜鏡湖一曲，故詞末有云：「為喚狂吟老監」，正是言欲邀約四明狂客賀知章來此共消憂。

2　同載五湖舟：謂己與范蠡一樣載舟遊於五湖，不願為官。

3　磴：石級，音ㄉㄥˋ。

4　「魂飛西浦」二句：謂夢魂縈繞故土。句下作者自注「閣在紹興，西浦、東州皆其地。」幾，幾回。

5　王粲登樓：以王粲登樓的心情自比。王粲避難荊州，撰〈登樓賦〉以寄故國之思。

6　「最負他」句：是說辜負了美麗江山。秦鬟妝鏡，形容山川之美，山形如秦女髮髻，水清似女子妝鏡。

7　狂吟老監：指賀知章。賀知章，紹興人，晚年辭官歸，因曾任祕書監、又自號四明狂客，故人稱「狂吟老監」。作者該詞作於登蓬萊閣，閣亦在紹興龍山下，故云。

【解析】

　　草窗詞多有淡淡的哀意寄託其中，應是時代因素使然。元初文網頗密，該時期的遺民詞幾皆幽微訴情，不能暢快傾訴，時有霧裏看花之感。但細味之，從詞中的魂飛、淚灑故國山川，以及撰〈登樓賦〉以寄故國之思的王粲登樓心情，都不難看出詞人緬懷故國的黍離之悲與悵然情懷。

文天祥 一首

　　文天祥（1236-1283），字宋瑞，又字履善，號文山，吉水（今
江西吉安市）人。二十舉進士，理宗親拔爲第一；考官王應麟奏
曰：「是卷，古誼若龜鑑，忠肝如鐵石，臣敢爲得人賀。」累官至右
丞相，加少保，信國公。宋亡，英勇奮發，奉兩孱王，崎嶇山海，
以圖恢復。兵敗，被執，張弘範使爲書招張世傑，他書〈過零丁洋
詩〉與之，句云：「人生自古誰無死？留取丹心照汗青！」張弘範
笑而置之，遣使護送至京。在道，不食，八日不死。在燕三年，元
世祖召問何願？請賜死。妻收其屍衣帶有贊：「孔曰成仁，孟曰取
義，唯其義盡，所以仁至。讀聖賢書，所學何事？而今而後，庶幾無
媿。」其詩、詞、文皆以血淚書之，辭情哀苦而意氣激昂。有《文山
樂府》一卷。

滿江紅　和王夫人滿江紅韻，以庶幾後山〈妾薄命〉之意[1]

燕子樓中，又捱過、幾番秋色[2]。相思處、青年如夢，乘鸞仙闕[3]。
肌玉暗消衣帶緩，淚珠斜透花鈿側[4]。最無端、蕉影上紗窗，青
燈歇[5]。
曲池合，高臺滅[6]。人間事，何堪說。向南陽[7]阡上，滿襟清血。
世態便如翻覆雨，妾身元是分明月[8]。笑樂昌、一段好風流，菱
花缺[9]。

【注釋】

1　庶幾後山〈妾薄命〉之意：暗示應效法陳後山不願事他主之意。陳師道號後
　　山居士，有詩〈妾薄命〉為曾鞏而作也。元豐間，曾鞏修史，薦後山有德與
　　才，乞自布衣召入史館，命末下而曾亡。後山感其知己，不願出他人門下，
　　作〈妾薄命〉二首。句中有云：「古來妾薄命，事主不盡年。起舞為主壽，
　　相送南陽陌。忍著主衣裳，為人作春妍？」又曰：「天地豈不寬？妾身不自
　　容。死者如有知，殺身以相從。」庶幾，差不多、彷彿。

2　「燕子樓」二句：此借關盼盼獨居燕子樓、不事他主舊事，有勉志節之意。
　　唐，盼盼為徐州奇色，善歌舞；徐州尚書張建封納於燕子樓，三日樂不息，
　　獨寵嬖焉。既薨，盼盼感激深恩，誓不他適，後往往不食，遂卒。

3　「相思處」二句：回憶昔日玉樓金闕中的恩愛情景。

4　「肌玉暗消」二句：是說容顏憔悴消瘦，終日以淚洗面。

5　「最無端」二句：形容長夜不寐。當燈歇人靜時，臥看蕉影上紗窗，難以成
　　眠。

6　「曲池合」二句：暗喻亡國。曲池，曲江池，唐代長安城附近名勝。曲池、
　　高臺，皆泛指宋故都的池苑臺閣。合、滅，有風流雲散意。

7　南陽：河南縣名，此泛指中原一帶。

8　「世態便如」二句：此自明心志。謂世態縱使變化如雲雨翻覆，也依然堅定
　　一如皎潔明月。

9　「笑樂昌」二句：借典樂昌公主雖與丈夫團聚，然菱花鏡已破，比喻志節已
　　經汙損。徐德言與陳后主妹樂昌公主為夫妻；陳將亡，徐謂以公主才容，國
　　亡必入權豪之家，二人乃破菱花鏡各執其半，約他年正月望日賣於市。陳
　　亡，公主為楊素所得。徐德言依期至京，見有蒼頭賣半鏡，出半鏡合之，並
　　題〈破鏡詩〉一絕。公主得詩，悲泣不食。楊素知之，遂召德言還其妻。

【解析】

　　該詞有特殊的背景：南宋才情頗茂的度宗昭儀王清惠在宋亡以
後，至燕，填了一首傳誦中原的〈滿江紅‧題驛壁〉，詞中有云：
「龍虎散，風雲滅。千古恨，憑誰說。……驛館夜驚塵土夢，宮車曉
轉關山月。問嫦娥，於我肯從容，同圓缺。」然而南宋「三傑」之一

的抗元英雄文天祥，對其末句說的「同圓缺」，深感意有不安，認為有苟且偷生之意。於是另作一首步韻（與之同韻）的和詞，諭知王清惠身為帝妃，應該堅貞志節，永遠如天上一輪分明的明月，豈可便與他人同圓缺？

　　文天祥在詞中小序中並說明：「庶幾後山〈妾薄命〉之意。」當曾鞏修史時，曾經推薦陳師道（後山），乞自布衣召入史館，惜乎令未下而曾鞏先亡。後山感念曾鞏知己之情，自後不願出於他人門下、接受他人推薦，並作〈妾薄命〉兩首自明心志。句中有云：「古來妾薄命，事主不盡年。……忍（即不忍）著主衣裳，為人作春妍？」「天地豈不寬？妾身不自容。死者如有知，殺身以相從。」表示不願依從他人入仕。所以文天祥賦為〈滿江紅〉，詞云：「世態便如翻覆雨，妾身元是分明月！」氣沖牛斗的鏗鏘巨響振聾發聵！在如此無一毫委靡的磅礴正氣籠罩下，讀者當能體會，所有的藝術修飾在此都是多餘了。而文天祥也以堅定不屈、不肯苟且的忠貞勇毅，自我實踐了「風雨如晦、雞鳴不已」的中流砥柱精神，他以生命、血淚寫下了千古流傳的〈正氣歌〉，無愧於孔孟勵世的成仁、取義！

王沂孫 三首

　　王沂孫，生平不詳，史傳未載，約生活在西元1230-1291年間；字聖與，號碧山，又號中仙，會稽（今浙江紹興）人；南宋遺民詞人，有詞集《碧山樂府》，又名《花外集》，以示別於《花間集》酒筵歌席歡唱之意也。其詞多詠物，宋亡後與周密、張炎等經常結社聯吟、命題分詠，形成了此一時期特殊的詠物詞風，詞中往往寄寓國破家亡的慘痛心境與故國悲思。清代常州派詞人張惠言對夢窗、碧山等人的詠物詞讚賞不已，主張應該發揚詞中這樣的比興寄託。

天香　龍涎香

孤嶠蟠煙[1]，層濤蛻月[2]，驪宮夜採鉛水[3]。汛遠槎風，夢深薇露，化作斷魂心字[4]。紅瓷候火，還乍識、冰環玉指[5]。一縷縈簾翠影，依稀海天雲氣[6]。

幾回殢嬌半醉。剪春燈、夜寒花碎。更好故溪飛雪，小窗深閉[7]。荀令如今頓老，總忘卻、樽前舊風味[8]。謾惜餘香，空篝素被[9]。

【注釋】

1 孤嶠蟠煙：是說鮫人採香的地點，在經常雲霧繚繞的海上孤島。孤嶠，孤峙的大礁石。嶠，尖而高的山，此指海中礁石。音ㄐㄧㄠ丶。

2 層濤蛻月：是說鮫人採香的時間，在層層浪濤逐月的夜半時分。

3 「驪宮」句：謂鮫人夜深時候前往採集採龍涎。或謂此暗喻宋理宗被發陵，胡僧為了瀝取水銀，將理宗之屍倒懸樹上三日夜之事。驪宮，驪龍所居之宮。傳說中黑色的驪龍頸下有藏珠，故曰：「探驪得珠」；而當理宗被胡僧

發塚時，他的口中就是含著一顆夜明珠。鉛水，當魏明帝欲移置漢武帝為求長生不老而鑄的捧露盤銅仙時，仙人潸然淚下，故李賀〈金銅仙人辭漢歌〉有云：「憶君清淚如鉛水」，後世因用以寄寓亡國悲痛。

4　「汎遠槎風」三句：鮫人趁潮汛乘船採香歸來以後，龍涎和著薔薇花露被製成「心」字形的香，而將伴著佳人的香夢了。汛，潮汛。槎，木筏，音ㄔㄚˊ。心字，香末縈成篆字「心」形。

5　「紅瓷候火」二句：製好香後再把它被放進紅瓷罈裏，燒製成如女子纖纖玉指般的冰環形狀。候火，慢火焙。冰環，名貴的龍涎香為白色，故以冰、玉形容之。

6　「一縷」二句：當爇（ㄖㄨㄛˋ）香時，龍涎香浮空的翠煙縈繞著簾幕，像極了孤島上雲煙繚繞的海天雲氣。或謂此暗喻帝昺在崖山蹈海覆亡、一縷帝魂繚繞海天之事。

7　「幾回」四句：回憶過去與心愛女子薰香時，小窗深閉，滿室翠煙繚繞的往事。殢嬌，女子醉酒的嬌態，音ㄊㄧˋ。花碎，剪碎燈花。

8　荀令：三國時荀彧官至尚書令，人稱荀令，其性嗜香成癖。《三國志》載，每當他去拜訪人家離開後，幄帳內的香氣三日不散，故李商隱詩曰：「橋南荀令過，十里送衣香。」

9　空篝素被：讓薰香的竹籠從此空著，被子也從此不再薰香了。篝，香籠，盛衣以薰香者。

【解析】

　　該詞列為《樂府補題》篇首。《樂府補題》係王沂孫和一干好友分別以龍涎香、蟹、蓴、蟬、白蓮等五物分題賦詞，寄託亡國哀痛以及高宗、理宗和孟后等六陵被胡僧發塚戮屍的奇恥大辱。

　　龍涎香並非龍的產物，是抹香鯨的分泌物，而「龍」則歷來被當作天子的代稱；鮫人採製為薰香，爇之，翠煙浮空，結而不散，是非常珍貴的香料，用以寄寓帝王的尊貴身分。詞的開篇先敘明採香的時空背景。其地點在「孤嶠蟠煙」、經常雲霧繚繞的海上孤島；其時間在「層濤蛻月」、浪濤逐月的夜半時分。因寫「龍涎」之香，故用「龍蟠虎踞」的「蟠」字寫煙霧蟠繞；又因寫龍，所以用「龍鱗」

來形容水波，於是照耀在鱗波上的月光便像鱗蛻般層層蛻去，這就是「層」濤和「蛻」月。「夜採鉛水」也在表面直說採香係在深夜時分外，寄寓了重創南宋遺民心靈的悲痛敘事——當理宗被發陵時，胡僧為瀝取水銀，將理宗的屍體倒掛樹上三日夜，以致帝失其首。是以詞人借典「銅仙鉛淚」，以「鉛水」託寓亡國之悲。

　　下闋「幾回嬌嬌半醉」、「剪春燈」、「故溪飛雪」，則充滿了故國舊情的回憶。未亡國時，碧山總喜歡和心愛的女子一起飲酒薰香，尤愛在寒夜飛雪時深閉小窗，讓翠煙縈繞滿室。故他以「謾惜餘香」：憐惜那殘留在衣服上的舊香味，和「空篝素被」：被子也從此不再薰香，來表達對舊日回憶的保存。既見濃烈的故國情思躍然紙上，並見南宋以後詠物詞講求比興寄託，以及王沂孫擅長精鑄語言，在摹刻物狀和托物言志上都達到了高度的成就。

齊天樂　蟬

一襟餘恨宮魂斷，年年翠陰庭樹[1]。乍咽涼柯，還移暗葉[2]，重把離愁深訴。西窗過雨。怪瑤珮流空，玉箏調柱[3]。鏡暗妝殘，為誰嬌鬢尚如許[4]。

銅仙鉛淚似洗，嘆移盤去遠，難貯零露[5]。病翼驚秋，枯形閱世，消得斜陽幾度[6]。餘音更苦。甚獨抱清商[7]，頓成淒楚。謾想薰風，柳絲千萬縷[8]。

【注釋】

1　「一襟餘恨」二句：傳說中蟬是由齊王未善待、幽怨以死的齊后化成，所以牠棲息庭樹上不斷地悲鳴。宮魂斷，本指滿腔幽怨斷魂的齊后，此則借喻孟后。詞人借齊后化蟬故事以抒發「發陵」事件中，和理宗一同被暴屍的孟后幽怨。

2　「乍咽涼柯」二句：牠在秋涼的枝頭鳴叫後，又移到了濃密的葉叢中悲鳴。

或謂此暗喻宋室的播遷之苦。涼柯，秋天的樹枝。

3 「西窗過雨」三句：陣雨之後，蟬聲更淒清了，既如玉珮在空中鳴響，又似彈箏時改換絃柱的異音。

4 「鏡暗妝殘」二句：詞人問：已經時移勢易了，為什麼蟬鬢還如此嬌媚呢？這裏是碧山反用典故，反過來用魏文帝宮人莫瓊樹把髮型梳成「蟬鬢」狀的記載，以人的「嬌鬢」摹刻蟬翼的薄透縹緲。據說孟后被出棺時髮長六尺餘，色青黑，上有金簪，故論者謂此乃借「蟬鬢」暗喻孟后被出棺事，寄寓對孟后的不捨之情。

5 「銅仙鉛淚」三句：借言已經移盤去遠，哪裏還有露水供蟬餐風飲露？以暗喻國家覆亡的悲慘。鉛淚、移盤，借魏明帝欲將漢武帝所鑄銅仙移置魏都的故事，寫亡國之恨。

6 「病翼驚秋」三句：已屆秋涼，蟬翼禁不住秋霜的侵襲，枯敗的形骸還能夠度過幾個斜陽呢？枯形閱世，蟬蛻於秋後，其時徒留骸殼如閱世間滄桑。

7 獨抱清商：形容蟬鳴聲極其淒厲。清商，淒清的商音；古五音中商音最淒清，故云。

8 「謾想薰風」二句：懷念著夏日和風以及千萬條柳絲款擺的昔日美好。薰風，和風；或謂暗寓德政惠民的故國之思。

【解析】

　　蟬，性清高，宿高枝，餐風飲露。故詞人用「齊后化蟬」故事以抒發「發陵」事件中與宋帝一同被暴屍的孟后幽怨。而蟬在「翠陰庭樹」上，年年從「涼柯」移到「暗葉」，或亦隱寓了宋室的「播遷」之苦。詞人並問：都已經「鏡暗妝殘」了，為何還「嬌鬢如許」？反以人的「嬌鬢」摹刻薄透的蟬翼，其中或亦寓有對孟后被棄荒野而髮色猶黑的不忍之情。全詞扣緊詠物詞摹物寫狀、曲盡物態的精神，層層轉折、悲慨深遠，無怪周濟稱讚：「碧山思筆，可謂雙絕。」「麥秀黍離之感，只以唱嘆出之，並無劍拔弩張習氣。」哀婉曲折、渾厚而玩味無窮的美學風格，是宋末格律派詞人的審美價值；只是讀者必須「沉吟數過」，得其結構佈局、使事用典之巧，始能得其三昧而興發內心感慨；否則不得其門而入，將不能見宗廟之美

與百官之富。

眉嫵 新月

漸新痕懸柳[1]，澹彩穿花[2]，依約破初暝[3]。便有團圓意，深深拜、相逢誰在香徑[4]。畫眉未穩。料素娥猶帶離恨[5]。最堪愛、一曲銀鉤小，寶簾掛秋冷[6]。

千古盈虧休問[7]。嘆慢磨玉斧，難補金鏡[8]。太液池[9]猶在，淒涼處、何人重賦清景。故山夜永[10]。試待他窺戶端正[11]。看雲外山河，還老桂花舊影[12]。

【注釋】

1　新痕懸柳：新月剛露出一彎，似懸柳葉天上。
2　澹彩穿花：形容風吹微雲，穿過月影。
3　「依約」句：彷彿黑暗的天際被劃開了一線。依約，隱約。
4　「便有」二句：傳說月老掌人間姻緣，故年輕男女拜月圓中小徑以求圓滿。
5　「畫眉未穩」二句：皆寫新月。先摹物寫狀地以新月細微一彎似婦女畫眉未妥，來摹寫新月形狀；又遺貌取神地以嫦娥抱離恨，來暗示月缺之憾。素娥，嫦娥。
6　「一曲銀鉤」二句：新月一彎有如掛在寶簾上的小銀鉤。寶簾，窗簾美稱。
7　盈虧：圓缺。
8　「慢磨玉斧」二句：此翻用玉斧修月故事，借喻缺月難圓。或謂此暗喻山河破碎，難以復全。慢，徒。金鏡，月圓皎潔如鏡。
9　太液池：漢、唐宮中池名，此借指南宋宮苑。
10　夜永：夜長。永，長。
11　「試待他」句：是說耐心等待月圓之時。或謂寓恢復故國之想望於其中。端正，即端正月，中秋月。
12　「還老」句：期待月色一如往昔。還老，依舊。桂花影，即月影。傳說月中有桂樹，故云。

【解析】

該詞極其工巧，又極其隱晦地傳達故國之思。書中已一再述及元初鐵腕，文人處境堪危，縱使心中滿懷思念故國的幽怨情思，亦不能暢發其意，必須藉諸比興寄託，隱晦爲之，有時讀者不知其意，實時代因素使然。

該詞摹寫新月，藉以寄寓對缺月未圓的憾恨。詞中或「摹物寫狀」地以銀鉤、懸柳、畫眉未穩，來摹寫新月形貌；或「遺貌取神」地以缺月比擬人間悲離，深得詠物詞兩種詞法的眞昧。下闋更多藉諸「比興寄託」，幽微地表達情意：詞人說如今新月已缺，即使慢磨玉斧也「難補金鏡」了；太液池雖在，還有誰能夠重賦清景呢？在漫長的故山永夜中，等待著未來再度「窺戶端正」，期待屆時雲外山河還依然是桂花舊影。讀者逐句索驥詞中線索，其實寓意極爲清晰，詞人在故國殘破的禾黍悲痛中，深深藏蘊了故國之思和滿懷他日重光的希望。

蔣捷 二首

　　蔣捷（1245？-1305？），字勝欲，陽羨（今江蘇宜興）人。
恭帝德祐年間進士，宋亡，隱居竹山不仕，學者稱爲竹山先生。傳
《竹山詞》。

虞美人 聽雨

少年聽雨歌樓上。紅燭昏羅帳。壯年聽雨客舟中。江闊雲低斷
雁叫西風[1]。
而今聽雨僧廬下。鬢已星星[2]也。悲歡離合總無情。一任階前點
滴到天明。

【注釋】

1　斷雁叫西風：孤雁在秋風中獨自鳴叫著。斷雁，失去伴侶的孤雁。西風，秋
　　風。
2　星星：言其髮白。

【解析】

　　詞中藉由少年、壯年、老年的人生三部曲各有不同的經歷與心
境，談個人的「變」與「不變」。年輕時候，人多愛追歡逐樂，不免
追求表象皮相的羅帳歡情；涉獵人事後，伴隨著挫傷累累的身世淒
涼，渺滄海一粟的個人，在烏雲層層重壓下獨在人世間飄零，在他鄉
「客舟」中聽著孤雁於秋風中的悲鳴，一身如孤雁！而今在此僧廬
下，髮鬢蒼蒼了，在這「變」多的人世間，還有什麼「天教心願與身

違」沒有經歷過？還有什麼「悲歡離合總無情」沒有見到過？此時若問詞人生命中還有什麼是「不變」的？大概就只剩下個人性情始終「愛聽雨」的偏嗜了。既然心中對於變化多端的萬象都已澄澈明白了，那就任由萬事自在發生吧！就看著、聽著階前雨，任由它點點滴滴地下著吧！從「少年不識愁滋味」的年少輕狂、不知愁為何物？到瞭然於胸、淡然處之的靜定老者，人生大概就花個幾十年的光陰吧！若從遺民詞的角度看，則從南宋的繁華勝景到銅駝淒涼，亦復如此！至此，讀者也不禁憮然嘆息了。

　　該詞不論命意、佈局、遣詞用字、映襯烘托與對比，都能引起讀者普遍共鳴，喜愛者眾。

一翦梅　舟過吳江

一片春愁待酒澆。江上舟搖。樓上帘招[1]。秋娘渡與泰娘橋[2]。風又飄飄。雨又蕭蕭。
何日歸家洗客袍。銀字笙調[3]。心字香燒[4]。流光容易把人拋。紅了櫻桃。綠了芭蕉[5]。

【注釋】

1　樓上帘招：酒樓上酒旗招展。帘招，本為酒樓招子，即酒旗，這裏用做動詞義招搖、招展。帘，「簾」的異體字，音ㄌㄧㄢˊ。

2　「秋娘渡」句：吳江地名。吳江有秋娘渡、泰娘橋二地。

3　銀字笙調：謂閒情調弄笙管。銀字笙，樂器的一種，亦簡稱銀箏。調，調弄樂器。

4　心字香：香末縈篆成「心」字形。

5　「紅了」二句：寫時序交替的變換及景致。

【解析】

　　風飄飄雨瀟瀟的客船上，渡口、橋頭一片淒迷，在這無限春愁中，詞人只好借酒澆愁，而心裏想的，都是歸家以後的相對坐調笙和爐煙裊繞、滿室薰香；不過「流光容易把人拋」，他遲遲等不到「歸家洗客袍」那一天的到來，就只能在歸日遙遙中看著一年又一年「紅了櫻桃，綠了芭蕉」，嘆：人在客途。

張炎 三首

　　張炎（1248-1320）字叔夏，號玉田，南宋遺民詞人。其先西秦（今甘肅天水）人，南渡後定居臨安（今浙江杭州），故每自稱西秦玉田生。張炎出自世冑之門，爲南宋「中興四將」之一、因南渡保駕有功獲封循王的張俊五世孫；曾祖張鎡爲南宋中期著名文人，曾與姜夔等唱和，詩酒吟賞、生活豪奢，烜赫一時的「牡丹會」即其手筆；父、祖並皆有著作傳世。生長在如此園林歌姬、鐘鳴鼎食貴族文人家庭的張炎，審美意識自是醇美雅正，因此雖然後來國事陵夷，他也飄流江湖，布衣終身，卻始終保持「清虛騷雅」的風雅遺音、騷姿雅骨未脫承平公子故態。他是南宋格律派最後的重要詞人，而在他如寒蟬悲吟、眷憶故國的蒼涼激楚聲中，宋詞也漸漸走進歷史趨向沉寂了。其詞集名《山中白雲詞》，並著有《詞源》辨析樂理、探討詞藝，爲宋代詞論重要著作。

高陽臺　西湖春感

接葉巢鶯，平波卷絮[1]，斷橋[2]斜日歸船。能幾番游？看花又是明年。東風且伴薔薇住，到薔薇、春已堪憐[3]。更凄然。萬綠西泠，一抹荒煙[4]。

當年燕子知何處[5]？但苔深韋曲，草暗斜川[6]。見說新愁，如今也到鷗邊[7]。無心再續笙歌夢，掩重門、淺醉閒眠。莫開簾。怕見飛花，怕聽啼鵑。

【注釋】

1　「接葉巢鶯」二句：鶯巢築在葉叢深處，湖面上到處都是落絮，此形容花落葉茂的晚春景象。

2　斷橋：在西湖北岸，裏湖和外湖之間；斷橋殘雪為著名的西湖十景之一。

3　「東風」二句：當薔薇花開時，時節已屆晚春，春即將歸去了。薔薇為晚春開花，此時大多數的花都已凋落，所以說堪憐。

4　「萬綠西泠」二句：過去蒼翠碧綠的西泠橋畔，如今一片荒煙蔓草。西泠，橋名，在西湖北岸孤山下，是後湖和裏湖的分界線。

5　「當年燕子」句：此化用劉禹錫〈烏衣巷〉「舊時王謝堂前燕，飛入尋常百姓家」詩句，寄寓歷史興亡之慨於其中。

6　「苔深韋曲」二句：西湖畔本為貴族聚居、文人雅會之地，如今卻到處苔蘚鋪地、雜草叢生。韋曲，在長安城南，唐代長安望族韋氏世居此地。斜川，位於江西星子和都昌兩縣的湖泊中，陶淵明有〈遊斜川〉詩寫其風光。

7　「見說新愁」二句：極言愁情。詞人癡言連嬉戲湖邊的沙鷗也愁白了頭。見說，聽說。

【解析】

　　該詞雖寫西湖遊賞，卻是宋亡以後，一幅大不同於太平盛世下百卉爭妍、畫舸蘭橈的西湖畫面。詞中盡現殘敗的晚春景象：黃鶯築巢在不見花紅的茂葉深處、平波上滿是濛濛落絮、晚春的薔薇花也都落了、西泠橋畔只見一片荒煙蔓草、舊日文人雅會之地長滿了苔蘚和雜草，滿心悲悽的詞人甚至還癡說：你看！連嬉戲湖邊的沙鷗都愁白了頭啊！面對如此堂燕散盡、過眼繁華轉悲涼的滿目瘡痍，誰還能有心再續笙歌夢？這麼強烈的盛衰落差，讓人只想深閉重門，連簾幕都不敢掀開了——因為怕見落花、怕聽杜鵑啼啊！詞人「故國舊王孫」的悲愴可謂極矣！

解連環　孤雁

楚江空晚。悵離群萬里，恍然驚散[1]。自顧影、欲下寒塘[2]，正沙淨草枯，水平天遠。寫不成書，只寄得相思一點[3]。料因循誤了，殘氈擁雪，故人心眼[4]。

誰憐旅愁荏苒。謾長門夜悄[5]，錦箏彈怨。想伴侶、猶宿蘆花[6]，也曾念春前，去程應轉[7]。暮雨相呼，怕驀地、玉關重見[8]。未羞他、雙燕歸來，畫簾半卷[9]。

【注釋】

1　恍然驚散：因和朋伴失散而孤獨失意。恍，通怳，失意的樣子，音ㄏㄨㄤˇ。

2　「自顧影」句：孤雁照見塘中自己的影子，卻以為是同伴而想要停息下來。

3　「寫不成書」二句：雁陣飛行排列整齊如「一」或「人」字；孤雁在天上只有一點，所以說像寄一點相思情意。

4　「因循誤了」三句：想是雁兒失群誤事，沒有替故人傳達心事。殘氈擁雪，以蘇武嚙雪並氈毛舊事，比喻南宋被迫北行者的艱難處境。此句化用雁足傳書以及蘇武遭囚故事。

5　「誰憐」二句：此渲染孤雁的羈旅哀怨。長門夜悄，以漢武帝陳皇后失寵、退居長門宮的悲思愁悶，比喻孤雁的哀怨愁苦。

6　宿蘆花：雁群夜宿在蘆葦叢中。

7　去程應轉：孤雁揣想朋伴在春天前會回轉行程，應該便能重逢。

8　「暮雨相呼」二句：孤雁設想與朋伴在北地忽然相逢的喜悅。驀地，忽然。

9　「未羞他」二句：孤雁雖孤，比起北地的富貴堂燕，卻毫無愧色。此譏諷北行之變節貴顯者。畫簾，借指富貴人家。

【解析】

　　南宋遺民詞人往往以「言近指遠」的比興手法，透過詠物寄意的方式，委婉曲折地表達他們低徊掩抑的感情與淪亡的悲涼淒楚。〈解連環〉一詞賦兼比興，句句扣緊孤雁，又句句況物比人，詞人正

是以刻劃入微的孤雁自比遺民處境。該詞極爲膾炙人口，張炎也因此有了「張孤雁」的稱號。

　　詞中那隻悵然驚散、離群萬里、在蒼茫天地間顧影自憐的孤雁，與經歷鼙鼓動地、劫後悸痛的張炎，實有著感同之受。遭逢亂離、孤苦無依、「旅愁荏苒、長門夜悄」的詞人，和孤雁在「沙淨草枯、水平天遠中」看見寒塘雁影，誤以爲是同伴而急急尋影，是同樣寂寞心情的。但即使心中渴求朋侶，牠卻也同時存在著惴惴憂心，深怕萬一彼此再見面時，對方已經成爲「畫簾半卷」的「雙燕歸來」——穿梭在北地富貴人家簾幕中的富貴堂燕了；但即便如此，伶仃的孤雁面對富貴的堂燕也將全無愧色！詞中，孤雁就是張炎，所以他昂然挺立的遺民氣節，使他即使萬般孤苦、落難王孫晚年潦倒窮困到賣卜爲生，他也全無愧色地看待他人的富貴。而在張炎的風雅遺音後，宋詞就伴隨著南宋政權，一如夕陽殘照發出最後的光與熱後，就走向沉寂了。

清平樂

候蛩淒斷[1]。人語西風岸。月落沙平江似練[2]。望盡蘆花無雁[3]。
暗教愁損蘭成。可憐夜夜關情[4]。只有一枝梧葉，不知多少秋聲[5]。

【注釋】

1　候蛩：蟋蟀。蛩，音ㄑㄩㄥˊ。
2　江似練：形容江面平靜。練，潔白柔軟的熟絹。
3　蘆花無雁：借喻無音信。傳說雁能傳書，而雁宿蘆花，蘆花無雁，自然就沒有信息。
4　「暗教愁損」二句：借喻鄉愁無限。蘭成，庾信小字蘭成。庾信有〈愁賦〉、〈哀江南賦〉，為思念鄉關而作也。
5　「只有一枝」二句：極言秋深。此反用梧葉幾乎都被秋風吹落之意，僅剩一

枝梧葉，當然聽不出秋聲的淒涼了。

【解析】

　　張炎的詞作充滿了對殘破舊夢的無限依戀，以及因亡國飄零、繁華落盡而來的沒落感傷。在草木盡落的淒涼秋風中聽著蟋蟀悲鳴，月落平沙下望斷鄉關而了無訊息，故國不復再！往事皆已矣！詞人除了夜夜關情以外，還能說些什麼呢？詞寫怨悱，淒惻之至！

　　南宋格律派的遺民詞人，相較於江西詞派文天祥、劉辰翁等人，儘管少了激憤之氣，但表現得悽惻動人、低徊感傷；實則其刻劃精微、寄情深遠，在藝術成就上達到了窮極工巧的境地，委婉纏綿的情思也非常耐人尋繹，有著無窮的意味。詞評家周濟正是喜愛南宋格律雅詞「無劍拔弩張習氣」之品高與味厚。

元好問 二首

　　金元詞人元好問（1190-1257），字裕之，號遺山，太原秀容（今山西忻縣）人，是鮮卑族拓跋氏的後裔，金代文壇的盟主，被尊為北方文雄、一代文宗。其詩作成就頗高，人稱「河汾詩派」，命囑墓碑題字：「詩人元好問之墓」。詞有四百餘首，為金代之冠，足與兩宋名家媲美。他七歲能詩，二十學成，禮部趙秉文見其詩，以為少陵以來無此作也，以書招之，於是名震京師，目為元才子。金宣宗興定五年登進士第，官至行尚書省左司員外郎，金亡不仕，晚年尤以著作自任，以金源氏有天下，典章制度幾及漢唐，國亡史作，己所當任，為《中州集》百餘卷，又為《金源君臣言行錄》，元纂修《金史》多本其著。世稱遺山先生，詞集曰《遺山樂府》。

摸魚兒 乙丑歲赴試并州[1]，道逢捕鴈者云：今旦獲一鴈，殺之矣！其脫網者悲鳴不能去，竟自投於地而死。予因買得之，葬之汾水之上，累石為識，號曰鴈丘。時同行者多為賦詩，予亦有〈鴈丘辭〉，舊所作無宮商，今改定之。

恨人間、情是何物，直教生死相許。天南地北雙飛客[2]，老翅幾回寒暑。歡樂趣。離別苦。是中更有癡兒女。君應有語。渺萬里層雲，千山暮景，隻影為誰去。

橫汾路。寂寞當年簫鼓。荒煙依舊平楚[3]。招魂楚些何嗟及[4]，山鬼自啼風雨。天也妒。未信與、鶯兒燕子俱黃土。千秋萬古。為留待騷人，狂歌痛飲，來訪鴈丘處[5]。

【注釋】

1　幷州：古十二州之一，今山西太原縣治。

2　雙飛客：指為捕鴈者所捕及殉情的雙鴈。

3　「橫汾路」三句：埋葬雙鴈的汾水旁，也就是當年漢武帝巡幸汾陽，高歌「蕭鼓鳴兮發棹歌」、歌吹喧天的繁華熱鬧地方，如今已是一片平林寂寞。橫汾路，元時行政區名，汾水源出山西省寧武縣管涔山，南流經太原府境內。路，宋、元所設的行政區域，猶明清之稱府也。平楚，平林，原野的樹叢。

4　「招魂」句：就算我如《楚辭》般為死去的雁兒招魂又有什麼用呢？楚些，《楚辭》招魂多以「些」字為句末助詞，無義，音ㄙㄨㄛˋ，故可用以借代《楚辭》。《楚辭·招魂》曰：「魂兮歸來，去君之恒幹何為乎四方些。」

5　鴈丘：埋葬雙鴈的地方。

【解析】

　　問情為何物？世間癡兒女總是為情苦！而且非獨人之為然，年輕的詞人在赴試途中，被那死生相隨的雙鴈深情所觸動，買下已死雙雁為葬汾水上，累石誌墳號為「鴈丘」。想那天南地北、去來多少寒暑的雙飛鴈，而今一鴈被捕、一鴈撞死，就中絕無隻影計，詞人不禁癡想：同樣的汾水邊，後人將來會記取的是，漢武當年的歌吹喧天、還是殉情雙鴈的堅貞愛情？區區雙鴈如何能與曾經泰山封禪祭天的蓋世帝王相提並論？然而帝王顯赫不過是生前簫鼓、死後終歸寂寞悄然，甚至還不若萬里層雲、千山暮景終相隨的雙飛鴈，反倒贏得無數騷人墨客的狂歌痛飲，連山鬼也為之風雨啼泣——愛情的偉大，或許才是千秋萬古的吧！

　　這首廣受讀者喜愛的金元詞、詠鴈的〈摸魚兒〉，近世因金庸武俠名著《神鵰俠侶》和戲劇演出的引用，一時間又引起極度注目、風靡一時。但是詞中有數處被改動，如：「恨人間，情是何物」改為「問世間，情為何物」；「是中更有癡兒女」改為「就中更有癡兒女」；「千山暮景」改為「千山暮雪」，造成該詞內容莫衷一是的情況。

江城子 觀別

旗亭誰唱渭城詩[1]。酒盈卮[2]。兩相思。萬古垂楊都是折殘枝[3]。
舊見青山青似染，緣底事，澹無姿[4]。
情緣不到木腸兒[5]。鬢成絲。更須辭。只恨芙蓉秋露洗胭脂[6]。為
問世間離別淚，何日是，滴休時。

【注釋】

1 「旗亭」句：寫餞別時的情景。旗亭，借開元詩人王昌齡、王之渙、高適飲
　酒旗亭，並依伶人所歌詩人詩作多寡以定彼此詩名高下之典。渭城詩，即陽
　關曲。
2 卮：酒杯，音ㄓ。
3 「萬古垂楊」句：離人眼中，楊柳彷彿都是為折柳送別而生的。
4 「緣底事」二句：為何事而黯淡無光？緣，因為。澹，通淡。
5 木腸兒：木石心腸的人，言其無情。
6 「只恨」句：荷因浴露而減褪紅艷，借以形容美人凝淚垂泣。芙蓉，荷花的
　別稱。

【解析】

　　詞寫詞人觀別所感。那臨別的人兒別情無限，陽關曲、餞別酒和
道不盡的離別意，此時，即蒼翠的青山，在離人眼中也變得慘淡無
光，芙蓉更是凝露垂淚。這情景叫詞人嘆息，如何才能真做個木腸
兒，不再為世間偌多無情分合而拋灑相思清淚？

段成己 一首

　　段成己（1199-1279），字誠之，號菊軒，河東人，生當金元之際。與其兄克己俱以才名，禮部尚書趙秉文目之曰：「二妙」，大書「雙飛」二字名其鄉里，並與元遺山數以詩贈遺；金哀宗正大間進士，授宣陽主簿；金季亂亡，與其兄避居龍門山廿餘年而克己歿，遂徙居晉寧北郭，閉門讀書四十餘年；元世祖召之，不赴。其詞《菊軒樂府》與克己《遯庵樂府》合刻爲《二妙集》，存詞六十三首。

朝中措　偶出見牆頭杏花，喜而賦之

無言脈脈怨春遲。一種可憐枝。最是難忘情處，牆梢微露些兒。

十分細看，風流[1]卻在，一半開時。正要東風抬舉，莫教吹破胭脂[2]。

【注釋】
[1] 風流：韻味。
[2] 「正要」二句：希望風兒輕吹，不要將花瓣吹落。東風，春風，《禮記》「孟春之月，東風解凍」。胭脂，杏花紅豔如胭脂。

【解析】
　　該詞細膩寫出枝頭杏花從蓓蕾到綻放的楚楚可人模樣，尤其含苞待放時，春意盎然、風情無限，叫人期待不已。又寫杏花嬌嫩，千萬央請春風輕輕吹拂，不要摧落枝頭苦等綻放的蓓蕾，詞情極爲傳神。不過玩味該詞，頗有象徵寓意，詞中雖是寫花，但那種亭亭待發、唯恐受摧折的心情遍足人生各個階段，讀者或可自行體會。

劉因 一首

　　劉因（1249-1293），保定容城人，元代大儒、詩人。將生之夕，其父夢一神人以馬載一兒至其家，故名爲駰，字夢驥，後改名因，字夢吉；號雷溪眞隱，又號樵庵。天資絕人，三歲識書，六歲能詩；愛諸葛孔明「靜以脩身」之語，表其居曰：「靜脩」，即公卿使者過之，亦多遜避不相見；至元間徵拜右贊善大夫，以母疾辭歸；又召爲集賢學士，以疾固辭；卒，贈翰林學士，追封容城郡公。於詩、文、詞等俱有造詣，爲蒙元一代大家，詞集曰《樵庵詞》，又名《靜脩詞》。

木蘭花

未開常探花開未。又恐開時風雨至[1]。花開風雨不相妨，說甚不來花下醉[2]。

百年枉作千年計[3]。今日不知明日事。春風欲勸座中人，一片落紅當眼墜[4]。

【注釋】
1　「未開」二句：寫焦急盼望花開，又怕花爲風雨摧殘的惜花心情。
2　「花開」二句：此擬人化寫花，說花不怕風雨，卻怕人們不來賞花而辜負它。
3　「百年」句：譏刺世人枉費思量勞攘度日，其實世事難料。
4　「春風」二句：此將春風擬人化，謂春風故意吹落枝頭花朵，是爲奉勸世人惜取當下。

【解析】

　　該詞摹寫細膩，從花兒未開、正開時與花開後的三個階段，書寫愛花人前後不同的心境：未開時焦灼盼望，時時探看；正開時，最怕風雨摧折，要請風雨憐惜；花開後，面對同樣的風雨卻轉問世人：花正美好，風雨無妨，何不前來賞花？下片一轉，以花喻人。詞既寫花、而花無百日紅，詞人轉即想到人生豈能千日好？所以又借春風拂落一片花紅諭知世人：花時短暫、轉瞬即成落紅；則情景相似的人生真正應該把握的是什麼？世事難料，為何要汲汲名利、勞攘度日？何不專注眼前，珍惜花開時節的美好人生！

張雨 一首

張雨（1283-1350），又名張天雨，字伯雨，號貞居子、又號句曲外史，錢塘人，元代詩文、詞曲家。年二十以儒者抽簪入道，自錢塘至句曲，負逸才英氣，超然自得，獨鳴於丘壑之間。有《貞居詞》，清麗婉約，間或雜以道家語。

憶秦娥　楊子居湖舫新成，載酒落之，賦「秦樓月」[1]二首書于船窗

蘭舟小。一篷也便容身了[2]。容身了。幾番煙雨，幾番昏曉[3]。
出橋三面青山繞。入城一向紅塵擾。紅塵擾。綠簑青篛，讓渠多少[4]。

【注釋】

1 賦「秦樓月」：張雨賦〈憶秦娥〉二首。黃昇《花庵詞選》說李白〈菩薩蠻〉、〈憶秦娥〉為百代詞曲之祖，而其中〈憶秦娥〉有云：「秦娥夢斷秦樓月」，故張雨借「秦樓月」以代〈憶秦娥〉詞牌。
2 「蘭舟小」二句：蘭舟雖小，但有一篷便也足夠容身了。篷，船篷。
3 「幾番煙雨」二句：是說在篷中看盡了多少晨昏煙雨。
4 「綠簑青篛」二句：是說青箬笠、綠簑衣的澹泊，不輸擾攘紅塵的喧譁熱鬧。篛，同箬，竹皮、筍殼，音ㄖㄨㄛˋ。讓，減、比不上。渠，他、彼，此指紅塵。

【解析】

該詞清逸澹遠，滿溢恬淡自足的心情，又饒富活潑情趣。詞言蘭舟雖小已足容身，況船篷之外盡是青山煙雨，簑衣笠帽不讓紅塵。詞人以青山綠水的船中昏曉，對比擾攘世塵的名利勞生，何者更勝？已不言而喻。

倪瓚 二首

　　倪瓚（1301-1374），字元鎮，號雲林，又號風月主人、滄浪漫士、淨名庵主，江蘇無錫人，元末明初的著名詩人、書畫家。自幼讀書過目不忘，長而博極群書；愛作詩，不事雕琢；尤以山水畫名家，與黃公望等並稱「元四家」，畫作和繪畫理論對明清畫壇有很大影響，被後人評選爲「中國古代十大畫家」之一。家雄於貲，四方名士日至其門，古鼎法書名琴奇畫陳列左右，四時卉木縈繞其外；藏書數千卷，皆手自勘定；平居所用手帕、衣襪，俱以香熏之。至正初，忽散貲親故，扁舟往來震澤三泖間，自稱「懶瓚」，亦稱「倪迂」；興至，輒捉筆寫煙林小景及竹枝，偶流於市，爭買者千金不惜。瓚人品絕高、清風介節，人多稱之，一生不隱也不仕，漂泊江湖。詞多哀婉而沉鬱悲壯，詞集曰《雲林樂府》。

人月圓

傷心莫問前朝事，重上越王臺[1]。鷓鴣啼處，東風草綠，殘照花開。

悵然孤嘯，青山故國，喬木蒼苔。當時明月，依依素影，何處飛來。

【注釋】

[1] 越王臺：臺名。越王勾踐登眺之所，在會稽稽山（浙江省紹興縣東五十里），一名勾踐齋戒臺。

【解析】

　　倪瓚歷元明兩朝，雖未曾入仕，但詞情有無可歸依的飄泊情懷。在越王臺上，他看著一片春風草綠，可是照在花上的，卻是夕陽殘照；耳畔聽聞的，也是鷓鴣鳥「行不得也」的啼叫聲。如果欲問前朝事，他說徒令人傷心而已，不要再問了。於是看著眼前的故國青山、長滿苔蘚的故國喬木，只能悵然孤嘯，他想，眼前的明月應該也是故國明月的素影飛來吧！詞人一再表現出新朝下的悲情，充滿訴不盡的悲涼情意，是我國文學史上少見的元代遺民之作。他晚年漫遊太湖四周，行蹤漂泊無定，畫上落款只題干支，不用洪武紀年。

人月圓

驚回一枕當年夢，漁唱起南津[1]。畫屏雲嶂[2]，池塘春草，無限銷魂。

舊家應在，梧桐覆井，楊柳藏門[3]。閒身空老，孤篷聽雨，燈火江村。

【注釋】

1　津：渡口。
2　畫屏雲嶂：畫屏上雲山繚繞。
3　「舊家應在」三句：揣想舊家應已桐葉覆井、柳葉遮門的荒落景象。

【解析】

　　該詞詞情淒涼，不勝嗟嘆！渡口漁唱驚醒了旅人的枕上舊夢，詞人在夢回舊家的畫屏煙雲、池塘春草中驚醒，還兀自沉醉在昔日的無限依戀中（或醒後看著眼前雲山繚繞的畫屏和長滿春草的池塘，滿心惆悵）。夢醒後他想著，此刻舊家應該已是桐葉覆井、楊柳遮門的一片荒蕪了；更不堪的是，自己閒身空老，獨坐在燈火江村的孤篷中聽著雨——他鄉空老而一事無成。歷元明兩朝的詞人倪瓚，其精神境界頗有一種荒涼寂寞感，神思蕭散、氣格高古。

薩都剌 二首

　　薩都剌（1272或1300？-1355），回族，字天錫，號直齋，雁門（今山西代縣）人，元代著名的詩人、書畫家，有元代「詩人之冠」美譽。元泰定帝四年進士，嘗任閩海廉訪知事，進河北廉訪經歷；元順帝時辭官隱居。他是華化詞人中藝術境界極高者，善書畫，有《雁門集》，詞十餘首附焉，詞長於情而流利清婉。

滿江紅 金陵懷古

六代繁華[1]，春去也、更無消息。空悵望、山川形勝，已非疇昔。王謝堂前雙燕子，烏衣巷口曾相識[2]。聽夜深、寂寞打孤城，春潮急[3]。

思往事，愁如織。懷故國，空陳跡。但荒煙衰草，亂鴉斜日。玉樹歌殘[4]秋露冷，胭脂井壞寒螿泣[5]。到如今、只有蔣山青，秦淮碧[6]。

【注釋】
1　六代繁華：吳、東晉、宋、齊、梁、陳六朝皆都金陵，故金陵盛極一時。
2　「王謝堂前」二句：借喻繁華散去。此翻用劉禹錫〈烏衣巷〉詩「朱鵲橋邊野草花，烏衣巷口夕陽斜。舊時王謝堂前燕，飛入尋常百姓家。」烏衣巷，在今南京市東南，東晉以來王、謝兩大世族居此。
3　「聽夜深」二句：此翻用劉禹錫〈石頭城〉詩句「山圍故國周遭在，潮打空城寂寞回。」
4　玉樹歌殘：形容繁華已如煙消散。玉樹歌，即〈玉樹後庭花〉，陳後主所製。

5　「胭脂井壞」句：喻人事全非，空留餘跡。胭脂井，臺城（今南京玄武湖畔，宋、齊、梁、陳就此為宮）內有景陽井，南朝陳後主（陳叔寶）與張麗華、孔貴嬪躲入其中以避隋兵，後被籮筐挽起；傳聞井邊石闌，以帛拭之做胭脂痕，亦名胭脂井，又名辱井。寒螿，寒蜩，似蟬而小，青色。螿，音ㄐㄧㄤ。

6　「蔣山青」二句：往事都已消散，只有河山還依舊青翠。蔣山，即鍾山，俗稱紫金山，在今南京市；吳時蔣子文立廟此山，故稱蔣山。秦淮，即秦淮河，源出江蘇溧陽縣，西北流，橫貫南京城，又西北入大江，為六朝遊宴勝地；以秦時所鑿，故名。

【解析】

　　即連擁有六朝王氣的金陵，那充滿六朝金粉的十里秦淮，轉眼間也都春去了。富貴人家的堂前燕，在烏衣巷口的夕陽斜照中也都飛走了。江山依舊，盛衰不同。深夜裏，只剩下潮打空城的寂寞濤聲還在迴盪著，孤城到處一片荒煙衰草、歌殘井壞，故國已是往日陳迹了。這使得詞人在思及興亡往事時，愁慨湧現如織。他不禁嘆：就只有山色還青水色碧是能夠永遠綿長的，其餘，斜陽夕照中群鴉亂飛，在在讓人不忍聞與見。

念奴嬌　石頭城，用東坡赤壁韻

石頭城[1]上，望天低吳楚，眼空無物[2]。指點六朝形勝地，惟有青山如壁[3]。蔽日旌旗，連雲檣櫓[4]，白骨紛如雪。一江南北，消磨多少豪傑。

寂寞避暑離宮，東風輦路，芳草年年發[5]。落日無人松徑冷，鬼火高低明滅[6]。歌舞尊前，繁華鏡裏，暗換青青髮[7]。傷心千古，秦淮一片明月[8]。

【注釋】

1　石頭城：在昇州上元縣西，即楚之金陵城，吳改名石頭城，在今南京市內。

2　「望天低」二句：放眼望去，天連著吳楚，天地相接，一片空曠。吳楚，今江浙一帶。

3　「指點六朝形勝地」二句：地形優美的六朝古都，現在只有四周環繞如壁的青山還依然。形勝地，地形優越壯美。：

4　「蔽日旌旗」二句：此寫軍旗蔽空、戰艦連綿的戰爭景象。檣櫓，桅杆和划船的工具，這裏借代為船隻。檣，帆柱，即桅杆。櫓，大槳。

5　「寂寞」三句：昔日風光的皇帝避暑離宮與車駕經行地，如今已殘敗荒涼得只有青草蔓生了。輦，天子車駕，音ㄋㄧㄢˇ。

6　「鬼火」句：寫陰森恐怖的淒涼景象。鬼火，磷火。

7　「歌舞尊前」三句：樽前歌舞和虛幻如鏡的繁華，都在不經意間被轉換了。暗換青青髮，烏黑的頭髮已經轉變為白髮，比喻繁盛轉瞬即逝。李白〈將進酒〉曰：「君不見高堂明鏡悲白髮，朝如青絲暮成雪。」

8　「秦淮」句：這裏轉化了劉禹錫的〈石頭城〉的詩句。劉禹錫詩曰：「淮水城頭舊時月，夜深還過女嬙來。」

【解析】

　　薩都剌是回族中深度華化的詞人，詞作頗多脫胎換骨自中原古詩詞者。該詞除步韻東坡〈念奴嬌・赤壁懷古〉外，上闋也襲用東坡「大江東去，浪淘盡，千古風流人物……江山如畫，一時多少豪傑」之意，下闋則「換骨」轉化李白、劉禹錫等人的詩語。

　　風雲易逝，青山常在。當詞人站在「鍾阜龍蟠，石城虎踞」的金陵石頭城時，想著金陵自古名都，然而在旌旗蔽空與檣櫓連雲的戰鼓背後，有多少英雄豪傑被消磨掉了？徒留下紛陳的白骨如雪。如今，只有環抱如壁的青山還依然，其他都空了。那避暑離宮還在，天子車駕經行的路上卻長滿了荒草；落日無人、松徑都冷，鬼火高低、明滅閃爍，這一幕幕寂寞荒城的畫面就是當年風光的六朝優美形勝地。是在無限歡愉的歌舞中、在「樽前酒不空」的醉裏乾坤，萬象被悄悄物換星移、青絲暮成雪的。望著秦淮一片明月猶自照耀著千古往事，如何不令人怵目傷心而深自引鑒？

楊慎 —首

　　楊慎（1488-1559），字用修，號升庵，四川新都人，明代文學家、「明代三大才子」（和解縉、徐渭並稱）之一。明武宗正德間進士第一，授翰林修撰。嘉靖時為經筵講官，後以直言極諫謫雲南永昌。其記誦之博、著作之富，明代罕有能出其右者。

臨江仙

滾滾長江東逝水，浪花淘盡英雄。是非成敗轉頭空。青山依舊在，幾度夕陽紅。

白髮漁樵江渚上，慣看秋月春風。一杯濁酒喜相逢。古今多少事，都付笑談中。

【解析】

　　該詞為名篇，詞中極其精煉地寫出人生澄澈明朗的境界，一種對世事通透、了然於胸，不再耗費心力於追逐英雄成敗的淡然與澈悟。詞經清初毛宗崗父子改編《三國演義》時置於卷首，獲得極廣流傳，深受後世讀者愛賞。

陳維崧 一首

　　陳維崧（1625-1682），字其年，號迦陵，江蘇宜興人，明末清初詞壇第一人。其貌清癯多髯，朋輩以「陳髯」稱之。其父貞慧，為「明末四公子」之一，明亡隱居不仕，維崧以父故，得遍識當時諸名士。應鄉試，不利；門戶中落，漫遊南北，生事困乏而才名重一時；年踰五十，舉博學鴻詞科，授翰林院檢討，纂修《明史》，卒於官。他是清初「陽羨詞派」領袖，與「浙西詞派」朱彝尊齊名，並稱「朱陳」。詞風豪縱有餘、氣魄絕大，但成篇率易，深厚不足，論者謂學稼軒而未至者，有《湖海樓詩文詞全集》。

好事近　夏日史蓮庵先生招飲，即用先生喜余歸自吳閶過訪原韻

分手柳花天[1]，雪向晴窗飄落。轉眼葵肌初繡[2]，又紅攲欄角[3]。
別來世事一番新，只吾徒猶昨[4]。話到英雄失路，忽涼風索索。

【注釋】

[1] 柳花天：謂天正飄雪。用白雪紛紛似楊花濛濛之意。

[2] 葵肌初繡：形容葵花初綻。

[3] 紅攲欄角：紅花斜倚著欄杆。

[4] 「只吾」句：感嘆只有自己還依然如昨，乏善可陳。徒，空自。

【解析】

　　該詞寫詞人與好友別後重聚，有感於光陰倏忽、世事多變，自己卻乏善可陳。在世事不斷翻新的諸多變化中，眼看著時間不斷逝去，從飄雪、到枝頭又春花，轉眼已是一年過去了，然而自己還是依然故我，了無新意與作為。頗有英雄失意，不勝悵惘之感。

朱彝尊 二首

　　朱彝尊（1629-1709），字錫鬯（ㄔㄤˋ），號竹垞（ㄔㄚ
ˊ），又號金風亭長、小長蘆釣魚師，浙江秀水（今浙江嘉興縣）
人，清朝知名詞人、學者、藏書家。少逢喪亂，棄舉業不爲，獨肆力
於古學；既長，詩與王士禛並爲南北兩大詩宗，有「南朱北王」之
稱；詞主南宋，以醇雅爲宗，開「浙西詞派」，和主蘇、辛的「陽羨
詞派」陳維崧並稱「朱陳」。康熙間舉博學鴻詞，授翰林院檢討，
尋入值南書房，出典江南省試。罷歸後，殫心著述，嘗選輯唐、五
代、宋、逮及元張翥等諸家詞爲《詞綜》，有《曝書亭詞》。

桂殿秋

思往事，渡江干[1]。青蛾低映越山看[2]。共眠一舸[3]聽秋雨，小簟
輕衾各自寒[4]。

【注釋】

[1] 江干：即江邊。

[2] 「青蛾」句：回憶她美麗如遠山般的雙眉。青蛾，即黛眉。越山，此以山形
　 喻眉。作者浙人，故比越山。

[3] 舸：畫船，音ㄍㄜˇ。

[4] 「小簟」句：各自在蓆上擁著薄衾而無限寒冷。簟，竹蓆，音ㄉㄧㄢˋ。輕
　 衾，薄被。

【解析】

　　晚清名詞人況周頤認爲該詞是清詞的最佳之作。朱彝尊早年以貧故，入贅馮家；馮家有一小姨子因喪夫而重回娘家，與朱彝尊發生一段不能見容的苦戀。她以三十三歲之齡去世，這使得朱彝尊有很多詞篇都是爲懷念她而作。該詞正是詞人回憶當時世亂，全家一齊乘船逃難的情景。那時候，咫尺之近的兩人同在一舸上，但只能共聽秋雨而各自輾轉難眠，各自忍受著薄衾寒冷與內心寒涼，兩心相近卻不能互訴衷曲。該詞訴情而把愛情放在言外來寫，詞意朦朧淒美，很扣動人心。

解珮令　自題詞集

十年磨劍[1]，五陵結客[2]，把平生涕淚都飄盡。老去填詞，一半是、空中傳恨。[3]幾曾圍、燕釵蟬鬢[4]。

不師秦七，不師黃九[5]，倚新聲、玉田差近[6]。落拓江湖，且分付、歌筵紅粉[7]。料封侯、白頭無分[8]。

【注釋】

1　十年磨劍：此用賈島詩「十年磨一劍，霜刃未曾試」之意，有心力畢萃於斯之慨。

2　五陵結客：是說結交了很多豪俠輩。朱彝尊早歲曾參與復明抗清事，故云。五陵，長安有漢帝五陵，附近為豪俠少年聚集之地。白居易〈琵琶行〉有云：「五陵年少爭纏頭，一曲紅綃不知數。」〈秋興〉亦曰：「同學少年多不賤，五陵裘馬自輕肥。」五陵為長陵（高帝）、安陵（惠帝）、陽陵（景帝）、茂陵（武帝）、平陵（昭帝）。

3　「老去填詞」二句：功業未成，遂藉由填詞以澆胸中塊壘。空中傳恨，是說填詞只是一種空中語，借此言彼、別有志意。惠洪《冷齋夜話》載，法雲禪師嘗勸黃庭堅「豔詞小曲可罷」，黃辯以無妨，「空中語」而已。

4　燕釵蟬鬢：借代紅粉佳人。燕釵，髮上的金釵。蟬鬢，古代女子的一種髮型，將頭髮盤梳成兩側突出如蟬翼的造型。

5　不師秦七、不師黃九：不是要效法秦觀、黃庭堅等人的詞風路數。秦七即秦觀，他行七。黃九即黃庭堅，他行九。

6　玉田差近：接近張炎的詞風路數。玉田，張炎字。

7　「落拓江湖」二句：有對功名失意，自託於填詞之意。歌筵紅粉，謂當筵填詞使歌女演唱侑酒。歐陽脩〈玉樓春〉序曰：「青春才子有新詞，紅粉佳人重勸酒。」

8　白頭無分：自認至老都功名難成。白頭，白髮，言其老。

【解析】

　　四十四歲，朱彝尊個人詞集的《江湖載酒集》成，在自題詞集時，思及這十年來點滴在心頭的往事，殆如「十年磨劍」，心力畢萃地把平生涕淚都灑盡，也把青春歲月都耗盡了。胸中澎湃激盪、百感交集的他，並不想以詞人名世；只是多年走在落拓江湖的路上，經常都是依賴填詞來空中傳恨，藉寫醇酒美人以澆胸中塊壘，其實是別有志意的。他並反問，這一路走來，他何嘗有過「燕釵蟬鬢」包圍、「偎紅倚翠」的冶遊時刻？而他也早就自認功名無望了，只是抒發胸臆罷了。

　　至於詞作風格，則他蒼婉淒涼的詞風，不走北宋秦觀綺豔婉約、或黃庭堅「脫胎換骨」的奇崛路線；是比較接近南宋遺民詞人張炎標舉之「清空」風格的，而這也正是「浙西詞派」主南宋雅詞、「家白石而戶玉田」的創作理論。最後，詞作完成了，他說，那就交付歌女去演唱吧！於此，詞人故意舉重若輕，以降低詞中過激的憤懣之氣（故該詞並非「清空」風格的代表）；不過結句「白頭無望」，詞謂此生功名絕無望，仍是沉鬱頓挫之至！

　　惟朱彝尊後來應清代博學鴻詞科，五十五歲時入值南書房，康熙賜以紫禁城和禁中騎馬，又賜居禁垣，寵遇殊隆。

王士禎 一首

　　王士禎（1634-1711），字貽上，號阮亭，又號「漁洋山人」，山東新城人、清初詩人、文學家、詩詞理論家。曾任揚州推官，由禮部主事累遷少詹事，官至刑部尚書。在揚州，他與好友修禊紅橋、水繪園，每公暇輒召賓客，泛舟載酒平山堂，吳梅村云：「貽上在廣陵，晝了公事，夜接詞人。」其論詩主神韻，尤工絕句；詞則餘力為之，長於小令，仍以風韻勝。

浣溪沙

白鳥朱荷引畫橈[1]。垂楊影裏見紅橋[2]。欲尋往事已魂消。
遙指平山[3]山外路，斷鴻無數水迢迢。新愁分付廣陵潮[4]。

【注釋】
1 畫橈：即畫船。橈，音ㄋㄠˊ。
2 紅橋：在揚州（今江蘇市）。循小秦淮西北行，林木盡處，有橋若垂虹下飲於澗，謂之紅橋。
3 平山：即平山堂，在揚州。壯麗為淮南第一，上據蜀崗，下臨江南數百里，宋歐陽脩所建。
4 廣陵潮：即揚州波瀾壯闊的長江大潮。廣陵，揚州古稱，在江蘇省江都縣一帶，素以大潮著稱。

【解析】
　　該詞清新澹遠而優美。朱荷垂楊裏見紅橋，孤雁白鳥下有畫橈，景色雅致外，色彩也美極了，風韻極佳。置身此境，夫復何想？且把一切新愁舊恨，都盡付江潮吧！

納蘭性德 五首

　　納蘭性德（1655-1685）原名成德，因避帝諱而改名，字容若，滿州正黃旗人，清初著名詞家。其曾祖父金臺什，原為女真族葉赫部首領；父親明珠，為康熙時太傅。性德自幼聰敏，二十二歲成進士，出入扈從，善騎射，發無不中；康熙二十一年時奉使黑龍江，完成聯絡邊境各族反擊羅刹的準備；二十四年突得寒疾，七日不汗而死，年三十一歲。清代詞壇主要有由陳維崧領導，師法蘇辛豪邁精神、意氣橫逸的「陽羨詞派」；有由朱彝尊領導，專主南宋、「家白石而戶玉田」，講求格律、琢字煉句的「浙西詞派」；還有乾嘉後起的「常州詞派」，以比興寄託為強調，由張惠言、周濟領導，「問塗碧山，歷夢窗、稼軒，以還清真之渾化」，兼取北宋、南宋之長。不過納蘭性德在清初鵲起於陽羨、浙西兩大宗派之外，空所依傍，直追後主詞，使得殘唐墜緒絕而復續，王國維譽為「北宋以來，一人而已」。

　　納蘭詞悽婉動人，纏綿婉約。他是烏衣門第純情詞人，篤於伉儷、身無姬妾，集中全無狹邪冶遊之作，在普遍以聲色自奉的貴族世胄中極為難得。其詞集初名《側帽詞》，後改為《飲水詞》，風行一時，有「家家爭唱《飲水詞》」美譽，即朝鮮詩人亦讚曰：「誰料曉風殘月後，而今重見柳屯田。」納蘭性德不僅為「清初第一詞人」，並堪稱為詞壇發展的最後明珠。

憶王孫

西風一夜翦[1]芭蕉。倦眼經秋奈寂寥[2]。強把心情付濁醪[3]。讀離

騷。愁似湘江日潮。

【注釋】

1　殄：消滅、消除。
2　「倦眼」句：疲憊的身心在秋天更覺得寂寥。
3　濁醪：即酒。音ㄌㄠ′。

【解析】

　　秋風吹起，一夜之間芭蕉都枯黃了葉。這樣的心情只能藉酒來解，此外就是讀讀詩文了。詞寫秋情，婉約而雅致。

清平樂

塞鴻[1]去矣。錦字何時寄。記得燈前佯忍淚。卻問明朝行未。
別來幾度如珪[2]。飄零落葉成堆。一種曉寒殘夢，淒涼畢竟因誰。

【注釋】

1　塞鴻：邊雁。
2　珪：瑞玉，上圜下方曰珪；此指月圓。

【解析】

　　該詞容若奉使在外，夫妻久別又盼不到家書，柔腸縈掛、百轉千迴。想起臨別前妻子款款情深地忍淚低問道：「明朝就要走了嗎？」又想到別後已經幾度月圓，不但落葉成堆，曉寒更是侵夢了，眼看已過盡多少光陰，卻仍然歸家不得，種種淒涼與相思情意蓄滿心中，情深難已。

菩薩蠻

問君何事輕離別。一年能幾團圓月。楊柳乍如絲。故園春盡時[1]。
春歸歸不得。兩槳松花隔[2]。舊夢逐寒潮[3]。啼鵑恨未消。

【注釋】

1　「楊柳」二句：形容時光倏忽。楊柳才剛抽綠絲，轉眼就已春盡。
2　「兩槳」句：謂縱有雙槳，也難渡松花江。松花，即松花江。
3　「舊夢」句：往事如江潮般在心頭翻湧。

【解析】

　　不得不的離別讓人無奈，詞人又何嘗願意輕離別呢？然而奉使
邊關、遠役在外，有家歸不得，他心裏想著，一年中能有幾個團圓
月呢？亦如天上明月，圓而復缺。再加上湍急的松江阻隔，雙槳難
度、歸路遙遙。明明才剛看著楊柳抽出新綠，轉眼間已是春盡，而他
就只能在杜鵑鳥的悲啼中悵憶往事，無限神傷。

　　康熙帝雖然寵近容若，但他擔任的是扈從，除了侍從、宿衛外，
皇帝出關東巡、奉天祭祖，也都要隨行；再加上康熙託付給他，要
他聯合邊境各族的任務，所以他是「長違閨幃」的。這對於柔腸千
轉、多情又專情的容若而言，無異是種折磨，即他自己也說：「愁多
成病，此愁知向誰說？」思鄉情愁，是時時刻刻縈繞在他心頭的。

南鄉子　為亡婦題照

咽淚卻無聲。衹向從前悔薄情。憑仗丹青重省識[1]，盈盈。一片
傷心畫不成[2]。
別語忒[3]分明。午夜鵜鰈[4]夢早醒。卿自早醒儂自夢[5]，更更。泣
盡風簷夜雨鈴[6]。

【注釋】

1　「憑仗丹青」句：是說藉著圖畫才能再端視她的容顏。丹青，繪圖用顏料，借代為圖畫。省識，察看。

2　「一片傷心」句：內心的悲傷卻是圖畫所畫不出來的。

3　忒：特別。音ㄊㄜˋ。

4　鶼鰈：傳說中的比翼鳥，後世用為比喻夫婦間恩愛情深。音ㄐㄧㄢ ㄉㄧㄝˊ。

5　「卿自早醒」句：此傷妻早亡之言，謂人生如夢，妳已從夢中醒來，我卻還繼續做著夢。儂，猶言我，蘇浙一帶方言。

6　「泣盡」句：檐前風鈴彷彿在夜雨中悲泣一般。檐，即簷。

【解析】

　　容若元配盧氏，兩廣總督盧興祖之女，兩人伉儷情深，但盧氏早亡。容若在妻子死後，始終難遣悲懷地無法忘情，他深情端視圖像上的亡妻容顏，在亡妻畫像旁題字，就像當面看著她、叫喚她一般。字字牽情、語語酸心，一字一淚地淚眼相看；但是圖畫只能寫像，滿心的悲凄是圖畫所畫不出來的，他的悼亡詞不下於二、三十首。面對人生大夢，他嘆，妻子早已從夢中醒轉，自己卻還在夢中；他以死為醒、以生為夢，詞意悲切。而他的深情思念，就只能在雨夜裏聽著彷彿也在雨中悲泣的檐下風鈴，獨自飲泣。

蝶戀花

又到綠楊曾折處。不語垂鞭，踏遍清秋路。衰草連天無意緒。雁聲遠向蕭關[1]去。

不恨天涯行役苦。只恨西風，吹夢成今古[2]。明日客程還幾許。霑衣況是新寒雨。

【注釋】

1　蕭關：古關名，故址在今寧夏固原縣東南；此泛指邊塞之地。

2　「只恨西風」二句：只恨世事如西風吹散夢境一般，變幻不定。

【解析】

　　行役苦，離情更苦。又來到送別的綠楊折柳處了，低迷的心境，使他無力地垂下鞭子，不能策馬揚鞭。客程中連綿的寒雨、加上連天的衰草，再看著雁群向天邊的塞外遠遠飛去，邊關何其遙遙！想到才剛乍別，何日是歸程？姑不說行役苦，詞人更害怕的是，世事變幻有如西風吹散夢境般，古今總如夢一場。證諸當時他以為夫妻是天長地久的，兩情相悅也是尋常事，豈知後來天奪良緣、伊人永逝──故知詞人的憂患並非無的而生。總之，帶著這樣的萬般愁緒，在每天都是客程的征途上，真是情不能已！龔自珍〈己亥雜詩〉便說容若：「少年哀樂過於人，歌泣無端字字真。」納蘭詞傳世三百五十餘首，字字扣人心弦。三十一歲，實在是一個太年輕的句號。

蔣士銓 一首

　　蔣士銓（1725-1784），字心餘，一字苕生，號清容，江西鉛山人。清代戲曲家、文學家。乾隆間進士，授編修，其後歸主戢山、崇文、安定三書院。工詩詞，尤長劇曲，與袁枚、趙翼合稱為「江右三大家」，有《銅絃詞》。

水調歌頭　舟次感成

偶為共命鳥[1]，都是可憐蟲。淚與秋河相似[2]，點點注天東。十載樓中新婦，九載天涯夫婿[3]，首已似飛蓬[4]。年光愁病裏，心緒別離中。

詠春蠶，疑夏雁，泣秋螿。幾見珠圍翠繞[5]，含笑坐東風。聞道十分消瘦，為我兩番磨折，辛苦念梁鴻[6]。誰知千里夜，各對一鐙[7]紅。

【注釋】

1　共命鳥：借喻夫妻。
2　淚與秋河相似：比喻淚多。秋河，秋天水漲，水流盛大。
3　「九載」句：十年中有九年丈夫是奔波在外的。
4　飛蓬：頭髮散亂如風中蓬草。
5　珠圍翠繞：形容富貴生活，珠翠縈繞。
6　念梁鴻：借喻思念丈夫。梁鴻，後漢人，少孤貧，有氣節；娶妻孟光，妻為具食，舉案齊眉，後世借為夫婦和諧恩愛之謂。
7　鐙：油燈。

【解析】

　　該詞詞情甚哀，情意淒切。詞人嘆：十年的夫妻生活中長相別離，這其中有九年自己是奔波在外，妻子總是獨守空閨的。日子在愁病中不斷地過去，心緒處在長別離中，青春年華就這樣消逝了。因此當他聽到妻子為他十分消瘦時，心中著實不忍。想到在年復一年的等待歲月中，她何曾擁有過珠圍翠繞的富貴日子？徒有春蠶、夏雁與秋蛩的悲鳴罷了！更多的是夫妻別離的痛苦。日子裏，總是兩人獨對熒熒燈火，彼此辛苦地思念著對方、悲傷地落淚。全詞悲愴纏綿，摧人心肝。

張惠言 一首

　　張惠言（1761-1802），字皋文，江蘇武進人。清代詞學家，乾隆間進士，官翰林院編修。長於辭賦，嘗擬司馬相如、揚雄之文。又嘗輯《詞選》，倡尊體之說，為「常州詞派」開山，專主「寄託」，強調借典立意、託物言志；其後周濟《宋四家詞選》更擴而充之，於是詞派以成，是清詞之一大關鍵，有「百年詞派屬常州」之說。其與浙派詞人所標榜的「清空」格調，頗異其趣，故論清詞者每有「常派」、「浙派」之分。張氏詞集曰《茗柯詞》。

水調歌頭　春日賦示楊生子掞

東風無一事，妝出萬重花[1]。閒來閱遍花影，唯有月鉤斜。我有江南鐵笛[2]，要倚一枝香雪[3]，吹徹玉城[4]霞。清影渺難即[5]，飛絮滿天涯。

飄然去，吾與汝，泛雲槎[6]。東皇[7]一笑相語，芳意在誰家。難道春花開落，更是春風來去，便了卻韶華。花外春來路，芳草不曾遮。

【注釋】

1　「東風」二句：謂春風吹拂，百花盛開。

2　江南鐵笛：兼有江南似水的柔情與鐵笛般堅忍的性情之謂。

3　「要倚一枝」句：要倚靠在芬芳潔白的花樹邊。

4　玉城：即天上仙宮，又稱玉京。

5　「清影」句：美麗的身影卻渺遠難以接近。即，靠近。

6　泛雲槎：比喻不得志地離去，此用子曰：「道不行，乘桴浮於海」之典。雲
　　槎，乘著木筏到天上去。槎，木筏。
7　東皇：春神。

【解析】
　　詞言懷抱著理想壯志，想要以江南鐵笛高亢地吹奏出通達玉京的
笛音，無奈濛濛飛絮滿天涯，使得清影渺遠而難以接近，他只好飄
然遠去。但是詞人旋即自我豁解了，又轉念道：花落春去、芳草滿
路，並非就是春去或者春的來路被遮斷，著一句「芳意在誰家？」之
問，點出了只要心中有春，春就永在人間，芳草從來就不曾真正遮斷
春的來時路啊！又有邪不勝正之意。亦如東坡言：「無數心花發桃
李」，能夠如此，便是「花落春猶在」了啊！詞又寄寓著不肯放棄的
抖擻意志。

董士錫 一首

　　董士錫（1782-1831），字晉卿，一字損甫，江蘇武進人，清代學者、詞人。嘉慶副貢生，家貧，客游公卿間。少從其舅張惠言學，工古文、詩、賦，兼善填詞，有《齊物論齋集》。

虞美人

韶華爭肯[1]俔人住。已是滔滔去[2]。西風無賴過江來。歷盡千山萬水幾時回。

秋聲帶葉蕭蕭落。莫響城頭角[3]。浮雲遮月不分明。誰挽長江一洗放天青[4]。

【注釋】

[1] 爭肯：即怎肯、不肯之意。

[2] 滔滔去：形容韶光如流水般逝去。

[3] 「莫響」句：城上角聲徒增悲涼，故云。

[4] 「誰挽」句：誰能以長江水滌去遮月浮雲，使青天再現朗照。

【解析】

　　該詞感時傷逝，既悲韶華難留，歲月已是滔滔去，秋風還不請自來，在秋聲中到處蕭蕭葉落；此際，重以浮雲遮月，顯見世情艱險、奸小踴動。所以詞人嘆：誰有回天大力，能夠挽起長江水一洗眾穢汙，使那浮雲盡散，再現天青？猶乎稼軒「舉頭西北浮雲，倚天萬里須長劍」之謂。詞中滿是唏噓之慨。

龔自珍 二首

　　龔自珍（1792-1841），字璱（ㄙㄜˋ）人，號定庵，浙江仁和人。道光間進士，授內閣中書，陞宗人府主事，尋改禮部，告歸不復出。為清代小學名家段玉裁的外孫，清代思想家、詞人、文學家和改良主義先驅。博學，負才氣，詩詞合綿麗、飛揚二境為一，時人視為奇才。有《定盦詞》。

減蘭　偶檢叢紙中，得花瓣一包，紙背細書辛幼安「更能消幾番風雨」一闋，乃是京師憫忠寺海棠花，戊辰暮春所戲為也，泫然得句。

人天無據[1]。被儂留得香魂住。如夢如煙。枝上花開又十年[2]。十年千里[3]。風痕雨點斕斑裏[4]。莫怪憐他。身世依然是落花[5]。

【注釋】

1　人天無據：死生無憑，人事多變。據，憑藉。
2　「枝上花開」句：收藏花瓣是十年前舊事，故云。
3　十年千里：十年來花瓣隨人飄泊千里。
4　「風痕雨點」句：美麗的花瓣上還留有從前的風雨痕跡。
5　「身世依然」句：哀憐落花無能自做主宰。

【解析】

　　該詞是作者借花自傷之作。詞人在偶然檢索叢紙時發現了昔日收藏的一包花瓣，紙背上書有稼軒的〈摸魚兒‧更能消幾番風雨〉詞作一首，於是勾起他無限滄桑的感傷。這花兒，香魂被他留住了，一晃

竟已十年過去了；十年間，風裏來、雨裏去，花瓣色澤還依舊鮮艷美麗、人卻飄泊千里，眞教他不禁在悲憫落花飄零之餘，更嗟嘆一己的身世飄零。尤其結句、詞人傷痛地以落花的本質，直指不論它的花色多麼地斑斕照人，它終究就是不能自主的「落花」啊！輾轉飄泊又豈在意外？詞中寓有深刻的悲嘆、自我憐怨之意。

醜奴兒令　答月坡牛林訂遊

游蹤廿五年前到，江也依稀。山也依稀。少壯沉雄心事違[1]。
詞人問我重來意，吟也淒迷。說也淒迷。載得齊梁夕照歸[2]。

【注釋】

[1] 「少壯」句：嘆年輕時的豪情壯志未能實現。
[2] 「載得」句：只載得一片夕陽來，有自傷老大之意。夕照，古今一也，其所以言齊梁者，寓歷史興亡之慨也。

【解析】

　　〈醜奴兒令〉即〈采桑子〉。該詞定庵甫自北京乞假歸江南時作。時光荏苒，歲月倏忽，當他再重遊舊地時，廿五年已悄然過去了。在這一段長時間裏，山光水色都還依稀彷彿，可是他呢？不論吟也好、說也好，都轉趨淒迷了。當年是少壯豪雄，如今是「心事違」，而且已經如齊梁夕照了，一切盡在不言中。辭意極爲悲愴。

蔣春霖 一首

　　蔣春霖（1818-1868），字鹿潭，江蘇江陰人，晚清詞家。父
尊典，原官荊門州，父歿後家道中落，奉母遊京師。以不得志於有
司，棄舉業，就淮南為鹽官，流浪海濱江畔、歌樓酒肆中。其時已屆
咸、同，逐漸邁向晚清風雨飄搖了。身遭咸豐間兵事，詞中多感傷之
音，能反映當時衰亂的局勢，有「詞史」之稱。庚辛間兵事方急，喬
松年、金安清等先後爭致之，春霖抵掌而談，疾陳當世利弊、言辯
甚力，不以屬吏自撓，上官亦禮遇之。後至衢州訪友，經吳江，泊
舟垂虹橋，傷痛投水而亡。他早歲致力於詩，中歲悉摧燒之，一意
於詞。頗以高才沉頓下僚，詞風沉鬱幽怨。晚年自刪存數十闋，為
《水雲樓詞》二卷，杜文瀾為刻於《曼陀羅閣叢書》中。

卜算子

燕子不曾來，小院陰陰雨。一角闌干聚落華[1]，此是春歸處。
彈淚別東風[2]，把酒澆飛絮[3]。化了浮萍也是愁[4]，莫向天涯去。

【注釋】
1　落華：落花。華，同花。
2　「彈淚」句：寫淚眼送春歸。
3　「把酒」句：飛絮中借酒澆愁。
4　「化了浮萍」句：古人有楊花落水化為浮萍之說。此承上句飛絮而言，飛絮
　　即楊花濛濛飄墜。

【解析】

　　詞中勾勒出一介貧士的一個生活側面。在陰雨連綿、柳絮翻飛、花落滿地的暮春時節裏，我們從詞中的「燕子不曾來」，可知這裏非但不是「王謝堂前」，是連作為燕子退求其次的「飛入」選項——「尋常百姓家」都不如的地方。再從陰暗小院的欄杆角落裏堆著落花看，家中無人打掃也不言而喻了，因此詞人說我家就是「春歸處」，早為春所棄。至此，詞人落魄潦倒的形象已經至為顯然。更值此暮春陰雨天氣，孤單落寞的詞人能做些什麼呢？心緒低迷的他只能共伴一地落花，把酒送春歸地藉酒澆愁。但是他還是希望能夠留春住，他癡對落絮說，就算楊花隨流水、化成了浮萍也還是依然愁——在他眼中，孰者不帶愁？所以他說不如留下吧！莫向天涯逐水流。該詞極見幽怨頓挫，是詞人一生高才沉下僚的沉鬱寫照，令人掬淚。

莊棫 一首

莊棫（1830-1878），字中白，江蘇丹徒人，晚清詞家。先世業鹽，後來家道中落，校書淮南、江寧各官書局；著有《蒿庵遺稿》，詞甲、乙稿及補遺附焉；與譚獻齊名，並為常州詞派後勁。

相見歡

深林幾處啼鵑。夢如煙。直到夢難尋處倍纏綿。
蝶自舞。鶯自語。總淒然。明月空庭如水似華年。

【解析】

詞賦閒愁：啼鵑擾夢，夢既難尋地如煙散去，醒後情思更是難已，纏綿不能忘。詞人於是望著窗外自在飛翔的蝶舞、恣意擾攘的鶯語，在一片如水的明月空庭中，更感受到淒然的情意。再想到自己的似水華年，就這樣悠悠然地水流般逝去，一種韶華難留的悲戚感在傷春悲秋中湧現。

譚獻 二首

　　譚獻（1832-1901）初名廷獻，字仲修，號復堂，浙江仁和人，晚清詞家、學者。同治間舉人，納貲爲縣令，歷署歙縣、全椒、合肥知縣。旋歸隱，銳意撰述，爲一時物望所歸。工駢文，於詞學致力尤深。他論詞，推尊詞體，認爲不該視詞爲小道，並強調「寄託」，屬於突出比興寄託的常州詞派。其詞集名《復堂詞》，並嘗選清人詞爲《篋中詞》，至精審，學者奉爲圭臬，咸認是能度人金鍼者。

青門引

人去闌干靜。楊柳曉風初定。芳春此後莫重來，一分春少，減卻一分病[1]。
離亭薄酒終須醒[2]。落日羅衣冷。繞樓幾曲流水，不曾留得桃花影[3]。

【注釋】
[1] 「一分春少」二句：減少一分春色，便減少一分相思病。
[2] 「離亭」句：謂送別後終究必須回到現實來。離亭，送別處。薄酒，餞別酒。
[3] 桃花影：借喻佳人倩影。

【解析】
　　該詞寫深憾，淒婉之至！詞人因伊人離去，苦思不已，但又無奈於留她不住，只好怪罪到春愁，說是春天如果不來，就不會觸景生出

許多情愁了。而既然少卻一分春色，便可以減卻一分相思苦，他遂癡想：那就叫春天從今後都不要再來了，以免又有愁思。不過下闋詞人轉為豁解地告訴自己：舊夢「終須醒」，還是得回到現實啊！雖然兀立在夕陽落日中，他也感到「羅衣冷」，但是看看樓前流水，也從來不曾留住任何倩影啊！對此，我們或亦可以聯想：千古興亡亦是如此。譚獻屬於強調「寄託」的常州詞派，他讀詞，喜歡在人事中尋求寄託之旨，故該詞如果要從比興寄託的角度看，也是可以的。詞人生當晚清，於時，戰爭、列強、租借、割地……，在在都是歷史上讓國人無法抹滅的心頭痛；那麼「人去闌干靜」、「薄酒終須醒」、「落日羅衣冷」、「不曾留得」等語，是否別有寓意？似亦可以隱然指向國事；但也或者這只是「作者未必然，讀者何必不然」的曲意聯想與解讀罷了。

蝶戀花

庭院深深人悄悄。埋怨鸚哥，錯報韋郎[1]到。壓鬢釵梁金鳳小。低頭只是閒煩惱。
花發江南年正少。紅袖高樓[2]，爭抵還鄉好[3]。遮斷行人西去道。輕軀願化車前草[4]。

【注釋】

1 韋郎：本指韋皋，後世用為情人的代稱。昔韋皋游江夏，與姜氏青衣玉簫有情，約七年再會，留玉指環。八年不至，女絕食而沒。後得一歌妓似玉簫，中指有玉環狀。
2 紅袖高樓：指歌樓舞榭的歌妓佳人等。此翻用韋莊〈菩薩蠻〉之憶江南，曰：「當時年少春衫薄，騎馬倚斜橋，滿樓紅袖招。」
3 爭抵：怎抵，即比不上之意。
4 「遮斷行人」二句：謂如果能夠遮斷行人去路，那麼即使將身軀化為車前草以阻止車行離去，她也是情願的。

【解析】

　　該詞活潑俏皮地寫盡「情到深處無怨尤」的一片癡心。詞中活靈活現的佈局，鋪陳出女子苦等情郎不到的萬般心緒。她先是面對絲毫沒有動靜、「人悄悄」的深深庭院，埋怨愛說話的鸚鵡錯報，讓她滿心期盼轉成失望；接著，又想到她的「壓鬢釵梁金鳳小」——她能鎮得住他嗎？並好生煩惱地低下頭，想著「年正少」的情郎此刻正在遍地開花、滿樓紅袖招的江南，他還會思歸嗎？她只好精神喊話：「紅袖高樓」（野花）哪裏比得上「還鄉（家花）好？」她甚至突發奇想：滿地芳草如果能遮斷情郎的去路、教他不離開家門，那麼即便化成阻擋情郎車駕的卑賤小草，她也是心甘情願的。詞情浪漫活潑，情意深濃而無怨無悔。

王鵬運 一首

　　王鵬運（1849-1904），字幼霞（一作佑遐），自號半塘老人，又號鶩翁，廣西臨桂人，工詞，爲晚清著名詞人。他和況周頤、朱祖謀（原名朱孝臧）、鄭文焯合稱「晚清四大家」，而其年輩較長，詞承常州餘緒且光大之，清季詞風大盛，實由他所啓導。同治間舉人，歷官內閣侍讀、監察御史、禮科給事中。嘗上疏諫阻德宗光緒皇帝隨西太后駐蹕頤和園，直聲震朝野。能爲晉人清談，往往一言雋永，令人三日思不能置。手自刪訂詞作爲《半塘定稿》。

點絳脣 餞春

拋盡榆錢[1]，依然難買春光駐。餞春[2]無語。腸斷春歸路。
春去能來，人去能來否。長亭暮。亂山無數。只有鵑聲苦。

【注釋】
1　拋盡榆錢：言春去、榆葉落盡。榆錢，榆樹未生葉前先有莢，形似錢而小，故云。
2　餞春：即送春。餞，送行。

【解析】
　　榆葉落盡，春歸無蹤；但是春去明年還會再來，人卻年年減去一分紅顏。又值此暮春時節，且是離別後的亂山獨處，因此當詞人聽到杜鵑鳥不停地哀鳴時，心中更增難耐的悲愁。詞中主要抒發青春難駐、人生多離別的感慨。

文廷式 二首

　　文廷式（1856-1904），字道希，號芸閣，江西萍鄉人，晚清詞家、學者。博學強識，光緒間進士，授職編修，擢侍讀學士。曾任珍妃、瑾妃老師，爲政壇清流，盛名抗直。嘗道出天津，李鴻章對之大加禮遇，後來甲午禍起，因主戰反和，參奏李鴻章畏葸、挾夷自重，爲忌者所中，欲禍害之，乃乞假歸。維新變法失敗後，戊戌政變，又以帝黨遭劾革職，幾陷不測，東走日本。返國後益爲潦倒，不久卒於鄉。門人刻其《雲起軒詞鈔》一卷於《懷豳雜俎》。

蝶戀花

九十韶光如夢裏[1]。寸寸關河，寸寸銷魂地。落日野田黃蝶起。古槐叢荻搖深翠。
惆悵玉簫催別意。蕙些蘭騷[2]，未是傷心事。重疊淚痕緘錦字[3]。人生只有情難死。

【注釋】
1　「九十韶光」句：謂春光短暫如一夢。九十韶光，春季三個月九十天的時間。
2　蕙些蘭騷：借屈原放廢以指人生失意。蘭蕙，皆香草，《離騷》曰：「余既滋蘭之久畹兮，又樹蕙之百畝」，故後世用喻賢人君子。
3　「重疊淚痕」句：縱橫淚流地寫信。緘錦字，即緘信。緘，封閉，音ㄐㄧㄢ。

【解析】

　　詞中「玉簫催別」，看似賦別，在如夢短暫的人生中又要離別，確實惹人傷感；但是詞中「寸寸關河」、「落日」和「野田黃蝶起」等句，隱然寓有山河之嘆。南宋遺民詞人劉辰翁〈沁園春‧送春〉，便曾以「凝碧池邊」的「蜂黃蝶粉」，訴說「兔葵燕麥」下的「我已無家」之情。此外，詞中還借用屈騷的「蘭蕙」之喻，對內憂外患的時局也寓有國事之憂。若此，在「百年詞派屬常州」、普遍強調比興寄託的晚清詞壇，應非無意，詞人當是另有所指。而當詞人面對無力改變的現狀（離情）時，他亦自問「情」字能夠放得下嗎？然而「重疊淚痕」已經道盡了「情難死」之情不能已！畢竟有誰真能做到凡事置之度外呢？

鷓鴣天 贈友

萬感中年不自由。角聲吹徹古梁州[1]。荒苔滿地成秋苑，細雨輕寒閉小樓。

詩漫與[2]，酒新篘[3]。醉來世事一浮漚[4]。憑君莫過荊高市[5]，滹水無情也解愁[6]。

【注釋】

1 古梁州：即〈涼州曲〉，唐曲名，其曲哀怨蒼涼，原為西涼所獻。

2 詩漫與：謂乘興作詩也，即景口占、率意而作。杜甫詩曰：「老去詩篇渾漫與」。

3 篘：這裏指過濾，原是濾酒的竹器，音彳又。

4 世事浮漚：謂世事瞬息萬變如水面浮泡。李遠詩：「百年如過鳥，萬事一浮漚。」漚，水面上的泡沫。漚，水泡，音又。

5 「憑君莫過」句：請不要重過那惹人悲思的地方。憑，煩也、請也。荊、高，指燕市（河北），荊軻、高漸離飲於燕市。

6　「滹水」句：即連無情的滹水都能懂得愁緒。滹水，滹沱河。流經今山西、
　　河北兩省境，大部分為古燕國地。滹，音ㄏㄨ。

【解析】

　　人到中年，比較善於反思了，不再像年輕時候總是蒙著頭衝撞，也就經常感到束手縛腳的──這也是作者對於過往人生的思考。因此他在滿地荒苔的一片秋意中、在細雨輕寒的閉門小樓中，隨手寫寫詩、喝喝新釀酒，醉了以後更覺得萬事都是虛幻的，包括自己的人生也像是水上的泡沫般。但是這樣的他還是多思、多愁的，所以勸自己還是不要重過那些會引起英雄感慨、惹起愁緒的地方吧！像是會讓人撫今追昔的、荊軻和高漸離飲酒的燕市，在那兒，連無情的江水也會感受到人生的悲愁呢！

　　文廷式的詞要結合生平來看。時值風雨動盪、局勢堪憂的晚清，他在甲午禍起時，因為主戰、彈劾權臣李鴻章畏葸，幾遭禍害；戊戌政變後，又以帝黨遭劾，幾陷不測下東走日本，返國後極為潦倒。因此他的詞作表面上雖多抒慨，實際上隱晦敘事，心中有著不欲點破、對於局勢的忡忡之憂。從詞中「吹徹古梁州」的角聲，以及述及荊軻刺秦、高漸離擊筑送別的豪傑悲情可證。

鄭文焯 一首

　　鄭文焯（1856-1918），字小坡，一字叔問，號大鶴山人，又號
冷紅詞客，奉天鐵嶺人，晚清詞家。隸漢軍正白旗，其自稱高密鄭氏
者，自託康成之後也。其父官陝西巡撫，一門鼎盛，兄弟十人皆裘馬
麗都，唯文焯被服儒雅；光緒間中式舉人，廕授內閣中書，未就；
慕吳中山水名勝，旅食蘇州，為巡府幕客四十餘年；善詼諧，工尺
牘，兼長書畫，晚清詞家群推巨擘；入民國後，行醫鬻畫以終；詞作
刪存為《樵風樂府》，刊入《大鶴山房全集》。

留春令 中秋夜，紅樓離席[1]

鏡華空滿[2]，怨紅都在，舊時羅帊[3]。早是銷凝淚無多[4]，怎留
向、臨歧灑[5]。
枕上陽關催鳳駕[6]。忍[7]今宵歌罷。從此西樓翠尊[8]空，願明月、
無圓夜[9]。

【注釋】
1　離席：送別的宴席。席，酒筵。
2　鏡華空滿：指月圓。鏡華，猶月華，以鏡喻月。
3　「怨紅都在」二句：羅帕上早已沾滿了情淚。怨紅，紅淚，指女子情淚。淚
　　水被胭脂染紅，故稱。帊，也做帕，音ㄆㄚˋ。
4　「早是銷凝」句：早已悲傷得眼淚幾乎都流盡了。
5　臨歧灑：臨別灑淚。臨歧，到了歧路該分手的地方，即臨別。
6　「枕上」句：揣想明朝一大早，就將被催促著啟程了。夙，早。

7 忍：即怎忍，不忍之意。

8 翠尊：酒杯。

9 「願明月」句：此是癡語，因月圓更增悲緒，所以希望以後都不要再月圓了。

【解析】

　　中秋月圓，卻是紅樓餞別之夜，設在中秋夜的餞別宴，更讓人感傷月圓人缺。佳人說：在知道要離別的時候，眼淚早就已經幾乎流盡了，羅帕上滿是胭脂淚痕，又怎會把眼淚留到離別的歧路口？既難忍今宵歌罷以後，酒樽便將長空；又揣想明日一早，枕上便將有人催駕，詞中人於是傻氣道：希望從今以後都不要再月圓了，以免惹起相思、徒增觸景傷感而已。

況周頤 一首

　　況周頤（1859-1926），原名周儀，字夔笙，號蕙風，廣西臨桂人，「晚清四大家」之一。光緒鄉試中式，官內閣中書；嗜倚聲，與同里王鵬運共晨夕，寢饋其間者五年；南歸後，兩江總督張之洞與端方先後延入幕；晚居上海，以鬻文爲生。有《蕙風詞》一卷刊於《蕙風詞話》後，其論詞、品評及持論皆頗精到。

減字浣溪沙 聽歌有感

惜起殘紅淚滿衣。它生莫作有情癡。人天無地著相思[1]。
花若再開非故樹，雲能暫駐亦哀絲[2]。不成消遣只成悲[3]。

【注釋】

[1] 「人天無地」句：相思無處依託。
[2] 「雲能暫住」句：歌聲雖然響遏行雲，卻是哀音。
[3] 「不成消遣」句：聽歌本爲了消遣，卻反而勾起愁緒。

【解析】

　　該詞因聞歌興感。作者自嘲多情，面對殘紅亦流下滿襟淚，嘆息「花若再開非故樹」；就算聽歌，也是聽得滿心哀思，眞所謂「人生自是有情癡。」如此多情，當滿腔相思無處可寄時，如何能忍？所以他發想來生寧願不再多情，情癡只有自苦啊！不過詞中的「莫作」實是反語，正是多情的寫照，殆即「情之所鍾，正在我輩」之謂也。

王國維 六首

　　王國維（1877-1927），字伯隅，號靜安，浙江海寧人，中國近、現代交會時期享有國際聲譽的著名學者。清末以諸生留學日本，早歲治詞曲及元明通俗文學，晚歲專心經史，對古文字器物之研究貢獻尤多，並主持清華大學研究院。民國十六年，自沉萬壽山昆明湖。靜安治詞主要在光緒末，後棄去，晚歲自定《觀堂集林》，存詞僅二十三闋；朱祖謀（號彊村）為刪定《觀堂長短句》八十一首刊入《滄海遺音集》（清遺民詞合集，共十一家），非其本意。靜安詞多數為小令，詞風悲咽難當、抑鬱難解，呈現悲情文學觀的哀感美學精神。

　　鍾情哲學又「疲於哲學」的他，深受叔本華、康德、尼采等西方哲人影響，並深具中國古典文學老莊底蘊。詞如「自是浮生無可說」、「千載荒臺麋鹿死」、「人間須信思量錯」、「最是人間留不住，朱顏辭鏡花辭樹」等，都可看出他的悲劇性格。他另著有詞論《人間詞話》，深具卓識，向為學者所稱道。

蝶戀花

昨夜夢中多少恨。細馬[1]香車，兩兩行相近。對面似憐人瘦損。
眾中不惜搴帷問[2]。
陌上輕雷聽隱轔[3]。夢裏難從，覺後那堪訊[4]。蠟淚窗前堆一寸。
人間只有相思分。

【注釋】

1　細馬：良馬。《唐六典》載：「使司每歲簡細馬五十匹、敦馬一百匹進
　　之。」
2　「眾中」句：不顧當著眾人面前，掀開簾帷加以探問。搴，掀簾，音ㄑ一
　　ㄢ。
3　「陌上輕雷」句：是說聽著道上傳來的隱隱車聲。輕雷，比喻車聲，李商隱
　　詩「車走雷聲語未通。」轔，車行聲。
4　「夢裏」二句：感傷現實處境更不如夢境。夢裏都不能相從了，醒來當然就
　　更不用說了。訊，問。

【解析】

　　詞寫用情與相思之深！日有所思，夜有所夢，可是在夢境中，
即連我們的馬車都如此靠近了── 我隔窗望見妳的馬車就在我的面
前，看著消瘦無比的妳，顧不得眾人驚懼的目光，大膽地掀簾垂
問── 結果我們還是無法相依從、漸行漸遠；那還用說夢境迥非真
實，當夢醒時，我們是連音訊都不能相通的嗎？也只能把相思的淚水
寸寸堆疊窗前罷了！詞中設事極為真切，彷彿真有其事。詞人的情感
也很真摯，沒有絲毫的掩飾與作態、直接而率真，如在讀者眼前發
生。而伴隨著作者失落的深情，讀者也有一股同感的莫名哀愁。

蝶戀花

窗外綠陰添幾許[1]。賸有朱櫻，尚繫殘紅住[2]。老盡鶯雛無一語[3]。
飛來銜得櫻桃去。
坐看畫梁雙燕乳[4]。燕語呢喃，似惜人遲暮。自是思量渠不與[5]。
人間總被思量誤。

【注釋】

1 「窗外」句：已屆暮春，綠葉轉趨濃密。

2 「賸有朱櫻」二句：暮春時節花都落了，只剩下紅艷的櫻桃像要留住殘春。

3 老盡鶯雛：雛鶯在自然的春光流逝中慢慢長大了。

4 燕乳：雙燕正在哺育幼燕，以之對比老盡鶯雛與人的遲暮。

5 「自是思量」句：人總是一廂地獨自思量，實際上對方並沒有參與。渠，他、彼。不與，不共。與，參與，音ㄩˋ。

【解析】

　　作者每以纖敏的感受，在尋常生活中獲得人生哲理的啟示，並擅長結句，往往如探囊取物地一語道破耐人尋味的箇中道理，頗富機鋒。

　　詞中以傷春起興。藉由老盡鶯雛與雙燕惜人遲暮，道盡有限年光的人生短促。然而該詞讀得教人心驚：詞中的朱櫻是窗外綠陰轉濃、即將春盡的「尚繫殘紅住」，是勉強剩餘的些微春意；巢中的鶯雛老盡，則是在歲月荏苒的不知不覺中自然發生的，同樣也是春盡的象徵；然而詞中最驚心的安排，是這僅存的一點紅櫻春意，又被那春色也不復了的老鶯一口銜去。靜安詞往往極富哲理。就在這些自然界的鶯老、櫻盡上，我們看見了什麼叫做「春去」，和連一點剩餘都不曾留下的「春盡」。既有象徵寓意，又有真實摹寫，還有自然法則老老相殘的淡漠之情。

　　下闋有怨別之緒，看似柔婉，實則也同樣讀得神駭！正哺育幼燕的雙燕總是細語呢喃著，好像為人惋惜遲暮；其實乳燕雖幼，「老盡鶯雛」正是牠明日的寫照，大自然的畫卷在讀者眼前展開。「畫梁燕乳」和「老盡鶯雛」、「惜人遲暮」看似對比，實為一事；雙燕的「以我觀物」，以為的「圈外」，實則都是「圈內」，孰能自外？也或者詞人係緣事生感：燕語呢喃，其實燕並不解語——人為何遲暮？因為人總在一廂情願的思量中耗盡青春歲月，而對方在現實中卻未參與該思量；最後，就在這樣的多情思量中老去、被誤盡，春色不

在了。

　　王國維是一極其纖敏的善感之人，詞中可以看出他內心蘊藏的悲觀色彩和性靈中難以解脫的哀傷情緒。

蝶戀花

閱盡天涯離別苦。不道歸來，零落花如許。花底相看無一語。
綠窗春與天俱暮。
待把相思燈下訴。一縷新歡，舊恨千千縷。最是人間留不住。
朱顏辭鏡花辭樹。

【解析】

　　當嘗遍天涯離別之苦，盼得歸來了，卻是眾芳蕪穢、花已零落，情何以堪？綠窗外，天色、春色都已是黯淡暮色了，能不悵然？把款款訴情的唯一希望，寄託在深夜燈下的慢慢細說、盡情傾訴，孰知一點歡情終抵不過翻江倒海、雲山千疊的舊恨綿綿——逝去的青春歲月再也回不來了啊！靜安詞中有著靜安心中的千萬痛。

鵲橋仙

沈沈戍鼓，蕭蕭¹廄馬，起視霜華²滿地。猛然記得別伊時，正今夕、郵亭³天氣。
北征車轍，南征歸夢⁴，知是調停無計。人間事事不堪憑，但除卻、無憑兩字。

【注釋】

1　蕭蕭：馬鳴聲。

2　霜華：濃霜。霜的結晶似花，故稱。

3　郵亭：古時設在沿途的館舍，供送文書者和旅人歇宿。

4　「北征車轍」二句：比喻身不由己，歸夢向南車行卻往北。

【解析】

　　戍鼓、廄馬、霜華，可以看出這是在辛苦的征途上。人在征途要盡量保持不思想，以免太過難捱；可是詞人猛然憶起，和伊人相別的那時候，郵亭的天氣也正和此夕相仿——不言情而情已自見。一心思歸的詞人，歸夢明明向南，車行卻是往北。心志相違又無計可施，再怎麼努力調整心情都無濟於事，真教人體會了人生事事不堪憑據、難自做主的無可奈何。所以他說，世間就只有「無憑」二字的敘述是可以作為準據的。詞情苦澀萬分，並可見詞人之鍾情哲思。

浣溪沙

天末同雲黯四垂[1]。失行[2]孤雁逆風飛。江湖寥落爾安歸。
陌上金丸看落羽[3]，閨中素手試調醯[4]。今朝歡宴勝平時。

【注釋】

1　「天末」句：灰色的陰雲向天際延伸，天色黯淡。在此有比喻環境險惡之意。同雲，雪雲、雲成一色，將下雪的跡象。《詩‧小雅》「上天同雲，雨雪雰雰。」四垂，四境。

2　失行：離群。

3　「陌上金丸」句：以韓嫣黃金彈丸擊鳥雀之典，比喻貴遊子弟之射獵。《西京雜記》載，漢武帝寵臣韓嫣好彈，常以金為彈，日失十餘丸。長安語曰：「苦饑寒，逐金丸。」京師兒童每聞嫣出彈，輒隨拾之。

4　「閨中素手」句：為歡宴而著意烹調也。醯，醋，音ㄒㄧ。

【解析】

　　該詞是《人間詞》的名作。靜安詞，言事則幽憤悲愴、寫情則情深難已，又喜用象徵手法，推愾於人生，故詞風往往盤旋鬱結。

　　詞中的黯淡天色、失行孤雁，都是作者心境的自我寫照；更何況在逆風中還要堅持飛翔，因為江湖寥落無處可歸啊！在如此心緒下，眼看著富貴人家更勝往昔的歡樂對比──門外，他們擁有可以恣意揮霍的「陌上金丸」，門內則有「素手試調醯」的溫馨歡愛，誰還去憐惜那待烹的落羽孤雁呢？這樣的歡樂不是建立在他人的痛苦上嗎？全詞悲憤莫名，感傷時事，一片傷心！

浣溪沙

山寺微茫背夕曛。鳥飛不到半山昏[1]。上方孤磬定行雲[2]。
試上高峰窺皓月，偶開天眼覷紅塵[3]。可憐身是眼中人[4]。

【注釋】

[1] 「山寺微茫」二句：山勢極高、隱約模糊的山寺，背著夕陽餘暉；鳥還沒飛到半山高，天色便已經昏暗了。曛，落日餘暉，音ㄒㄩㄣ。

[2] 「上方」句：山寺裏傳出了幽磬聲，行雲彷彿都定住不動。上方，道家用以稱天上仙界。磬，樂器，石樂也，以玉石為之，其音清。定行雲，謂其響遏行雲。

[3] 「偶開天眼」句：登上高峰後，偶而張眼遙見擾攘的俗世紅塵。天眼，佛教說的五眼之一，即天趣之眼，能透視六道、遠近、上下、前後、內外與未來等。覷，看、窺探，音ㄑㄩˋ。紅塵，佛家稱人世之謂。

[4] 「可憐」句：可嘆世人都只是眼中的幻影罷了，連我自己也是天眼所見的塵世中人啊。寓人生虛幻，毋須爭逐之意。

【解析】

　　落日餘暉下，山寺顯得孤茫，但此中傳來了彷彿定住行雲的幽磬聲，人心亦隨之沉靜。當登上頂峰觀覽皓月時，在一片月光灑照下張眼探望熙來攘往的紅塵滾滾，使人頓悟了所有的世間景象都不過是眼中的幻影，而我們都是塵世裏擾攘憂思的勞苦眾生。悲憫中帶有自傷之意。也或者作者自覺就是站在高處偶開天眼看人間的人（──其詞論即名為《人間詞話》），所以生出想要逃離之感。因為包括自己、也是如此眼下的可憐者之一啊！

　　靜安詞喜用象徵手法呈現人生境界，他閱歷盡、曉世情，又鍾愛哲理，詞作往往有物我合一的禪境與體悟；不過入得多、出得少，詞情每多鬱結盤幽。

參考書目 （依出版時間排列）

一、

藝蘅館詞選	梁令嫻輯	臺北：中華書局	一九七〇
千家詞	方乃斌編	臺北：商務書局	一九七〇
全唐五代詞彙編	林大椿等編・夏瞿禪撰	臺北：世界書局	一九七一
唐宋元明百家詞	吳訥編	臺北：廣文書局	一九七一
宋詞三百首箋	唐圭璋	臺南：北一出版社	一九七一
遯庵樂府	段克己	臺北：廣文書局	一九七一
菊軒樂府	段成己	臺北：廣文書局	一九七一
遺山樂府	元好問	臺北：廣文書局	一九七一
松雪詞	趙孟頫	臺北：廣文書局	一九七一
靜脩詞	劉因	臺北：廣文書局	一九七一
貞居詞	張天雨	臺北：廣文書局	一九七一
古山樂府	張埜	臺北：廣文書局	一九七一
蛻巖詞	張翥	臺北：廣文書局	一九七一
雲林樂府	倪瓚	臺北：廣文書局	一九七一
耐軒詞	王達	臺北：廣文書局	一九七一
詞選註	盧元駿	臺北：正中書局	一九七四
清詞別集百三十四種	楊家駱主編	臺北：鼎文書局	一九七六
梅村詩餘	吳偉業	臺北：鼎文書局	一九七六
毛翰林詞	毛奇齡	臺北：鼎文書局	一九七六
湖海樓詞	陳維崧	臺北：鼎文書局	一九七六
曝書亭詞	朱彝尊	臺北：鼎文書局	一九七六

衍波詞	王士禛	臺北：鼎文書局	一九七六
彈指詞	顧貞觀	臺北：鼎文書局	一九七六
通志堂詞	納蘭性德	臺北：鼎文書局	一九七六
樊榭山房詞	厲鶚	臺北：鼎文書局	一九七六
銅絃詞	蔣士銓	臺北：鼎文書局	一九七六
曼香詞	吳翌鳳	臺北：鼎文書局	一九七六
茗柯詞	張惠言	臺北：鼎文書局	一九七六
浮谿精舍詞	宋翔鳳	臺北：鼎文書局	一九七六
味雋齋詞	周濟	臺北：鼎文書局	一九七六
齊物論齋詞	董士錫	臺北：鼎文書局	一九七六
定盦詞	龔自珍	臺北：鼎文書局	一九七六
憶雲詞	項廷紀	臺北：鼎文書局	一九七六
水雲樓詞	蔣春霖	臺北：鼎文書局	一九七六
中白詞	莊棫	臺北：鼎文書局	一九七六
復堂詞	譚獻	臺北：鼎文書局	一九七六
半塘定稿	王鵬運	臺北：鼎文書局	一九七六
雲起軒詞	文廷式	臺北：鼎文書局	一九七六
樵風樂府	鄭文焯	臺北：鼎文書局	一九七六
彊村語業	朱孝臧	臺北：鼎文書局	一九七六
蕙風詞	況周頤	臺北：鼎文書局	一九七六
觀堂長短句	王國維	臺北：鼎文書局	一九七六
東坡樂府箋	龍榆生	臺北：華正書局	一九七八
增訂本稼軒詞編年箋注	鄧廣銘	臺北：華正書局	一九七八
近三百年名家詞選	龍瑜編	臺北：宏業書局	一九七九

續詞選	鄭騫	臺北：中國文化大學出版部	一九八二
天涯情味談姜夔	何美鈴	臺北：莊嚴出版社	一九八二
腸斷西風李清照	范純甫	臺北：莊嚴出版社	一九八二
淺斟低唱柳三變	陳桂芬	臺北：莊嚴出版社	一九八二
花間集	趙崇祚編	臺北：商務出版社	一九八六
唐宋詞選註	張夢機‧張子良	臺北：華正書局	一九八六
珠玉詞	晏殊	臺北：商務印書館（《四庫全書》）	一九八六
六一詞	歐陽脩	臺北：商務印書館（《四庫全書》）	一九八六
樂章集	柳永	臺北：商務印書館（《四庫全書》）	一九八六
東坡詞	蘇軾	臺北：商務印書館（《四庫全書》）	一九八六
淮海詞	秦觀	臺北：商務印書館（《四庫全書》）	一九八六
小山詞	晏幾道	臺北：商務印書館（《四庫全書》）	一九八六
片玉詞	周邦彥	臺北：商務印書館（《四庫全書》）	一九八六
漱玉詞	李清照	臺北：商務印書館（《四庫全書》）	一九八六
放翁詞	陸游	臺北：商務印書館（《四庫全書》）	一九八六
稼軒詞	辛棄疾	臺北：商務印書館（《四庫全書》）	一九八六
白石道人歌曲	姜夔	臺北：商務印書館（《四庫全書》）	一九八六

山中白雲詞	張炎	臺北：商務印書館　一九八六（《四庫全書》）
溫庭筠詩詞選	劉斯翰	臺北：遠流出版事業　一九八八
晏殊晏幾道詞選	陳永正	臺北：遠流出版事業　一九八八
周邦彥詞選	劉斯奮	臺北：遠流出版事業　一九八八
姜夔張炎詞選	劉斯奮	臺北：遠流出版事業　一九八八
納蘭性德詞選	盛冬鈴	臺北：遠流出版事業　一九八八
王國維詞註	田志豆	臺北：遠流出版事業　一九八八
唐詩選注	余冠英等	臺北：華正書局　一九九一
歷代詞選註	閔宗述等	臺北：里仁書局　一九九三
宋詞選讀	復文編輯部	高雄：復文圖書出版社　一九九四
宋詞三百首鑑賞	楊海明	臺北：麗文文化公司　一九九五
北宋婉約派四大名家詞	孫崇恩	北京：中國書籍出版社　一九九五
宋遺民詞選註	沙靈娜	成都：巴蜀書社　一九九五

二、

宋詞通論	薛礪若	臺北：開明書局　一九五八
詞律探原	張夢機	臺北：文史哲出版社　一九八一
詩詞散論	繆鉞	臺北：開明書局　一九八二

齊東野語	周密	北京：中華書局	一九八三
詞學論叢	唐圭璋	臺北：宏業書局	一九八八
靈谿詞說	繆鉞‧葉嘉瑩	臺北：國文天地	一九八九
藝概	劉熙載	臺北：華正書局	一九九〇
清代詞學四論	吳宏一	臺北：聯經出版社	一九九〇
金元詞史	黃兆漢	臺北：學生書局	一九九二
唐宋五十名家詞論	陳如江	江蘇：華東師範大學	一九九二
唐宋詞十七講	葉嘉瑩	臺北：桂冠出版社	一九九二
唐宋名家詞賞析	葉嘉瑩	臺北：大安書局	一九九二
中國詞學的現代觀	葉嘉瑩	臺北：大安書局	一九九三
詞學考詮	林玫儀	臺北：聯經出版社	一九九三
人間詞話	王國維	臺北：三民書局	一九九四
南宋姜吳典雅詞派	孫康宜	臺北：聯經出版社	一九九四
唐宋詞主題探討	楊海明	臺北：麗文文化公司	一九九五
倚聲學——詞學十講	龍沐勛	臺北：里仁書局	一九九六
唐宋詞史	楊海明	臺北：麗文文化公司	一九九六
北宋十大詞家研究	黃文吉	臺北：文史哲出版社	一九九六
清詞選講	葉嘉瑩	臺北：三民書局	一九九六
優游詞曲天地	王熙元	臺北：東大書局	一九九六
東京夢華錄	孟元老	北京：文化藝術出版社	一九九八
宋人雅詞原論	趙曉蘭	成都：巴蜀書社	一九九九

| 清代詞學的建構 | 張宏生 | 南京：江蘇古籍出版社 | 一九九九 |
| 袖珍詞學 | 張麗珠 | 臺北：里仁書局 | 二〇〇一 |

三、

孟玉詞譜	沈英名	臺北：正中書局	一九七六
宋本廣韻	陳彭年重修・林尹校訂	臺北：黎明文化事業	一九七八
歷代名人生卒年表	梁廷燦	臺北：商務印書館	一九七九

Note